PARIS.

LES

JEUNES

INSULAIRES.

PAR

JOUANNER

AUBERT

Place

LES

JEUNES INSULAIRES.

IMPRIMÉ PAR BÉTHUNE ET PLON, A PARIS.

Nous fûmes pris en flagrant délit par la vigilante mistress Whiskin.

LES
JEUNES INSULAIRES

OU

LES NOUVEAUX ROBINSONS,

HISTOIRE DU SIÈCLE DERNIER;

IMITÉ DE L'ANGLAIS

PAR ORTAIRE FOURNIER.

Vagi, pallentes, quos nox cougerat, sedes habebant.

PARIS,
CHEZ AUBERT ET Cⁱᵉ, ÉDITEURS,
PLACE DE LA BOURSE, I.

—

1843

INTRODUCTION.

———

Qu'eussiez-vous dit et fait, mon cher lecteur, si, au lieu de ce coquet volume, l'on vous eût mis sous les yeux le manuscrit original, c'est-à-dire un rouleau de papiers, moisi, rongé des vers et enseveli sous une épaisse couche de poussière et de toiles d'araignée ?

Pour moi je pris le poudreux paquet du bout des doigts, et l'exposai à l'air pour faire subir aux *Jeunes Insulaires* le battage qu'ils méritaient depuis bien long-temps, quand tout à coup une énorme araignée noire, qui, sans doute, ne se croyait nullement faite pour cette discipline, sortit, avec toute la vitesse de la terreur, du sombre intérieur du manuscrit, et chercha, la maudite, la retraite beaucoup plus tranquille et plus sûre, à ce qu'elle s'imaginait du moins, mais qui ne lui était nullement destinée, de la manche de mon habit.

Que devint l'intruse? c'est ce que j'ignore, mais je laissai choir bien vite la liasse précieuse qui me roula sur les doigts du pied, d'où elle fut lancée dans l'espace, en cet incommensurable laps de temps que l'on appelle *un clin d'œil!* Mais, hélas! les feuillets qui n'étaient ni liés, ni brochés, imitant les aventuriers vagabonds dont ils contenaient l'histoire, et fuyant ainsi qu'eux tout contrôle, tourbillonnèrent comme une volée de pigeons voyageurs, obéissant au moindre caprice du vent! Je rattrapai et empochai l'escadron voltigeant, comme je le pus. Cela fait, resta la tâche agréable d'arranger, numéroter et déchiffrer cette nombreuse et indigeste collection, dont pas un feuillet peut-être ne se rencontra qui ne fût taché, effacé, avarié ou en partie détruit par la pluie, la nielle, l'eau de mer, ou quelque accident provenant du temps et du voyage.

Maintenant, qu'est-ce que j'en pense? ce n'est pas à moi de vous dire que j'aurais pu vous écrire une histoire meilleure que celle-ci, remplie d'incidents inouïs, avec la moitié de la peine qu'il m'en a coûté pour la mettre au jour. Le lecteur peut douter de mon habileté dans cette affaire; mais il ne pourra s'empêcher de louer ma franchise, quand j'attribue aux jeunes insulaires la

valeur entière et l'intérêt de leurs aventures ; car
j'aurais pu jouer le rôle de Daniel de Foë, qui, si
l'on ajoute foi aux bruits qui coururent de son
temps, ne se fit pas scrupule de s'habiller des
plumes, non pas du paon, mais d'Alexandre Sel-
kirk, et produisit comme siens les écrits de ce
digne célibataire. En cela je préférerais plutôt
prendre le contre-pied, et mettre courageusement
au compte des autres les travaux même qui m'ap-
partiennent en propre.

23 octobre 1842.

LES JEUNES INSULAIRES.

CHAPITRE PREMIER.

Château-Seaward, vieil édifice situé sur une partie peu fréquentée de la côte orientale d'Angleterre, était encore, durant la première et une partie de la seconde période du siècle dernier, le siége d'une école dont la fondation remontait au règne d'Édouard VI. A cette époque en effet le chevalier Arthur Godwin, Alyce et Joyce Godwin avaient fait don de ce manoir avec ses dépendances pour l'éducation et l'entretien d'un certain nombre de jeunes garçons de douze paroisses contiguës, y compris celle de Saint-Runwald, où il était situé.

Cette grande maison isolée, originairement la résidence de familles nobles, avait été dévolue à la couronne, lors des grands bouleversements qui s'opérèrent dans les propriétés, et déplacèrent tant de fortunes, à la suite des *guerres des Roses* (maisons d'York et de Lancastre). Les bâti-

1

ments et terres de Seaward furent néanmoins en dernier lieu assignés ou restitués par Henri VII aux Godwin sus-nommés, qui prétendaient descendre en ligne collatérale des possesseurs primitifs de ce domaine.

Nous laisserons parler Miles Selvyn, l'un des héros de cette véridique histoire, et qui nous en a transmis tous les détails. Transportons-nous donc à l'époque du récit.

L'édifice, bâti, tout au moins quant à la partie extérieure, en caillou avec de larges saillies en pierre grise, avait un aspect majestueux, mais triste, et semblait jusqu'à un certain point menacer ruine. La façade donnant sur la mer était haute et belle, et, par sa disposition, rappelait en quelque sorte un *château-fort*. Deux tourelles demi-circulaires, placées à une distance convenable l'une de l'autre, et percées à chaque étage d'une rangée de meurtrières ou petites croisées garnies de pierres, s'élevaient de la base jusqu'au sommet de l'édifice, c'est-à-dire à une hauteur de cinq étages. La vaste muraille unie qui s'étendait entre ces deux tourelles, et formait la face du principal corps de bâtiment, était ornée de larges fenêtres qui éclairaient la grande salle, la galerie et les appartements supérieurs. Ces fenêtres recevaient le jour à travers des vitraux coloriés représentant les armoiries, les dignités et les œuvres pies de la famille du fondateur. Les tourelles, dont une moitié était recelée dans l'édifice, étaient à l'intérieur complétement circulaires, et renfermaient les escaliers en spirale de la maison.

Oh! c'était un spectacle étrange pour celui qui les gravissait, ces escaliers! Quand mugissait la tempête, quand son haleine puissante s'engouffrait par en bas, et montait, montait... il lui semblait qu'emporté par un tourbillon il allait s'élever jusqu'aux nuages! Oui certes, celui qui avait entendu le vent de novembre se jouer à travers les barbacanes de ces tours n'était pas sans avoir quelque idée des sauvages harmonies de la nature. C'était quelque chose que ce mugissement profond, ces rauques accents de la mer troublée, ces cris de l'orage se perdant au milieu de l'immense fracas des fenêtres supérieures entrechoquées, et qui, assaillies par les éléments déchaînés, jetaient comme une bruyante clameur!... Le plus hardi ne pouvait se défendre d'une certaine terreur quand un coup de vent, prenant le bâtiment en flanc, le secouait et le remuait jusque dans ses fondements, de telle façon qu'on aurait juré qu'il allait immédiatement s'écrouler.

Juste au milieu des tours s'élevait un lourd porche de pierre, avec une porte gothique, surmonté d'un parapet crénelé, présentant l'image d'un toit incliné. Son sommet était décoré d'une paire de dauphins qui rampaient et luttaient entre eux, et dont les queues en spirale semblaient tordues par les dernières angoisses d'une rage convulsive.

Les battants du porche restaient constamment

ouverts, sauf quand l'ouragan grondait ; mais à l'intérieur les portes étaient non moins régulièrement fermées et barrées sur tous ceux qui entraient. Elles donnaient dans un appartement haut, large, et voûté, que l'on appelait la *salle du maître*. C'était là que se rencontraient et dînaient les directeurs et les inspecteurs, et qu'avaient lieu une fois par an les examens. C'était grande joie pour les écoliers, lorsque dans ces circonstances le vent était fort ; car souvent alors leurs réponses se perdaient, ou étaient même tout à fait suppléées par un coup opportun.

Les murailles de la salle étaient décorées de quelques restes de tapisserie et de portraits refrognés de la famille Godwin. De chaque côté de ces portraits, étaient des tablettes de marbre, avec une bordure ciselée, sur lesquelles étaient énoncés, en style légal, les bienfaits et les libéralités des fondateurs de l'école. Un bout de la salle était presque entièrement occupé par une cheminée dont les dimensions étaient telles, que les *bons* écoliers de Château-Seaward pouvaient tous ensemble s'asseoir au foyer. Au dessus du manteau de la cheminée s'étalait orgueilleusement un morceau d'architecture artistement travaillé, en boiserie si merveilleusement sculptée que je n'en ai jamais rencontré qui l'égalât. Ce chef-d'œuvre représentait la façade de l'édifice lui-même, telle qu'elle était alors que le roi Henri VII vint avec ses nobles, ses chevaliers et ses écuyers, rendre visite à Château-Seaward, quand ce monarque, habile

à faire de l'argent, se décida, pour quelque haute
considération que l'on ignore, mais qui, à coup sûr,
lui devait procurer avantage et profit, à transporter
toutes les terres de Seaward aux Godwin. A l'extrémité opposée de la salle se trouvait une sorte de
plancher exhaussé, ou *dais*, où se trouvaient la table
d'étude et les bancs des directeurs. Directement au
milieu était la chaire altière en chêne de Godwin-
Joyce, qui était représenté de pied en cap sur le dos-
sier, dont la hauteur n'était pas moindre de six pieds.
Grâce à l'habile ciseau du sculpteur, les côtés étaient
relevés en bosse, et offraient l'agréable emblème de
verges de bouleau et de visages grimaçants, tandis
qu'au centre se trouvait un panneau de cannes fendues! La chaise était d'ordinaire désignée par le so-
briquet de *nez-de-chêne*, par la raison que la figure
qui la surmontait avait un promontoire nasal d'une
altitude et d'une dimension des plus prodigieuses.
Ce visage avait une expression vraiment grotesque et
comique à l'extrême; mais aux jours de concours,
quand ce trône était occupé par quelque inquisiteur
impitoyable, la figure revêtait une sorte de dignité
sévère, qui ne manquait pas de faire allonger étrangement la mine de ceux qui la regardaient. Sur le
mur, derrière la chaise, étaient tracées en vieux ca-
ractères anglais les règles établies, depuis un temps
immémorial, des allures journalières de l'institution.

L'ameublement, en général, de la salle et de la
maison, offrait un aspect maritime. Là était, en ef-

1.

fet, vivant le souvenir de nombreux vaisseaux échoués;
leurs proues, conservant encore leurs sculptures,
leurs mâts, leurs diverses parties, en un mot, s'é-
taient transformées en poutres, en tasseaux, en so-
lives, mais sans perdre néanmoins complétement,
malgré ces métamorphoses, leur forme primitive.
La *salle de punition*, doublée de panneaux noirs,
ou de tapisseries sombres et tombant en lambeaux,
était triste au suprême degré; les fenêtres en étaient
si hautes et si étroites que c'est à peine si, à traver
leurs grillages, on pouvait apercevoir autre chose
qu'un petit coin de nuages grisâtres et rapidement
chassés par le vent.

Plus de portes et de passages communiquaient à
cette salle, que ma mémoire aujourd'hui ne pourrait
le préciser. De ces portails, l'un, à chaque extrémité,
conduisait aux escaliers des tours; les autres à la salle
à manger, aux chambres des écoliers, ainsi qu'aux
pièces réservées aux domestiques.

Une aile, ou côté du bâtiment, formait la résidence
du maître et de sa maison. L'école (autrefois, je
pense, la chapelle du château) occupait l'extrémité
au nord de l'édifice, et l'on n'y arrivait que par un
long passage en pierre voûté : là, dans cette galerie,
la moindre parole, chaque pas avaient un écho sourd
et prolongé qui remplissait l'âme d'une crainte indéfinissable. L'espace compris entre cette rangée de
pièces et la résidence du maître, qui faisait face, était
une cour ouverte et pavée, destinée aux jeux et ré-

créations des écoliers. Au milieu étaient un puits et
une *pompe, qu'il nous eût été difficile d'oublier.*

Plus loin et attenant à cette cour s'étendait sur
une longueur d'environ quatre cent quarante pas
le jardin solitaire de Château-Seaward. C'était une
pièce de terre étroite et traversée dans son milieu
par un sentier qui aboutissait, vers l'extrémité du jardin, à un pavillon (tel était le nom pompeux que nous
donnions à cette étrange construction) formé par une
vieille chaloupe tournée sens dessus dessous, et en-
tourée d'arbrisseaux. On eût dit de la cabane pittoresque d'un contrebandier. Le sentier qui, ainsi que
nous l'avons dit, conduisait à ce berceau arcadien,
était bordé, non pas de touffes de buis vertes et lui-
santes, non pas de gazon, ni de doubles et éclatantes
marguerites, mais bien de plusieurs rangées de gros
cailloux blancs, de formes tout à fait grotesques.
Aussi les plus saillants avaient-ils reçu une personni-
fication singulière : ceux-là avaient été honorés du
nom de chacun de nous. L'allée elle-même n'était
pas couverte de gravier rouge, ou tapissée du ver-
doyant gazon des prairies, mais bien semée du sable
de la mer et de coquilles broyées. Dans ce jardin sans
rival s'élevaient et tour à tour s'affaissaient des plantes
telles qu'un sol pauvre et une atmosphère froide
et humide pouvaient le comporter, et aussi quelques
arbustes, nobles vétérans qui, sortis vainqueurs de
la lutte, tenaient bon, nonobstant l'hostilité implacable des vents du sud, mêlée aux flocons de l'écume

salée de la mer, qui souvent, au mois de juin, les
noyaient sous leurs larmes.

L'édifice et ses dépendances occupaient le sommet
d'une colline crayeuse, qui dominait un rocher y
aboutissant, formant la limite d'une langue de terre,
longue d'environ une demi-lieue. Cette colline acces-
sible, comme je me le rappelle, seulement d'un côté
était, grâce aux usurpations incessantes de la mer,
devenue presque une île ; bien qu'aux jours de la donation, ainsi qu'il résultait des anciennes chartes, un
beau champ de blé et une belle pièce de prairie, comprenant plusieurs centaines d'arpents, y fussent en-
clavés. Il était bien certain que Neptune, cet honnête
usurpateur des biens de charité, cet honnête, disons-
nous, parce que d'ordinaire il donne autant qu'il
prend, s'était cette fois départi de son système de
compensation et s'était bel et bien approprié à son
propre profit, durant ma première jeunesse, la plus
grande partie de cette terre de Seaward ; et je ne ju-
rerais pas, en vérité, que les donateurs n'aient pas un
peu compté sur un semblable résultat lorsqu'ils pro-
jetèrent cette donation : peut-être aussi, et alors l'action serait plus méritoire, s'imaginaient-ils que le
dieu du trident se montrerait plus miséricordieux
que les pillards d'une autre espèce qui auraient pu être
alléchés par l'espoir d'un gain considérable, si le domaine eût été situé dans l'intérieur des terres ; pillards
qui en sept ans seulement en auraient plus dévoré que
ne le pourrait faire l'Océan dans l'espace d'un siècle.

Cependant la mer avançait toujours... et tel était l'effroi que causait son approche menaçante, que, bien des années avant que je n'eusse fait connaissance avec ledit lieu, une tentative avait été faite de se mettre en garde contre l'ennemi, par une muraille ou plutôt un pont construit en pierre, pilotis, et blocs de craie. Le dernier de ces matériaux avait été fort imprudemment apporté d'une pièce de terre inculte et déserte, qui se trouvait presque sous les murailles mêmes qu'il devait protéger ; de manière que, quand la mer venait battre en la minant contre cette langue de terre, elle pénétrait dans les carrières d'où ces matériaux avaient été tirés. Peu de vestiges de cette faible défense étaient visibles encore à l'époque où je devins l'un des habitants de la maison. Mais les brèches béantes à travers lesquelles filtrait la mer existaient toujours et portaient un témoignage fidèle de la folie de ceux qui les avaient creusées. Ces cavités devinrent naturellement des étangs d'eau salée, dans lesquels, au reflux de la mer, on pouvait prendre des crabes, des pétoncles et autres poissons à coquille. Ce lieu était immédiatement contigu à la muraille septentrionale du jardin, et, grâce aux fossoyeurs de craie, aux contrebandiers, et à l'action simultanée des vagues, il était devenu assez semblable à un gâteau de miel, tant le terrain était gras et mou ! Aussi n'était-ce pas sans danger que pouvait se hasarder à le traverser le pied même si alerte de la jeunesse.

Semé de cavernes dans toutes les directions, sou-

vent le terrain s'éboulait tout à coup, et des masses
énormes se détachant roulaient au fond des abîmes,
en sorte que parmi toutes ces fosses crayeuses on
n'apercevait pas la moindre trace de sentier; il n'y
avait en vérité passage que pour la mer, la mer en-
vahissante, la mer toute-puissante, dont le mugissement des vagues irritées ou le bruit plaintif et doux
sur le rivage se faisaient-entendre à travers les voûtes
souterraines de mille canaux, et semblaient à ma
jeune imagination exprimer comme des gémissements, des sanglots, des murmures de détresse, de
sourds chuchotements, des mots entrecoupés d'un
secret entretien.

Comme toutes les autres bâtisses du voisinage, la
muraille en question était composée de caillou. — La
partie inférieure annonçait la vétusté; mais la hauteur
primitive qui était de six pieds, avait été portée à
huit ou neuf, afin d'empêcher, autant que possible,
les regards fainéants de s'y arrêter et plonger au
delà.

Des deux anciennes issues qui, dans le principe,
donnaient sur des sentiers menant au village prochain, l'une était entièrement bouchée et l'autre
occupée par une robuste porte en chêne bien grise
et sans cesse battue par la tempête. Ce portail mémorable, je ne l'ai de ma vie vu ouvert qu'une seule
fois dans une *fatale* circonstance. Par un réglement
de l'école, toute sortie de ce côté était expressément
défendue; la prohibition allait plus loin : car il était

dit qu'on ne devait pas même mettre le pied sur la terre au delà.

Cette mesure avait été bien évidemment prise dans l'intérêt de notre sûreté; on avait voulu sans aucun doute nous éviter quelque membre cassé, notre existence même mise en péril : mais enfin c'était une loi qui nous était imposée, et, quelque juste, quelque utile qu'elle fût, par cela seul que c'était une *loi* nous brûlions de l'enfreindre. Nos désirs vagabonds couraient par delà cette barrière; jour et nuit nos folles et capricieuses fantaisies voyageaient à travers ce sombre et triste endroit : bref, nous ne rêvions que d'excursions là et pas ailleurs; arrière toutes les autres promenades! arrière tous les autres lieux! arrière toutes les autres pérégrinations! Tombent donc les obstacles qui nous séparent de ce séjour enchanté! foin de la triste cour où nous prenons nos ébats; du jardin solitaire à l'aspect monotone, aux allées sans verdure! Vivent les fossés à craie! c'est là qu'est le véritable plaisir, le bonheur! Ah! les merveilleuses aventures mènerions-nous à fin! Ah! les magnifiques exploits, les exploits inouïs d'agilité, de hardiesse, d'audace, commettrions-nous si nous pouvions seulement être libres, libres seulement pendant une demi-journée sur cette terre de prodiges! Mais, non! ils nous refusaient impitoyablement, les cruels! le privilège d'aller nous battre avec les crabes, ou nous casser le cou dans cette région inconnue!

Il faut le reconnaître cependant, dans l'école se

trouvaient sept à huit jeunes garçons qui, plus timides
que les autres, tournaient fort peu leurs désirs de ce
côté, et qui surtout, quand était venu le crépuscule,
avaient grand soin de suivre la ligne opposée à la muraille et ne jetaient sur la vieille porte stridente, qu'un
regard oblique qui annonçait tout autre sentiment
que celui de la convoitise. — Cette frayeur instinctive, il ne fallait pas, en vérité, autre chose pour la
faire naître que l'aspect lugubre de l'endroit vu des
fenêtres supérieures de la maison ; mais elle s'expli-
quera bien mieux encore si l'on ajoute à ce motif
déjà si puissant, le récit mainte et mainte fois répété de catastrophes terribles, de morts affreuses,
arrivées dans ce lieu maudit.

Mais nous ne tardâmes pas à être tous guéris, du
moins pour quelque temps, de nos folles envies de
visiter ce désert, par un accident qui nous impres-
sionna vivement. Nous vîmes un jour le corps brisé,
mutilé d'un vieux colporteur, que l'on avait retiré
d'une fosse près de la vieille porte, dont les fentes
nous laissaient entrevoir son visage blême, à moitié
mangé pas les crabes que nous brûlions, auparavant,
de posséder. Ce vieillard se nommait Gilles Grimsby.
Vivant, il ne possédait pas une des plus agréables
physionomies du monde. Il avait perdu un œil, et
l'organe, ou plutôt la cavité qu'il avait occupée, était
recouvert d'une pièce de cuir noir provenant de
la doublure de son chapeau. Cet être étrange, qui
rarement proférait une phrase, et que l'on n'avait

jamais vu sourire, avait cinq pieds six pouces ou environ de haut ; sa démarche raide, sa maigreur phéno-
ménale lui donnaient l'air d'un échappé de la tombe ;
son unique œil qu'il tenait toujours presque fermé,
sa bouche décharnée, sans dents et à demi ouverte,
ajoutaient encore à l'illusion ; de telle sorte que sa
mâchoire démantibulée, ses joues creusées, son teint
d'une pâleur livide avaient subi peu de changements
sous la main de la mort. C'était Grimsby qui était
chargé du service des lettres à Château-Seaward,
qu'il fournissait en même temps de fruits divers et
autres denrées. Que ce fût l'œuvre du hasard ou
le résultat d'une machination infernale, le pauvre
diable s'était par malheur trouvé la nuit au milieu
des carrières ; il avait perdu pied et cette circonstance
lui avait coûté la vie.

On apporta le cadavre dans la salle de la maison,
où eut lieu l'enquête du *coroner*. Nous n'eûmes pas
la permission de l'aller voir, mais on nous distribua
nos lettres que l'on avait trouvées dans son sac, trempées de l'eau de la mer, où elles étaient restées plusieurs jours.

Nous fûmes, ainsi que je l'ai dit, presque guéris,
pour un temps, de notre humeur vagabonde, et
l'idée d'enfreindre le réglement pour aller explorer
les labyrinthes de la carrière, si elle nous poussait
encore quelquefois, était à l'instant écartée. Il y
avait plus, j'ai connu une douzaine d'élèves — votre
très-humble serviteur entre autres — qui n'a-

2

vaient pas les jambes assez longues pour rentrer au
logis quand, la soirée venue, le bruit courait qu'on
entendait Grimsby chuchoter à travers la porte; ou
bien encore, qu'il montrait sa tête blanche ou son
orbite vide au-dessus de la muraille du jardin.

Cependant le temps, malheureusement pour nous,
effaça ces impressions. Au bout d'un mois ou deux,
Grimsby devint une plaisanterie, tout du moins pendant le jour, et nos anciens désirs d'excursion revinrent et mûrirent dans l'esprit des plus mutins,
prenant d'heure en heure plus de force. D'ailleurs
les succès des enfants du village nous empêchaient
de dormir! Quels crabes magnifiques ils attrapaient!
quels crabes! et des crabes dont pas un, sans nul
doute, après douze mois passés, n'avait pu goûter au
vieux colporteur!

Jacob Crawley, surnommé *Crabe* Crawley, était
d'une merveilleuse adresse dans ce genre de pêche,
et autres tours et manéges d'une nature vraiment
criminelle et pour l'accomplissement desquels les passages et les retraites situés à travers les rochers escarpés lui offraient un refuge convenable. C'était un
jeune gaillard d'une quinzaine d'années, qui avait
autrefois fait partie des écoliers de Château-Seaward,
mais que l'on avait chassé ignominieusement en raison d'un vol pratiqué dans le panier du susdit Gilles
Grimsby. Les maîtres de l'institution le regardaient
depuis long-temps comme un bandit fieffé, et ses re-
lations avec les contrebandiers et les gens les plus

mal famés qui infestaient la côte ne faisaient pas l'ombre d'un doute; mais le rusé coquin conduisait si prudemment sa barque que l'évidence nécessaire pour le convaincre manquait. Vint toutefois pour lui un mauvais quart-d'heure, l'école entière fut témoin de l'acte frauduleux commis au détriment du colporteur. Néanmoins, comme nous connaissions l'esprit vindicatif au suprême degré de Crawley, nous résolûmes de garder le silence sur ce que nous avions vu, à moins d'être forcés de déclarer la vérité. Cette nécessité se produisit bientôt. Grimsby était en effet dans l'habitude de faire son inventaire et de mettre ses marchandises en ordre, aussitôt après avoir terminé son petit trafic à la maison ; s'étant vu dépouillé d'une partie de son bien, il grommela le tort qu'il avait éprouvé au village et indiqua le coupable d'une manière à ne pas s'y méprendre en le désignant du seul doigt qui lui restait à la main droite.

Crawley savait maintenant qu'il ne pouvait manquer de passer en jugement ; mais avant que le procès pût être porté devant les autorités compétentes, le jeune et rusé malfaiteur s'imagina d'introduire par une croisée de l'école, restée ouverte, les objets volés. Le lendemain matin, le sous-maître trouva le plancher de la classe semé de balles, de billes, et autres corps du délit éparpillés çà et là. Cet artifice aurait pu réussir au point de nous impliquer également dans le vol : mais Grimsby lui-même, le réservé et silencieux Grimsby ; Grimsby, dont personne ne mettait la véracité en doute, et dont le caractère était aussi intègre que son corps était sec et droit, travailla à notre libération et à notre décharge. Il précisa si exactement le temps et le lieu où le vol avait été commis, que nous pûmes immédiatement prouver d'une manière irréfragable un *alibi* (1). Ajoutez à cela qu'examen fait des poches de Crawley, on trouva qu'elles contenaient encore une balle, six billes et une pomme, dont il n'avait probablement pas eu le temps de les débarrasser. Venaient, en outre, nos témoignages, nos témoignages dont notre défense avait besoin, et l'évidence fut acquise. Nous fûmes acquittés tout d'une voix; Crawley, convaincu, fut chassé de l'école, amené devant le magistrat, et, suivant la discipline salutaire de cette époque, condamné à être fouetté publiquement au poteau de la paroisse. Le condamné avait juré de se venger; et sa menace ne laissa pas que de causer quelque inquiétude à nos directeurs, qui, à partir de ce moment, défendirent formellement toute communication avec lui, soit de fait, soit de parole.

Le croirait-on encore, je le demande? Eh bien! bon nombre d'entre nous ne rougirent pas de transgresser en cette affaire cette sage et prudente défense. Une semaine ne s'était pas écoulée que nous étions déjà en faute, et que Crawley paraissait avoir oublié et son ressentiment, et sa punition, et ses me-

(1) Mot qui signifie que l'accusé réfute l'accusation par l'évidence de sa présence dans un autre endroit au moment indiqué.

naces. Cependant il rôdait dans le voisinage, et on commençait déjà à l'appeler le *pauvre Crawley !*

Son plus proche parent qui vécût encore était un oncle, patron d'un petit navire qui trafiquait sur la côte. La mort de Grimsby eut lieu six mois environ après l'expulsion de Crawley. Le temps marchait, et peu à peu le souvenir de ces circonstances s'effaça. On n'en parlait plus, on n'y songeait pas davantage.

Château-Seaward, avec sa façade noire en guise de château et le contour dentelé de son toit, dessinait clairement ses formes aux yeux des matelots qui naviguaient dans les mers environnantes. Sa masse imposante n'était pas moins visible à une grande distance dans l'intérieur des terres. Elle donnait sans conteste l'idée de quelque sombre édifice, moitié château, moitié prison, destiné à la détention de malheureux délinquants enfermés là pour y subir leur peine. A mesure que l'observateur approchait, les formes sévères de l'édifice devenaient plus nettes, il est vrai, mais elles ne prenaient pas pour cela un plus riant aspect; elles empruntaient, au contraire, je ne sais quelle teinte de tristesse de ces fissures grimaçantes qu'avait taillées dans les murailles de caillou la main du temps, qui, sans égard pour leur épaisseur, les avait, selon les lois immuables de la vétusté, séparées affreusement en mille endroits. En vain de nouvelles pierres avaient été introduites dans les excavations, en vain l'on y fixait de temps à autre des arcs-boutants pour prévenir leur chute; cela ne suffisait pas pour rétablir en ligne droite ou perpendiculaire le bâtiment qui penchait et inclinait sa masse mutilée jusqu'en ses fondements par les orages des siècles. Il y avait, je me le rappelle, une fente énorme dans une des tours; une fente qui partant de la fenêtre donnant sur l'escalier se prolongeait jusqu'au sommet. Dans les grands vents cette crevasse s'ouvrait et bâillait comme les lèvres d'un moribond. Souvent nos chandelles s'éteignirent en passant devant elle; souvent nous y fîmes casser des noix, et souvent aussi, imprudents que nous étions, nous y eûmes les doigts pincés pendant un orage.

Telle était l'école publique de Saint-Runwald, durant l'année 1754. Qu'en pensez-vous, mes amis; que dites-vous de ce vieux château sombre, battu de la tempête, menaçant ruine, avec sa *gaie* cour pavée, son jardin pittoresque, et les carrières de craie dans le voisinage?

Nous autres, méchants garnements, nous faisions là-dessus quelques mauvais vers, desquels je ne veux pas aujourd'hui vous fatiguer. Je me rappelle cependant que nous brisions une moitié des canifs de l'école dans nos efforts persévérants à graver ce souvenir métrique de nos élucubrations sur les panneaux de chêne de la principale chambre à coucher.

Nous venions un beau jour de sculpter ces deux vers:

Comme une épée, à travers la fissure,
Le vent aigu nous coupe la figure;

quand, à notre grand effroi, nous fûmes pris en flagrant délit par la vigilante mistress Whiskin, la hargneuse et subtile femme de charge de l'établissement.

C'est en vain que Marck Mummery, le trop actif
sculpteur, s'efforça de pousser devant la boiserie une
chaise à dos élevé ; l'artiste en faute, avec une paire
de complices dont faisait partie votre très-humble
serviteur, Miles Selvyn, fut entraîné de force par
ce membre vigoureux du pouvoir exécutif dans la
salle de punition. Elle tenait à la main le papier
sur lequel avaient été, dans le principe, écrits les
vers accusateurs ; et l'agitant en l'air lorsqu'elle entra
dans la salle où déjeunait le docteur Poynders, elle
s'écria tout essoufflée :

— Voici, monsieur, voici un joli griffonnage que
messieurs ces bambins s'amusaient à tailler dans les
beaux panneaux en chêne, à côté de leurs lits !

Le docteur prit le papier, le lut avec une alterna-
tive expression de gravité et d'hilarité, et renvoya
accusatrice et accusés avec cette générale assurance
« qu'il ne manquerait pas de faire ce qui était convenable. »

Le seul résultat cependant de notre escapade fut
une amélioration évidente dans la direction domestique ; depuis cette époque notre bouillon aux choux
fit place à un potage aux pois ; des nattes furent
posées dans nos chambres à coucher ; la pompe ne
joua plus au-dessous de nous pour nous empêcher

de dormir : bref, mistress Whiskin disparut complétement de Château-Seaward.

Certes, si cela eût entièrement dépendu du bon docteur Poynders; autant la discipline et le régime de l'école étaient durs et manifestement nuisibles, autant la règle aurait été modifiée et modelée sur un plan dicté par sa bonté et sa sagesse. Mais les statuts généraux de Château-Seaward avaient été arrêtés, un siècle ou deux auparavant, par les fondateurs, qui, bien que de bonne foi sans doute, avaient fait un chef-d'œuvre de stupidité, dominés qu'ils étaient par leurs idées absolues sur la direction des écoles, que le docteur condamnait en secret, nous le savions, et que nous, je vous en réponds, nous n'avions jamais appris à bénir. Cette discipline rude et tranchante était adoucie, il est vrai, considérablement dans son application, grâce à l'indulgence et à la discrétion des maîtres sous lesquels nous vivions. Mais les statuts, confondus comme ils l'étaient avec les termes de la fondation, ne pouvaient être, de leur autorité privée, complétement annihilés. Le docteur Poynders, en sa qualité de directeur, présidait de mon temps, et depuis trente années s'efforçait d'améliorer et de moderniser toute l'économie de l'école; mais souvent les administrateurs lui rappelaient qu'en agissant ainsi il mettait en danger la teneur de la fondation entière. Tout ce qu'il pouvait faire, c'était donc de tenir en main, avec toute la douceur dont il était capable, ce sceptre de fer, en déguisant autant qu'il était possible sa forme et sa pesanteur.

Quoi qu'il en fût, le système était austère et nous redoutions terriblement l'école. C'était au point que lorsque nous revenions de chez nos parents, après les fêtes de Noël, et que nous apercevions de loin à travers les nuages grisâtres et chassés par le vent, qui semblaient alors à nos yeux un froid et menaçant linceul, le vieux et lourd château aux teintes nuancées d'ardoise, aux arêtes rudes et abruptes, nous nous sentions pour ainsi dire défaillir. Un sentiment indéfinissable d'effroi, venant de la connaissance intime de la servitude vraiment accablante sous laquelle nous allions de nouveau être placés, agitait nos cœurs.

Ni le bienveillant et doux sourire du docteur qui ne nous recevait jamais dans la salle qu'avec une bonté toute paternelle, ni la complaisance que déployait envers nous, à son exemple, son froid et mélancolique associé, M. Baldrey, ne pouvaient bannir cette sensation douloureuse que faisait invinciblement naître en nous l'image des punitions, des peines et des privations sans nombre qui, comme un glaive, étaient suspendues sur nos têtes, au milieu de cette atmosphère sombre et glacée.

Et pourtant avec quelle félicité aurions-nous considéré, dans la période subséquente de notre existence, la plus malheureuse journée passée à Château-Seavard, comparée à tout ce que nous eûmes à souffrir! Tout cela n'était que joie alors que tomba sur

nous qui étions sans défense, non pas un de ces souffles
légers qui rident en passant la limpidité d'une vie
calme et unie, mais un orage de calamités, orage terrible, implacable, incessant ; alors que le désespoir
trouva un trône jusque dans nos âmes si jeunes encore, alors que nous dûmes nous étonner que jadis
une chose eût pu nous affliger pour un instant. Écoutez ce récit, mes amis ; ajoutez foi à nos paroles, et
profitez de notre expérience si chèrement acquise.
Le temps, ce grand maître à qui rien ne résiste, nous
surprit à l'improviste et nous imposa ses terribles leçons au moment où, affranchis de tout frein, de toute
tâche et de tout devoir prescrit, nous croyions n'avoir
plus qu'à battre des mains devant cette liberté après
laquelle nous soupirions tous. Amère déception !
C'est alors que se fixa dans nos esprits, comme un
glaive acéré, la misère, misère immense, et qui ne
trouvait de soulagement que dans les souvenirs chéris
des jours passés, jours calmes et tranquilles. Oui,
nos pensées les plus douces, nos désirs les plus passionnés, nos rêves les plus fortunés nous transportaient, où? à la sombre tour, à l'obscure salle, à
cette longue et vaste salle d'études de Château-
Seaward ; mais jamais, non jamais aux carrières de
craie de la terre inculte et sauvage qui lui était con-
tiguë. Ah ! malheureusement nous ne pûmes pas
saisir assez tôt la différence, la cruelle différence qui
existe entre les peines passagères, ces petits ennuis
de la vie intérieure, ces faibles désagréments qui ré-

sultent de la sévère discipline d'une école, et le rude
assaut de l'adversité impitoyable, qui, pas plus que
le tigre, ne se laisse attendrir aux cris d'un enfant.
Hélas! quand cette épouvantable détresse nous atteignit, quand ces orages furieux éclatèrent sur nos
têtes, nous n'avions pas là les amis qui auraient volé
à notre secours à travers les tempêtes, ils ne pouvaient pas même entendre nos voix.

Le docteur Poynders et son principal associé,
M. Baldrey, n'étaient pas seulement des savants du
premier mérite, c'étaient encore des hommes d'un
caractère et d'une conduite exemplaires. Dans le
cours de leurs pénibles et ingrates fonctions leur sé-
vérité officielle ne s'exerçait qu'avec une admirable
discrétion, et alors même qu'ils étaient obligés de la
mettre en usage ce n'était qu'avec une réserve et en
employant des formes si pleines de tendresse que
cela aurait dû suffire pour leur gagner tous les cœurs.
Nous ne nous en aperçûmes, hélas! et nous n'en
tombâmes d'accord que *trop tard*, oui, trop tard
pour leur rendre la justice qui leur était due, ou
pour échapper aux conséquences fatales mais bien
méritées de notre désobéissance.

Combien mon âme est navrée quand je songe à la
noire ingratitude dont nous payions ces hommes si
bons, au lieu des égards qui leur étaient dus! Sans
doute il y avait dans l'endroit mélancolique et triste
où était située cette école publique, et plus encore
dans la rigueur insolite de sa discipline, beaucoup de

choses qui étaient loin d'être agréables; mais, plus
que tout cela, nous avions pour nous perdre le mauvais exemple de trois ou quatre jeunes mauvais sujets
et autres misérables, qui sans cesse stimulaient notre
mécontentement, encourageaient en nous l'esprit de
révolte et d'intrigue. La sérénité naturelle du docteur
en paraissait rarement troublée; toutefois le désappointement se peignait souvent sur son front. Quant
à M. Baldrey, sa mélancolie prit chaque jour un degré
de profondeur extraordinaire à cause de la position
difficile qu'il occupait parmi nous; son esprit abattu
perdit, je me le rappelle, entièrement son équilibre
en deux ou trois circonstances. Pauvre M. Baldrey!
pauvre M. Poynders! mes yeux, que l'âge a rendus
secs et affaiblis, se remplissent même encore aujour-
d'hui de larmes de tendresse à leur souvenir, larmes
d'agonie aussi pour la fin misérable que nous leur
avons causée en échange de leurs peines et des trésors
d'amour qu'ils avaient répandus sur nous! Penser
que cette tête vénérable et blanche, rayonnante de
bonté et de charité chrétienne, fut précipitée dans la
tombe sous le poids d'un atroce chagrin, tandis que
notre folie, notre funeste folie, a poussé la tristesse
dévorante de M. Baldrey jusqu'à la frénésie, au sui-
cide! Oh! mon cœur à cette poignante idée se déchi-
rait il y a cinquante ans; aujourd'hui, pendant que
j'écris ces lignes, aujourd'hui encore il se brise : mais
rien ne sera caché, et, jusque dans ses moindres détails, je dirai toute la vérité, la terrible vérité!

CHAPITRE II.

C'est un jour que je n'oublierai de ma vie, le 5 novembre 1754. A peine un léger souffle soupirait à travers les fenêtres de Château-Seaward ; l'aurore, comme à regret, s'insinuait lentement, et perçait avec langueur un froid brouillard qui depuis plusieurs jours était resté suspendu et flottait tristement au-dessus de la mer et de la terre. A six heures du matin la cloche de l'école résonna comme à l'ordinaire : passe encore si elle se fût contentée de simplement nous éveiller, et par cela même de troubler sans pitié notre repos, c'est-à-dire le repos de paisibles sujets de sa majesté britannique ; mais le maudit tocsin, le haineux, le querelleur, le vindicatif tocsin frappait incessamment nos oreilles pendant une quinzaine de minutes de sa clameur outrageuse, bondissant et hurlant son aigre Levez-vous ! levez-vous ! levez-vous ! Aussi pas n'est besoin de dire quel orage de ressentiment s'amoncelait en nos âmes contre la barbarie de ce réglement d'école, qui, contre toute raison, n'établissait aucune différence entre les belles et douces matinées d'été et les froides et sombres matinées d'hiver, et nous contraignait ainsi, sans compensation aucune, à échanger la félicité de bonnes, chaudes et moelleuses couvertures, de rêves éclatants, contre les réalités sévères d'une salle d'études glacée et d'un aspect fort peu réjouissant. La prière achevée, nous répétâmes, comme à l'ordinaire, nos leçons avant le déjeuner, et ce fut, je l'imagine, comme toujours, de ce ton lourd et plein d'hésitation, qui n'est comparable seulement qu'au débit embarrassé d'une rétractation solennelle, d'une confession pesamment chargée ; quand ce fut fini nous longeâmes trois ou quatre passages pour nous rendre à la salle à manger, où nous attendaient un potage au lait et quelques gâteaux de blé noir. Le déjeuner achevé, nous eûmes le *fastueux* divertissement d'une promenade dans la cour, où nous ne pouvions ni voir, ni être vus à cause du brouillard qui enveloppait tous les objets ; à huit heures le même tintement de cloche nous rappela à nos bancs, à nos chagrins ! Le grec et ses ennuis, nos cahiers et le dégoût qu'ils nous inspiraient nous occupèrent jusqu'à midi ; la matinée d'ailleurs dont il s'agit se passa le plus tranquillement du monde : c'est-à-dire avec les fautes ordinaires de notre part, avec les mêmes réprimandes ou punitions de la part des professeurs. Quand l'horloge sonna, que notre tâche habituelle du matin fut remplie, le digne docteur Poynders descendit de sa chaire et glissa quelques mots à l'oreille de M. Baldrey, en tournant son

œil gris et doux vers nous avec une remarquable bienveillance ; un éclat momentané anima la grave figure
de M. Baldrey en recevant cette communication, et
il éleva, en signe d'acquiescement, sa main sèche et
grêle pour fixer notre attention : nous devînmes à
l'instant aussi muets que des catacombes de momies.
Alors le docteur élevant ses besicles au-dessus de ses
yeux, promena de classe en classe et sur chacun de
nous un coup d'œil plein d'amabilité :

— Enfants, dit cet homme vénérable, vous ne
nous avez pas fâchés ce matin, vous avez eu égard à
nos soucis et à notre affection pour vous; c'est bien !
nous vous en remercions.

Nous nous entre-regardâmes.

— Oui, reprit-il, M. Baldrey et moi nous vous remercions à cette heure, et nous le ferons toutes les
fois que vous paraîtrez vouloir nous rendre heureux,
en accomplissant en tout point vos devoirs, en ne
nous forçant pas à vous punir, ce qui nous punit autant que vous; vous avez été fidèles à vous-mêmes,
justes et bienveillants envers vos précepteurs; le reste
de la journée vous appartient; mais comme le temps
est mauvais et que vous pourriez, je le crains bien,
trouver peu d'amusements dans les jardins, et qu'il
ne faut pas d'ailleurs, sous aucun prétexte, vous promener aujourd'hui sur les sables ou quitter en aucune
façon ce lieu, j'ai fait quelques petits préparatifs pour
un festin dans la soirée. Cette faveur, je l'avoue, n'est
pas complétement spontanée, je vous la tenais en ré-

serve depuis quelque temps, et j'attendais, pour vous
en faire jouir, qu'une occasion comme celle-ci se pré-
sentât. Je ne vous reverrai pas avant sept heures, car
j'aurai aujourd'hui des amis à dîner : ainsi donc,
adieu jusqu'à ce moment ; amusez-vous autant que
vous le pourrez.

La joie inondait nos cœurs : tantôt c'était un brou-
haha immense, tantôt ce n'était qu'un simple bourdonnement, mais un bourdonnement général de re-
merciements, avec battements de mains ; j'observai
alors, (oh ! combien j'ai tourmenté ma mémoire pour
me rappeler cette image !) j'observai que, quand le
docteur ouvrit la porte pour s'éloigner, il s'arrêta
comme pour jouir plus long-temps de la satisfaction
qu'il éprouvait en considérant nos visages épanouis.
Avant de se retirer tout à fait il pencha de côté sa
tête, tandis que d'une main il tenait la porte. Oui,
mes chers lecteurs, c'était le vénérable directeur de
Château-Seaward, c'était le bon, l'affectueux docteur
Emmanuel Poynders qui, avec bienveillance, mais
d'un air rêveur, fixait ainsi les yeux sur nous : nous
ne l'avons plus revu. Oh ! que le souvenir de cette
lamentable et triste histoire puisse un instant être
effacé de ma mémoire ! que ne puis-je, au prix de tout
ce que nous avons souffert, être témoin encore de
cette scène délicieuse, à laquelle ont succédé tant et
de si poignantes angoisses ! Les élèves se pressaient
autour de M. Baldrey et s'épuisaient en efforts pour
tirer de lui un trait de lumière sur la nature et la

composition du festin en question, mais il était aveugle et muet sur ce chapitre et restait également sourd à nos questions et à nos conjectures ; il se contentait seulement de sourire, et, posant à côté de son long nez son doigt plus long encore, il prêtait l'oreille, mais voilà tout. Le faible sourire que lui arrachait notre exaltation ne tarda pas à s'effacer et fit bientôt place à son expression habituelle de mélancolie et de souffrance ; il soupira comme à l'ordinaire profondément, et quand il ouvrit la porte pour se retirer un seul bruit se fit entendre, bruit ressemblant à un gémissement et produit par la grande fenêtre qui trembla sur ses gonds. Je ne l'ai pas observé plus particulièrement, je n'avais d'ailleurs pas de motifs que je susse alors pour un plus minutieux examen ; toutefois je me rappelle encore le bruit de son pas lent et mesuré, quand il s'en alla le long du passage en pierre dont j'ai déjà signalé la sonorité : c'est encore là tout ce que nous avons jamais vu ou entendu désormais de M. Daniel Baldrey.

Nous passâmes le temps jusqu'à une heure, au milieu d'une gaieté sans bornes, dans la salle d'études ; notre dîner nous fut servi par la femme de ménage en compagnie des sous-maîtres. Souffrez, mon cher lecteur, qu'un étranger, qui a écrit cette histoire dans un but d'utilité pour vous, vous adresse en passant un conseil. Oh ! ne faites jamais rien de répréhensible, souffrez tout plutôt que d'enfoncer dans votre sein l'épine envenimée du remords. Tenez pour certain qu'il n'y a pas d'accusateur si implacable que la conscience, pour qui il n'existe pas de véritable pardon. Comment en effet se demander à soi-même le pardon du tort causé à autrui? surtout si ce témoin impitoyable vous accuse d'avoir été ingrat envers des personnes dont votre faute a brisé le cœur et qui sont descendues dans la tombe abreuvées de douleur! Si, dans les profondeurs de votre âme, vous avez la conviction d'avoir rendu le mal pour le bien, d'avoir récompensé la sollicitude et la tendresse par la négligence et l'injustice; alors rejetant toute excuse, votre esprit, se débattant dans l'agonie du désespoir, échangerait volontiers ses souffrances cachées contre les plus horribles tortures du corps. Pénétrez-vous bien de cette idée que la sentence de condamnation contre soi-même se prononce lentement, à contre-cœur, mais néanmoins qu'elle se prononce d'une manière irrévocable, et que tant qu'il y aura en vous une étincelle du feu sacré que Dieu y a placé, c'est-à-dire une étincelle du bien, cette sentence résonnera éternellement à vos oreilles; car c'est une sentence qui n'admet ni appel, ni absolution, ni commutation: le ciel aurait pardonné que le repentir continuerait toujours. Nombre d'hommes courageux qui auraient pu donner le défi aux souffrances du corps, étendre au-dessus d'un brasier leurs mains pour être consumées, ont succombé sous l'incessante agonie d'une seule blessure empoisonnée infligée au cœur par la mémoire. Hâtez-vous donc avec une promptitude généreuse de rendre la joie à ceux que vos fautes auront plongés dans le désespoir; souvent ils vous ont épargné les reproches, jamais ils ne manqueront de vous pardonner. Demain peut-être il sera trop tard : la mort pourra leur avoir fermé les lèvres, et votre conscience alors leur trouvera une langue de feu !

Notre dîner se passa comme à l'ordinaire. Quand les tables furent reculées nous nous pressâmes autour de la cheminée où l'on avait entassé des bûches réjouissantes, formées de vieux bois de navires dont on manquait rarement à Château-Seaward. Nous nous chauffâmes et sautâmes tour à tour autour de la chambre ; mais cela sans trop de désordre tant que nous fûmes sous la surveillance de nos sous-maîtres, MM. Twig et Plater : ils nous quittèrent ; nous écoutâmes quelque temps encore le bruit mesuré de leurs pas, puis nous n'entendîmes plus rien. Le désordre alors commença.

On commença par saccager le bois et à rebâtir le feu à notre gré. J'ignore si le docteur nous eût réprimandés pour avoir ainsi fait, mais assurément les sous-maîtres n'y auraient pas manqué. Il y eut bientôt un feu d'enfer ; les vieilles fenêtres étincelaient et réfléchissaient gaiement la flamme haute et tourbillonnante. Nous avions chaud, il n'y avait plus d'études, des joies inconnues nous étaient promises pour la soirée, nous étions pour le moment nos propres maîtres ; nous avions presque oublié que l'endroit où nous étions était Château-Seaward. Cependant dans l'espace d'une heure ou deux, notre énergie, semblable à celle du feu, commença à baisser. Aux bruyants éclats de rire succéda le bourdonnement confus mais modéré de nos cinquante voix, maintenant réduites au simple ton de la conversation. La lueur rouge de l'âtre éclatant venait se refléter sur nos visages plus calmes; quelques-uns d'entre nous commençaient même à rêver et à sommeiller.

Nous étions voisins de cet état d'oisiveté qui est si souvent le moment choisi par le tentateur; il ne perdit pas cette fois l'occasion favorable d'exercer son empire. On n'entendait plus qu'un murmure si léger que de là au silence il n'y avait qu'un pas, quand nous crûmes distinguer le bruit d'un bâton ou d'une pierre qui frappait doucement sur un carreau de la grande fenêtre du nord. Nous retînmes aussitôt notre haleine, et un sifflement bas et significatif se répéta trois fois. Nous tournâmes tous les yeux vers la fenêtre, et ce ne fut pas sans un certain frisson que nous aperçûmes, se montrant de temps à autre à la grande croisée, la forme d'une tête. Il n'était pas douteux qu'un individu s'efforçait de sauter de terre pour regarder dans l'intérieur de la salle. Le nom de Grimsby circula d'abord de bouche en bouche, à voix basse, et cela fit courir à l'extrémité de la chambre la moitié au moins des écoliers; mais les plus hardis continuèrent de regarder, et bientôt se montra à l'un des carreaux inférieurs une figure immobile, dont la bouche, riant

sous cape, grimaçant et étalant des dents mal rangées, ne tarda pas à être reconnue pour celle de Crabe
Crawley. Que veut-il donc, ce Crabe Crawley? Que
désire-t-il? Que lui faut-il? telles étaient les questions que nous nous adressâmes les uns aux autres
non sans un sentiment d'inquiétude. Voyant qu'il
avait attiré notre attention, le méchant garnement,
qui probablement ne se maintenait qu'avec difficulté dans cette position, lâcha prise et disparut.
Au même instant glissa à travers les fentes de la croisée un morceau de papier sur lequel nous déchiffrâ-
mes ces mots : « Allez dans le jardin, et vous verrez
ce que jusqu'ici vous n'avez jamais vu. » Nous entendîmes encore une fois un léger coup de sifflet et
un rire nasillard à moitié comprimé qui lui était particulier.

Comme, en dépit des ordres formels du docteur
Poynders, ce vaurien fournissait clandestinement à
plusieurs d'entre nous des fruits et des jouets, comme
il se chargeait en outre de divers messages illicites,
ses chalands, qui formaient plus de la moitié de l'é-
cole, sortirent aussitôt; et le reste, poussé soit par la
curiosité, soit par le désir de ne pas rester en arrière,
ne tardèrent pas à les suivre. Les premiers se glissèrent doucement et sans bruit le long de l'allée du
jardin, en se dirigeant vers l'endroit où se trouvait
l'ancienne et profonde crevasse creusée dans la muraille du côté opposé où avaient lieu nos promenades
habituelles : ceux de nous qui ne faisaient pas partie

de cette bande se contentaient de regarder tout autour pour tâcher de découvrir cette chose remarquable dont Crabe Crawley avait parlé ; mais ils ne purent rien voir que le brouillard. Nous nous trouvions tous maintenant au vieux pavillon ; mais là non plus ni dedans ni dehors ne se voyait rien de plus qu'à l'ordinaire ; quant à Crabe Crawley on ne put le trouver nulle part. Nous supposâmes que le brouillard nous avait trompés, nous et peut-être lui aussi : nous restâmes quelque temps debout et l'oreille au vent ; mais nous n'entendîmes que le murmure de la marée doucement montante. Tandis que les jeunes garçons exprimaient leur étonnement, et que quelques-uns suggéraient déjà que ce n'était qu'une ruse de Crawley, bien que nous n'eussions jamais remarqué en lui aucune disposition à ces sortes de plaisanteries, nous entendîmes de nouveau un coup de sifflet venant du côté du nord : nous avançâmes ; mais avec moins d'ardeur en longeant la muraille, croyant trouver le garnement caché parmi les arbustes ; mais en vain nous regardâmes de tous nos yeux, en vain quelques-uns se hasardèrent à prononcer son nom. Crabe Crawley n'y était pas. Néanmoins, comme nous continuions toujours notre promenade, si peu agréable, nous aperçûmes en vérité, au moment où nous songions à retourner chez nous, nous aperçûmes, dis-je, en tournant nos yeux vers la muraille *ce que jusqu'ici nous n'avions jamais vu :* la vieille porte était ouverte à deux battants ! Eh ! qu'est-ce que cela fait ? pour-

riez-vous nous demander, qu'y avait-il là à voir ? Une
porte ouverte dans une vieille muraille, une perspective indistincte à travers le jardin que n'enveloppait
pas complétement le brouillard, et au delà, au milieu
même du brouillard, un terrain inculte et sauvage ; oui,
voilà tout. La tentation était irrésistible, pour les uns
d'aller en avant et de voir ; pour les autres, de suivre
et d'accompagner ceux qui leur donnaient l'exemple.

Qui avait pu ouvrir la porte ? Crawley sans doute
le sait ; ce que nous savons, nous, c'est que ce n'é-
tait pas nous.

« Mon Dieu, le terrain est loin d'être aussi mauvais que l'on nous disait ! » telles étaient les paroles
qui sortaient de nos bouches tandis que nous avan-
çions en nous serrant les uns contre les autres,
comme des gens qui ont peur, bien que personne ne
nous suivît, et comme des sots aussi qui pêchent sans
avoir un but. Où étions-nous ? Nous n'avions pas fait
trente ou quarante pas par delà la muraille du jardin ;
cependant, quand nous cherchâmes des yeux, nous
n'en pûmes rien découvrir : c'est à peine si nous
pûmes discerner l'antique façade du vieux château,
dont les pignons se dessinaient imperceptiblement à
travers le brouillard grisâtre. On s'adressa alors cette
question : Que nous faut-il et qu'allons-nous faire ?
Nous étions là cinquante-deux individus dont pas un,
je l'imagine, ne se croyait stupide : eh bien ! croi-
riez-vous qu'il ne s'en trouva pas un qui pût faire
une réponse à cette question, et que ces cinquante-

deux individus n'eurent pas assez de bon sens pour
s'arrêter et en chercher une ; ou bien, n'en trouvant pas, pour s'en retourner ! La conscience, la raison, notre avantage même nous criaient : Retournez !
retournez ! retournez ! Mais, non ! John Rouse avait
résolu de voir où conduisait ce sentier ou sommet de
craie, avec tous ses détours. Son avis fut bientôt
partagé de tous ; nous ne fûmes pas long-temps à être
éclairés sur ce point, car, en faisant un pas de plus,
la moitié d'entre nous glissa, manqua pied, et alla se
débattre dans l'un des puits dont on nous avait tant
parlé ; mais auxquels, dans ce moment, nous songions
si peu. Il n'y eut pas de fractures, mais un tel plongeon dans l'eau, blanchie par la craie, que je ne me
rappelle pas avoir jamais éprouvé une telle déconve-
nue. Nous roulâmes dans ce bassin sablonneux et en
tombant nous entraînâmes nos compagnons qui étendaient leurs bras pour nous aider. Il faut l'avouer,
nous nous conduisîmes, durant cette affaire, avec le
plus grand sang-froid ; mais, malgré tout ce qu'il y
avait de comique dans notre position, nous n'eûmes
guère envie de rire, pas même quand nous eûmes
réussi à gagner l'autre bord qui était moins escarpé
que celui qui nous avait tellement trompés. Enfin,
nous voilà debout, assez blancs pour être distingués
même à travers le brouillard, et en même temps le
visage pâle de consternation.

Examen fait de nos personnes, nous nous trouvâmes quelques entorses et meurtrissures ; tandis que

pour varier le spectacle, plusieurs se tenaient assis
se plaignant de leurs genoux et de leurs coudes; nous
nous livrâmes ensuite à une opération qui, suivant nous, devait faire disparaître les traces de notre
escapade. Avec nos mouchoirs et de l'herbe nous
commençâmes à nous essuyer et à nous frotter les
uns les autres, chaque voisin rendant ce service à
son voisin : mais, hélas! nous ne faisions qu'empirer
notre piteuse situation; plus nous frottions, plus nous
devenions blancs. Forcés de renoncer à l'espoir de
réparer nos avaries, nous ne songeâmes plus qu'à
nous retirer. Nous fîmes, non sans crainte et sans
difficulté, le tour du puits, et nous regagnâmes la
montée par laquelle nous étions venus. Haletants,
tremblants, défaits, nous reprîmes notre course
vagabonde. Combien alors nous regrettions notre
excursion! ah! pourquoi la vieille porte n'était-
elle pas aussi hermétiquement fermée que la muraille
quand nous vint l'idée de la franchir. Hélas! à peine
ce vœu avait-il été énoncé qu'à notre grande consternation nous trouvâmes la porte dans l'état où nous
désirions qu'elle eût été toujours! Oui, la lourde
porte avait ses deux battants exactement pris dans
leurs jointures; elle était fermée, immobile, et il
n'y avait ni pommette, ni crochet, ni poignée, rien
enfin avec quoi nous pussions l'attirer vers nous!

Nous appelâmes d'abord avec le degré d'énergie
compatible avec la discrétion, Tom Tideyman, vieux
laboureur, dont nous connaissions l'excellent naturel

4

et qui se trouvait toujours là, quelque part, sur les terrains; mais personne ne répondit. Bravant alors toutes les conséquences, dont la pire devait être pour nous le nettoiement de nos habits avec les cannes de nos sous-maîtres, nous nous mîmes à crier tout d'une seule voix et à tue-tête. Mais la muraille à cet endroit se trouvait fort éloignée de la maison, dont maîtres et domestiques habitaient en outre la partie la plus écartée; nous nous trouvions d'ailleurs immédiatement au-dessous d'elle, aussi c'est à peine si de là se répétait un faible écho.

Nous ressentîmes, en ce moment, un frisson de désespoir. Ce fut la première souffrance véritable dont fut payée notre désobéissance. Nous répétâmes notre cri, mais ce fut même réponse. Nous entendîmes seulement un bruit sourd que nous reconnûmes pour être le sifflement des branchages d'un vieux figuier qui s'ébattait joyeux de l'autre côté du mur et dont le sort alors nous fit envie (il était chez lui!). Oui, pour la première fois, nous brûlions d'être sains et saufs dans l'école de Château-Seaward; vain désir! toutefois, pour en venir, s'il était possible, à notre but, nous résolûmes de tenter le vieux mur délabré, situé au bout du jardin. Nous glissâmes jusqu'à lui comme des spectres; mais quand nous eûmes avec des peines inouïes passé l'angle et grimpé sur le vieil arc-boutant qui, tout abattu qu'il était, soutenait la muraille, nous trouvâmes que la pente du terrain était si rapide pour gagner les fondations qu'elle rendait com-

plétement impossible tout accès près du mur en question. Notre espérance, en commençant notre retraite,
avait été d'abord de pouvoir regagner le foyer de
l'école sans être aperçus, et là, sécher, frotter, essuyer nos habits en nous passant mutuellement en
revue à la lumière; cette espérance, il fallait y renoncer, et nous dirigeâmes solennellement notre attention vers les moyens de nous mettre en sûreté pour la
nuit. Il n'était, à la vérité, que trois heures de l'après-
midi, et bien qu'à chaque instant le brouillard devînt
de plus en plus épais, l'obscurité n'était pas arrivée
encore.

N'y avait-il pas, me demanderez-vous, un chemin qui conduisît à l'entrée principale du château,
ou à l'une des issues latérales? aucun que nous sa-
chions. Ah! c'est alors que nous maudîmes Crawley, et cela dans les termes les plus violents et les
plus amers. Nous étions tous d'accord sur ce point,
en nous rappelant la menace qu'il avait prononcée,
qu'il avait enfin accompli la vengeance qu'il médi-
tait. Mais en cela nous avions tort. Une nuit dans
les carrières de craies n'était pas la récompense que
cet être malfaisant nous destinait, à nous, les spectateurs involontaires du vol qu'il avait commis sur le
panier du colporteur.

Nous tînmes alors conseil sous les murailles et nous
nous arrêtâmes enfin à la prudente décision, la meilleure peut-être que l'on pût adopter en telle occurrence, d'aller de nouveau nous poster près de la

porte fermée, et de rester là jusqu'à ce que l'on ap-
pelât d'une manière ou d'autre. Nous savions qu'il
faudrait peut-être bien attendre deux heures et même
plus, car nos précepteurs nous croyaient sans doute
en sûreté; il était peu probable d'ailleurs que si
l'on ne nous trouvait pas dans l'école, on vînt à
notre recherche dans les jardins qui, on le savait
bien, étaient enclos de toutes parts. Nous restâmes
ainsi cois, nous serrant tous les uns contre les autres
sous la muraille, précisément du côté que nous
avions tant désiré voir. C'étaient tout à la fois des
murmures, des consultations réciproques, des querelles, des sanglots. J'observai que deux ou trois écoliers qui se tenaient habituellement de compagnie
n'avaient point exprimé de surprise quand la porte
s'était trouvée ouverte; mais leur désappointement
se manifesta évidemment lorsqu'ils la retrouvèrent
fermée; nous les entendîmes à plusieurs reprises prononcer le nom de Crawley.

On ne se gênait plus maintenant pour attribuer à
ce misérable la méchanceté d'avoir ouvert et fermé
la porte; aussi déclarâmes-nous hautement qu'il aurait son tour dans les carrières, s'il nous était donné
de pouvoir accomplir cette résolution. A peine avions-
nous émis cette frivole menace, que tout près de
nous se fit entendre un rire nasillard, et que ce
méchant garnement, rampant sur les mains et sur
les pieds, s'élança presque à nos pieds d'un trou que
nous n'avions pas remarqué; nous fîmes un bond en

arrière, les cheveux hérissés sur nos têtes ; car il y
avait toujours dans l'aspect inattendu de ce vaurien
quelque chose de rebutant qui produisait l'espèce de
sentiment que cause un reptile en se dressant tout
à coup au milieu du sentier que l'on traverse. Plusieurs d'entre nous s'imaginèrent même que c'était
le vieux Grimsby qui surgissait ainsi de l'endroit où
il avait péri.

Une fois reconnu, cependant, Crawley ne tarda
pas à se mettre en communication avec ceux de
son parti qui se pressèrent autour de lui ; les autres s'éloignèrent d'abord, mais nous fûmes bientôt appelés à rejoindre la troupe à qui paraissait rester
la conduite de nos affaires. «Que dit Crawley ? demandâmes-nous. — Il veut savoir ce que nous faisons
tous ici, et pourquoi vous ne le jetez pas dans la
fosse de Grimsby ?» Nos cheveux se dressèrent. «Venez donc, venez donc, disait le misérable en s'appro-
chant vers nous les deux poings sur les hanches, allons, poussez Crawley dans la fosse, et venez voir
alors si les cancres l'auront pris ! » Les plus braves,
aussi bien que les plus lâches d'entre nous, étaient
alors presque assez domptés pour son dessein, et il le
voyait.

Mais changeant alors de ton, et d'un air qui paraissait plein de bienveillance, il nous dit :

— Allons, que direz-vous maintenant à Crabe
Crawley, s'il vous indique un chemin pour sortir
d'ici ?

— Je vous le dirai quand nous y serons, répondit Nathan Prout.

— Faites-nous sortir d'ici, et nous en causerons, répliqua Charles Melton.

Un tout jeune garçon, Philippe Aylmer, dont j'aurai tout à l'heure à vous parler plus au long, me serra fortement le bras, et me glissa à l'oreille :

— Oh ! Miles, Miles Selvyn, ne le suivez pas; Crawley a l'air terriblement méchant. Le docteur nous enverra certainement chercher, et bien sûr il nous pardonnera; vous savez qu'il le fait quand on le lui demande.

Je reconnaissais la sagesse et la prudence de ce conseil, et je regrette bien de n'avoir pas eu, lui et moi du moins, assez de courage pour nous y conformer. Quelques-uns des écoliers qui partageaient ordinairement notre manière de voir à l'égard de Crawley, vinrent s'unir à nous, mais n'apportèrent aucune lumière au conseil que nous tenions. Ils attendirent plutôt, avant de prendre une résolution, que les Crawleyites eussent arrangé l'affaire; enfin Jam Coble, se détachant de son parti, fit un pas en avant, et dit :

— Crawley connaît vingt sorties et autant d'entrées; oui, vingt, si vous ne craignez pas de faire un pas ou deux sous terre.

— Sous terre ! oh sous terre ! fit Aylmer en me serrant de nouveau le bras avec force.

— Je ne me soucie pas beaucoup d'aller sous terre à présent, ajouta John Upjohn.

— Ni moi non plus, répliqua Timothée Tayspill.

— Eh bien donc, restez où vous êtes; pour nous, nous voilà partis, répondit Mark Mummery.

— Oui, oui, cria John Rouse, et rappelez-vous bien qu'en dix minutes nous serons tous chez nous, et que nous dirons que vous êtes partis. Vous le savez, ils ne vous chercheront jamais du côté des carrières.

En ce moment, Crawley, qui était déjà disparu de notre vue, siffla, et les écoliers le suivirent en foule, nous laissant quatre seulement sous la muraille. L'instinct naturel à l'humanité nous porta à les suivre. Nous eûmes toutes les peines du monde à conserver la distance nécessaire d'un pas ou deux pour ne pas les perdre dans le brouillard. Si nous avions eu plus de temps pour réfléchir, nous eussions éprouvé plus de craintes et de soupçons de la route que nous prenions; mais les choses étant ainsi, nous nous empressâmes de marcher à la file, et « suivez-moi » fut le cri à l'ordre du jour. Nous atteignîmes bientôt, sous la conduite de Crawley, une espèce de sentier fréquenté. Nous le traversâmes rapidement, et nous trouvâmes qu'il nous menait droit à une fissure étroite dans le terrain crayeux, laquelle fissure s'enfonçait si vite, que nous eûmes bientôt au-dessus de nos têtes comme de hautes murailles qui penchaient de chaque côté en formant voûte. L'obscurité augmenta bientôt de la manière la plus désagréable. Nous courûmes avec

impatience et impétuosité, bien que nous pussions
à peine voir un pas devant nous. Oh ! combien nous
nous sentîmes soulagés, quand, au bout de vingt
minutes, nous nous trouvâmes hors de l'obscurité,
sur les sables, sous les rochers ! là, nous nous étions
souvent promenés avec nos précepteurs ; mais jamais,
jusqu'à ce jour, nous n'avions eu connaissance de cette
approche curieuse et plus voisine du rivage ; maintenant nous n'ignorions pas un pouce de notre chemin ; nous savions que nous n'avions plus rien autre
chose à faire que de tourner l'angle du rocher à une
distance de moins d'un quart de mille, et, en suivant
le quai et le village, de prendre la route qui nous
conduisait à Château-Seaward, où nous pouvions entrer par une porte latérale, et regagner inaperçus,
nous le croyions du moins, l'école.

Nous ne trouvâmes pas la course sur les sables
tout à fait aussi agréable que de coutume, à cause du
brouillard ; c'est à peine si nous pouvions distinguer
les hauts rochers qui s'élevaient à notre droite, tandis qu'à notre gauche nous entendions assez distinctement la mer.

— Que pensez-vous maintenant de ce pauvre garçon, de Crabe Crawley ? demanda Jam Coble. Sans lui
nous serions encore comme des imbéciles à nous
morfondre sous cette muraille du jardin.

— Sans doute, répondit Nathan Prout ; mais sans
lui aussi nous serions restés tout le temps fort à notre aise près de notre bon feu.

— C'est précisément là ce que j'en pense, dit Aylmer.

— Eh bien ! n'êtes-vous pas maintenant sains et saufs ? N'en êtes-vous pas bien certains ? répliqua le petit John Rouse ?

— Oui, certains de bons coups de canne, soyez-en sûrs, ajouta Jerry Dolman.

Cependant la mer roulait ses vagues plus près de nous, comme il était facile de s'en apercevoir à son murmure, et je commençais à soupçonner qu'on nous tendait quelques piéges au moyen de la marée ; mais Crawley continuait de s'avancer avec nous, j'avais donc assurément tort. Il sifflait en nous appelant ; nous hâtâmes le pas, en sorte que nous arrivâmes bientôt à la jetée ou petit pont qui contribuait à former un petit havre, près du village ; du côté opposé de ce havre était un cabaret isolé, appelé le *Rendez-vous des mariniers*, d'où sortaient, de temps à autre, des sons mêlés de joyeuse bombance et de chants de matelots. Au bas des degrés de la jetée se trouvait, amarré par une corde, un petit navire de commerce, qui, bien qu'à une très-faible distance, pouvait à peine être distingué ; mais nous pouvions clairement entendre le bruit de l'eau qui clapotait contre l'avant du vaisseau et le fouettement du pavillon hissé au grand mât et flottant légèrement au vent ; tantôt le chœur sauvage du *Rendez-vous des mariniers* retentissait en éclats vigoureux, tantôt il descendait aux gammes les plus basses, et toujours

était suivi d'une clameur bruyante, d'applaudissements de mains et de trépignements de pieds.

— Quel tapage ils font, et pourquoi ce tumulte?
nous demandions-nous.

— C'est l'équipage de ce navire, fit en chuchotant
Crawley. Ce sont les gens du *Rapide* de Londres;
ils célèbrent l'anniversaire du 5 novembre; ils ont
laissé leur navire sans personne à bord.

Dans la phrase qui nous annonçait ce dernier dé-
tail, il y avait une emphase significative; les mots en
furent répétés par Crawley jusqu'à ce qu'il vît bien
qu'une nouvelle tentation commençait à s'éveiller
dans l'esprit de quelques-uns de nous. Il s'arrêta
alors, et reprit avec l'animation apparente d'une pensée soudaine :

— Traversons la planche, rendons-nous sur ce navire; nous gambaderons bien autour du pont, puis
vous descendrez en bas, vous vous chaufferez au feu
de la cabine; cela fait, remontez et en route, et vous
pouvez être chez vous, à votre grec ou à votre latin,
si bon vous semble; oui, dans une demi-heure vous
serez tous chez vous.

— Assurément, assurément, oui certes nous le
pouvons; il n'est point trop tard, à l'heure qu'il est
le docteur ne peut guère que se mettre à dîner.

— Oui, montez à bord, ajoutait Crawley, et je la-
verai, si vous le voulez, la craie de vos habits.

— Fameuse idée! ce pauvre diable, après tout,
n'est-il pas un adroit et excellent garçon? pourquoi

ne ferions-nous pas ce que Crawley nous propose ?

Telle était la question que se posaient la plupart des écoliers.

La réponse à cette question était évidente à la conscience de tous ; mais les lèvres d'un seul, Nathan Prout, la firent.

— Nous ne devons pas le faire, parce qu'en premier lieu il y a un statut formel arrêté tout exprès pour notre sûreté et en vue de notre bien, lequel statut défend aux écoliers d'aller à bord des chaloupes ou de tout autre navire, et ensuite parce que le docteur Poynders, le directeur en chef, nous a, il n'y a pas une heure, exprimé avec bonté, mais aussi avec toute l'autorité dont il est revêtu, l'intention de nous voir rester toute la journée à l'école sans sortir.

C'étaient là d'excellentes raisons ; mais Nathan Prout n'avait pas eu le temps de les exprimer encore, que déjà le misérable tentateur avait attiré le chef de son parti sur la planche insidieuse ; et que déjà le suivaient, hélas ! tous ceux qui avaient en général de meilleures dispositions, et eussent été eux-mêmes complétement incapables de commettre un pareil délit. C'est une chose bien digne de remarque, que qui regardera comme une cruelle fatigue de travailler pour rien, souffrira volontiers, et sans trop se plaindre, sans même en espérer aucun résultat avantageux, les mille inconvénients qu'entraîne la perpétration d'une faute. Prenons pour exemple les infractions de cette journée ; supposons que l'on eût

fait choix même des plus déterminés d'entre ces
écoliers pour remplir une mission ; qu'on leur eût fait
un devoir de s'arracher aux douceurs d'un foyer
flamboyant , pour faire ainsi route à travers la boue,
le brouillard et les carrières de craie, pour longer les
sables quand la marée était menaçante, et enfin porter quelque message important à bord de ce navire;
que de plaintes n'auraient pas éclaté ! quelle frayeur
ne se serait pas emparée de tous les esprits! ils auraient désobéi peut-être. Tout cela, cependant, nous
le faisions en dépit d'ordres contraires, pour notre propre satisfaction. Les degrés de la jetée étaient humides et glissants, la planche qu'il fallait traverser était
faible et vacillante, et, par son élasticité inattendue,
elle faillit nous jeter, Philippe Aylmer et moi, dans
l'eau, lorsqu'elle fut allégée du poids de ceux qui
nous précédaient.

C'est à peine si, quand le *Rapide* reçut ses visiteurs non conviés, un léger frémissement se manifesta dans sa banderole. Nous parcourûmes en tout
sens le pont, tombant et roulant sur les marchandises et les cordages, mais cela nous était bien égal ;
nous furetions partout, comme si notre visite avait eu
un but. Saisissant les cordes humides et enduites de
goudron, grimpant le long des agrès, nous mettant à
califourchon sur les tonneaux, nous nous livrâmes à
mille folies. Regardant alors au-dessous de nous, et
apercevant la lueur sombre et rougeâtre du feu de la
cabine, quelques-uns descendirent ; ce fut presque en

rampant, il est vrai, car nous avions tous les mêmes craintes qui tourmentent les malfaiteurs. Mais Crawley avait raison, il n'y avait personne à bord.

On étouffait dans cet étroit espace qui sentait affreusement l'huile de poisson, les liqueurs fortes et le tabac. On y voyait aussi les vêtements mouillés des matelots qui séchaient auprès du poêle. Le petit Ibbotson voulut alors se voir dans une de ces rudes vestes bleues de marin; il ne tarda pas à satisfaire son envie, plusieurs l'imitèrent. Sur le pont était une grande cuve pleine de divers poissons; Isaac Inman faillit y tomber. Cela nous fit rire un moment, et cette scène divertissante sembla devoir couronner les plaisirs de la journée. L'heure était maintenant avancée, la soirée approchait; les plus méchants d'entre nous étaient enchantés d'avoir accompli une double infraction aux règles de Château-Seaward; nous nous contentâmes de chauffer encore une fois nos doigts au feu mourant de la cabine, tandis que le reste de nos compagnons ne cessaient pas de gambader autour du pont. « Maintenant, partons! » tel fut le cri qui sortit de toutes les bouches. « Crawley, Crawley! où êtes-vous, Crawley? en route donc. Mais où peut-il être? sans doute il monte la garde sur le quai. N'importe, en route. » Nous nous précipitâmes vers l'échelle pour la monter, mais en le faisant cinq ou six d'entre nous perdirent très-singulièrement l'équilibre et tombèrent tout d'un coup à côté, contre la rampe. Une espèce d'exclamation se fit entendre en même temps sur le pont, et des reproches mutuels s'entre-croisèrent à l'égard d'une chose que nul n'aurait pu empêcher. Le moment d'après, nous fûmes tous jetés avec violence dans la direction opposée, et l'air retentit de nos cris : « Nous sommes en mer ! nous sommes en mer ! »

Le choc précipita par-dessus bord treize des malheureux jeunes intrus.

CHAPITRE III.

Que pensez-vous de cela, mes jeunes amis? Le fait était, comme je l'ai appris depuis, que Crawley n'eut pas plutôt réussi à faire monter toutes ses victimes à bord du *Rapide*, qu'il sauta à terre inaperçu, et suivant son plan, depuis long-temps dressé, lâcha la corde qui tenait le navire amarré au quai, et le laissa ainsi flotter au gré d'un léger vent frais, venant de terre, qui le porta insensiblement en pleine mer. Le vent alors s'augmenta et commença à bourdonner parmi les agrès. Le *Rapide*, maintenant son propre maître, autant au moins que son jeune équipage avait désiré l'être, tourna sur sa quille, s'éloigna du quai et, faisant son dernier salut à la terre, présenta sa poupe au vent. Sans voiles, sans gouvernail, le navire s'enfonçait et pirouettait et à chaque instant manquait de sombrer; la cale toucha l'angle d'un rocher que l'on n'apercevait qu'à la marée basse, et le choc *précipita par-dessus bord treize des malheureux jeunes intrus !* Leurs cris perçants retentissent encore à mes oreilles; mais

tout bientôt fut fini et l'on n'entendit plus que le sifle-
ment des vagues qui, tour à tour s'abaissant et remontant le long des flancs du navire avec une rage
qui ne faisait que croître, couvrirent bientôt le pont
et tout à coup emportèrent encore neuf d'entre nous
sans leur laisser le temps de prier ni même de crier.
Si le navire eût resté quelques minutes de plus dans
cette situation horrible, c'eût été fait de nous tous,
et l'histoire de Miles Selwyn n'aurait jamais vu le jour ;
mais la marée montant toujours, jointe à la violence
des vagues, souleva soudain le navire et l'entraîna
loin du rocher. Le *Rapide* pirouetta et roula quelque temps encore ; mais la mer ne le couvrant plus,
il vogua gaiement au caprice du vent avec son misérable équipage de faibles et jeunes enfants.

La houle qui avait emporté nos compagnons nous
laissa gisants, presque insensibles, sur le pont. Guidés
par le seul instinct de la vie, nous nous serrâmes les
uns contre les autres, nous accrochant à tout ce qui
était à notre portée, mouillés et respirant à peine ;
nos cris se calmèrent et nous restâmes accablés
comme si tout était perdu pour nous. J'imagine
qu'une espèce de stupeur succéda au vertige et au
mal de cœur qui s'était emparé de nous. Mal affreux !
et que rendit plus fort sans doute encore la froidure
intense de cette nuit terrible. Ce qu'il y a de positif,
c'est que les choses se passèrent ainsi à mon égard.
J'étais, je le crois, tombé au fond de la cale ; car,
le matin, en m'éveillant, je m'y trouvai la tête en-

clavée entre deux tonneaux, qui, sans un fromage
qui était aussi tombé entre eux, auraient probablement terminé mes souffrances. D'abord je me per-
suadai presque que ma situation n'était qu'un acca-
blant cauchemar. Je me frottai les yeux et fis, mais
inutilement, des efforts désespérés pour me lever. Le
roulis me détrompa bientôt. Non, non, je n'étais pas
dans mon bon lit à Château-Seaward ; j'étais loin,
bien loin de l'école, de l'Angleterre, de toute assistance ; destiné sans nul doute à une mort prochaine,
ou tout du moins à un trépas lent et plus terrible
encore. J'appelai plusieurs de mes compagnons par
leurs noms. Enfin un faible cri se fit entendre d'un
coin de la cale où j'étais ; c'était la voix du pauvre
Philippe Aylmer, faible enfant qui de plus était boiteux. Il appelait avec des sanglots entrecoupés ses
parents, ses frères, sa sœur Amy. Je lui dis : « Oh !
Philippe, savez-vous où nous sommes ? » Pour toute
réponse il murmura quelques mots inarticulés.

J'essayai de nouveau de me lever, mais mon cerveau tourbillonna, et mes membres engourdis et en-
chevêtrés me manquèrent complétement. Jamais jusqu'alors l'inquiétude ne s'était assise à mon chevet, jamais la peine, jamais aucune véritable douleur n'avait
présidé à mon réveil. Entre l'orage et moi avait toujours existé une infranchissable barrière ; et voilà
que tout à coup une tempête d'horreur s'était abattue
sur moi, me frappait sans relâche, sans que brillât
devant moi la moindre lueur de secours ou d'espé-

rance. Pardonnez-moi, cher lecteur, si un instant les larmes d'agonie ont rempli ma plume. Enfin, je me traînai sur le banc et, levant la tête, je crus que tous mes compagnons avaient péri, mais il n'en était pas ainsi. Il faisait un vent frais au commencement de cette matinée; il n'y avait sur la surface de la mer qu'un brouillard léger. Les étoiles brillaient encore, elles ne s'étaient pas encore éteintes devant l'aurore. Les vagues sombres étaient couvertes çà et là de flocons d'écumes, et le navire, prêtant ses flancs au vent, se balançait au-dessus des cimes ondoyantes et traçait un paisible sillon. Moitié morts de froid et de mal de cœur, les jeunes garçons étaient couchés çà et là sur le pont, d'autres étaient entassés les uns sur les autres dans la cabine qui était inondée et ne présentait pas un abri beaucoup plus commode que le pont. En descendant, je n'avais pas le pied assez marin pour me maintenir debout et je tombai lourdement sur plusieurs d'entre eux. La première voix qui m'accueillit fut celle de Nathan Prout, jeune homme doué des plus heureuses qualités, que jusqu'ici j'avais été peu à même d'apprécier. Il n'avait pas de parents à regretter ou qui eussent à le regretter; en aurait-il eu, je pense qu'il eût abrégé des plaintes inutiles.

— Ah! s'écria-t-il en se levant vivement, Selwyn, est-ce vous? où avez-vous donc été toute la nuit?

— En bas, avec les tonnes, répondis-je; mais comment y suis-je arrivé? je l'ignore.

— Alors je puis vous le dire, répliqua Prout, car vous et moi nous sommes tombés ensemble et je crois que nous avons entraîné Aylmer avec nous. Je ne savais pas ce que vous aviez à faire là, mais pour moi je savais bien que je n'y avais rien à faire, aussi m'en suis-je tiré tout de suite. Et où est-il actuellement, ce pauvre Aylmer?

— Où je l'ai laissé, répondis-je, et mort à présent sans doute, je le crains bien.

A ces mots, Prout me lança en signe de reproche un coup d'œil plus sévère et plus méprisant même que je ne pensais le mériter, ou que je n'en soupçonnais capable son pâle et gracieux visage. « Allons, venez donc, me dit-il, vous avez pris un jour le parti du pauvre boiteux; vous avez terrassé un élève qui l'insultait; c'est la seule bonne chose que je vous aie jamais vu faire. Augmentez à l'heure qu'il est la somme de vos bonnes œuvres, et aidez-moi à le faire sortir. C'est le seul qui ne puisse pas s'aider quand il le veut. Selwyn, ajouta-t-il plus bas, toute cette affaire vient de Crawley. De plus il y en a cinq ou six dans la cabine qui n'ont pas gagné plus qu'ils ne méritent. »

Je n'avais pas l'énergie et le sang-froid de Prout; il avait aussi sur moi un grand avantage à cette heure de misère, étant libre du mal de mer, et n'ayant point pour l'accabler d'affections déchirantes; il avait en outre à peu près deux ans de plus que moi, ou autrement dit, était âgé d'environ seize ans; ses traits

respiraient la finesse et une grande fermeté, tandis
que son esprit était merveilleusement propre à se plier
à tous les accidents de la vie. Je sentis la supériorité
de Prout sur moi, et je me rangeai volontiers sous
son obéissance.

— Où croyez-vous que nous sommes? lui demandai-je en arrivant sur le pont.

— Il n'y a parbleu pas à s'y méprendre, sur la
mer! Ne voyez-vous pas l'eau? Selwyn, ajouta Prout
en fixant ses yeux vers un angle obscur de la cale,
le voilà, votre petit ami, Philippe Aylmer; le voilà,
et il est véritablement mort!

Je m'élançai alors en devançant Prout, et je me
laissai glisser parmi les barils et les ballots de marchandises. Nathan avait raison : Aylmer était raide
et froid. Bien que ce soit moi-même qui écrive ces
lignes, je dois me rendre 'a justice, à moi, Miles
Selwyn, de faire observer qu'au moment où j'entendis la voix du pauvre Aylmer, j'étais presque
aussi privé de sentiment que lui, et entièrement in-
capable de réfléchir et d'agir. Prout le reconnut et
partagea généreusement le blâme en disant : « Je l'ai
moi-même quitté avant vous; mais que peut-on faire,
hélas! pour les autres quand on ne sait pas s'aider soi-
même! »

Philippe Aylmer était un aimable enfant et qui ins-
pirait un véritable intérêt; il avait accompli sa dou-
zième année; il était d'une taille au-dessous de la
moyenne pour son âge, toujours pâle, faible et maladif.

Cette dernière circonstance provenait d'une courbure de l'épine dorsale qui se développait rapidement en lui ; ses bras et ses mains étaient démesurément longs et allaient toujours en s'amincissant ; son visage présentait l'expression commune aux individus déformés ; il avait la bouche assez grande, les dents larges et saillantes ; mais des yeux d'une intelligence peu commune animaient sa physionomie, et lui donnaient un degré d'intérêt plus grand encore. Il était habituellement pensif et réservé, mais sa sensibilité était excessive. Son esprit fin et délié avait une activité dévorante ; quand la justice, la bienveillance ou l'honneur s'en mêlaient, il déployait alors une énergie inattendue qui nous jetait dans l'étonnement. Pauvre petit Philippe ! il était naturellement le but des sarcasmes de la *mauvaise queue* de l'école, et c'était vraiment une chose merveilleuse que la force d'âme avec laquelle il avait appris à supporter les plus cuisantes douleurs morales, quand circulait la cruelle plaisanterie. Ses souffrances alors ne se décelaient que par un mouvement convulsif d'un coin de sa bouche. Je terrassai, à différentes époques, deux écoliers, et Prout cassa deux dents de devant à un troisième, dans un paroxysme d'indignation causé ou excité par les insultes dont ils accablaient l'enfant. Une autre fois, Philippe lui-même renversa un mauvais plaisant avec une rapidité telle que nous en fûmes tous électrisés. Il pinça au même instant les deux coins de sa bouche, mais la minute d'après il alla

demander, les larmes aux yeux, pardon au gros bu-
tor qui avait si bien mesuré la terre! Sa reconnaissance envers ses protecteurs et ses défenseurs
plus robustes était sans bornes; non pas qu'il aimât
voir ses persécuteurs eux-mêmes punis, mais l'idée
même de protection venant de la sympathie d'autrui
remplissait d'émotion son généreux petit cœur. Il me
suivait comme son ombre, et à cette circonstance
seule peut être attribuée sa fatale sortie du jardin de
Château-Seaward. Cher enfant! que de fois sa vive
intelligence suppléa aux lenteurs de ma paresse? que
de fois il me vint en aide pour me récompenser des
légers services que je lui rendais? A qui me décochait
un trait, s'adressait tout aussitôt un bon mot de Philippe qui réduisait mon adversaire au silence. Ses
reparties néanmoins étaient rarement exercées pour
son propre compte; son visage expressif et plein de
distinction glissera bien quelquefois même encore
devant moi durant la sombre fantasmagorie d'un
songe, mais je ne puis guère évoquer autrement son
image qu'au prix de longs efforts. Prout et moi retirâmes, non sans difficulté, le corps d'entre les ballots
entassés dans la cale, où il était courbé presque en double. Ses petites mains étaient rivées, et ses dents ser-
rées comme s'il avait péri de froid. Nous restâmes un
moment fixes comme des statues, penchés sur le cadavre, le premier que Prout eût jamais vu.

— Allons, dit-il avec une certaine brusquerie,
c'en est fait.

Et nous regagnâmes le pont d'un saut. Là une nouvelle scène nous attendait. Ce n'était rien moins que la soudaine irruption de tous les locataires de la cabine, avec une vivacité telle qu'on aurait dit qu'ils étaient lancés dehors par un volcan ; ils semblaient ne pas toucher la rampe, l'échelle ni même le pont, mais bien être portés ici, en haut, sur les ailes de la frayeur, qui, en effet, les poussa jusqu'au bord même du navire, à l'extrémité opposée. Là ils retrouvèrent pour la première fois l'haleine, et indiquant du doigt la cabine, ils se mirent à crier à tue-tête :

— Le voilà ! le voilà !

L'impression générale fut sans doute qu'en bas se trouvaient des êtres surnaturels et qu'autour de nous se passaient des choses surnaturelles aussi. La vraie cause de cette terreur n'était pas elle-même moins effrayée que les jeunes oiseaux si subitement dénichés. En regardant à nos pieds, Prout et moi, nous aperçûmes les paupières brûlantes et gonflées, la bouche haletante, les joues frémissantes d'un petit homme, large et trapu, presque enseveli sous les habits des matelots, et qui, à genoux sur le plancher de la cabine, suivait de l'œil encore l'escadron fugitif, et d'une voix rauque, chevrotante et entre-coupée faute de respiration, débitait une sorte d'oraison où il paraissait demander grâce. Aussitôt qu'il vit nos pâles figures, il courut se cacher jusqu'au fond de la cabine ; mais quand nous nous retirâmes, il chercha aussi à gagner les régions supérieures et monta sur le pont. Il fut alors salué par un tel hurlement de terreur parti de vingt gorges au moins à la fois, qu'il redescendit avec la rapidité de l'éclair, sans qu'un seul mot d'explication eût été prononcé d'un côté comme de l'autre.

Pour être bref, car j'ai beaucoup de choses encore à dire, vous saurez, mes jeunes lecteurs, que ce personnage était un matelot ou pêcheur hollandais, qui (avec permission ou non, je l'ignore) avait pris passage à bord du *Rapide*, et s'était blotti dans un coin, derrière le poêle de la cabine, pour faire la sieste, après avoir englouti une énorme dose du cordial célèbre de son pays. Il avait tellement bu, et son sommeil, suite inévitable de l'ivresse, avait été si profond que rien de ce qui s'était passé ne l'avait éveillé. Il n'ouvrit les yeux qu'au moment où l'un des jeunes garçons qui était couché tout près de lui sans le savoir lui allongea un coup de pied sur le visage.

A notre première alarme succéda un léger rayon d'espérance : ce matelot robuste pourra peut-être nous sauver. Pleins de cette idée, Prout et moi, nous nous hasardâmes à descendre dans la cabine; mais sous l'influence combinée de la boisson et de la peur le cerveau du Hollandais n'était pas dans un état d'ébullition moindre encore; son visage prit toutes les teintes de l'arc-en-ciel quand nous nous approchâmes de lui, et nous lui fîmes en vain tous les signes du zodiaque.

Nous remontâmes une seconde fois sur le pont, où s'éleva un incident nouveau et important de notre étrange destinée; bientôt il fixa tous nos yeux, toutes nos pensées. Une tache noire commençait à poindre à l'horizon à travers la brume diaphane du matin, du côté d'où venait le vent; notre vue jeune et perçante découvrit bientôt que cette tache était une chaloupe pleine de gens. Ceux-ci dirigeaient diligemment leur course vers notre navire, et, grâce au jeu des rames et à une petite voile qui s'arrondissait au souffle de la brise, ils ne tardèrent pas à gagner du chemin sur le *Rapide,* dont le mouvement était à peine perceptible, et qui, depuis long-temps, semblait plutôt être lourdement fixé au milieu des ondes. Insensés que nous étions! nous n'eûmes pas plutôt aperçu cette frêle embarcation que, comme si le vaste Océan ne pouvait être occupé que de nous et de nos affaires, nous nous persuadâmes qu'on arrivait à notre secours.

— Oh! ils viennent nous chercher! enfin, ils viennent nous chercher!

Tel fut le cri de notre bande inexpérimentée, et ce furent des applaudissements frénétiques, des trépignements de pieds, des danses sur le pont : la joie nous rendait fous! nous nous mîmes à pousser avec véhémence des cris redoublés; mais il était trop tôt encore pour que les matelots pussent nous entendre. C'est une chose étrange combien un vent contraire, quelque léger qu'il soit, dissipera la voix humaine, ou lui viendra en aide s'il est favorable ; car tandis que nous croyions inutile de crier encore, un cri parti de la chaloupe nous arriva comme si son équipage était tout près de nous. Nous entendîmes bientôt la voix de leur chef nous adresser ces mots : — « Virez de bord ! virez de bord ! » Paroles que nous ne comprîmes pas, et par lesquelles il voulait dire, j'imagine, que notre équipage devait mettre le navire dans une position favorable pour les prendre à bord. Nous ne pûmes nécessairement pas nous conformer à cette injonction ; aussi après une pause d'une seconde ou deux un éclair jaillit accompagné de fumée, un sourd roulement se fit entendre et fut suivi d'un sifflement aigu, semblable à la respiration d'une poitrine oppressée. Harry Boyce porta la main à son visage qui était couvert de sang, et une balle de la grosseur d'une bille de marbre ayant rebondi de la ferrure du mât vint rouler sur le pont. Boyce avait perdu une partie de son oreille ; le pauvre garçon, malgré la douleur qu'il ressentit, était bien aise encore de n'avoir éprouvé que ce mal d'un coup qui aurait pu le tuer raide.

Sur l'avis de Prout nous nous jetâmes la face contre le plancher du pont, et nous attendîmes ce qui allait advenir ; nous entendîmes bientôt des voix anglaises, des phrases de mer et le bruit des rames, ce qui, mêlé au tonnerre d'une douzaine de fusils, nous avertit de l'approche d'une force armée. En moins de cinq minutes cette force armée fut à bord du *Ra-*

pide, dont ils prirent possession avec une ardeur in-
croyable, après avoir halé leur chaloupe. Je n'ai ni le
temps, ni l'espace de décrire la scène qui suivit l'invasion de ces hommes, les protestations, les larmes, les
prières de nos compagnons, auxquelles ils ne voulaient pas croire. Prout finit néanmoins par attirer
leur attention : il exposa la vérité des faits au capitaine ; il lui représenta qu'il n'avait rien moins devant
lui que des écoliers vagabonds, et le conjura, avec
toute l'ardeur dont la jeunesse seule est capable, de
retourner et de les mettre à terre, de leur sauver
ainsi la vie, et de terminer l'agonie de leurs amis.

Le capitaine et sa troupe se regardèrent un instant ;
puis, sans nous répondre, le premier donna des ordres pour la manœuvre du navire. Au bout de quelques minutes le gouvernail brisé était réparé, les
voiles étaient tendues, et le *Rapide* se déployait au
soleil comme une fleur éphémère des tropiques. La
cale et la cabine furent en un instant saccagées. Ce
fut alors qu'eut lieu une seconde et soudaine apparition du Hollandais, dont nous avons déjà parlé ; ce
malheureux guida si bien le capitaine Blanck dans ses
recherches pendant le pillage, et parvint à le si bien
endoctriner, qu'il obtint de lui d'être mis dans la
petite chaloupe du *Rapide*, et d'y être abandonné
au gré du vent, avec un baril d'eau et un sac de biscuits. Nous vîmes le gros matelot nous quitter d'un
air où respirait fort peu l'inquiétude, comme quelqu'un qui connaissait bien sa route et la distance

jusqu'à son port ; nous remarquâmes qu'il voguait dans une direction opposée à la marche du *Rapide*, et nous le suivîmes des yeux jusqu'à ce qu'il fût presque hors de vue. Nous nous hasardâmes encore une seconde fois à représenter notre détresse au capitaine et à ses gens, et nous demandâmes combien de temps il nous faudrait pour atteindre l'Angleterre.

— Sera-ce avant la nuit ?

— Jetez à ces jeunes diablotins un sac de biscuits.

Telle fut la réponse du capitaine.

Alors il nous quitta sans nous donner de plus amples renseignements qu'il n'avait fait la première fois. Il se mit à se promener sur le pont avec l'air de contentement d'un homme qui vient de recevoir un bienfait aussi grand qu'inespéré. Du pain et de l'eau, un peu de fromage et des œufs, telles furent les provisions qui nous furent distribuées ; joignez-y une tente goudronnée pour la nuit. Nous ne dûmes évidemment ces faveurs qu'à l'autorité et à l'humanité de ce capitaine Blanck, qui, nous nous en aperçûmes bien, résista résolument en cette occasion à l'opinion de plusieurs de ses compagnons, dont les avis avaient un tout autre caractère de violence. Savez-vous, mes chers lecteurs, ce que c'est que de tenir les yeux constamment fixés pendant une heure ou deux vers un point de l'espace d'où vous attendez l'apparition d'un objet long-temps désiré ? Vous êtes-vous jamais, après un tel exercice, retiré dans votre chambre pour vous coucher, désappointés et le cœur na-

vré d'une attente vaine? Oui. Eh bien! plaignez-
nous, quand vous saurez que nous autres pauvres
enfants nous avons, pendant onze jours et onze nuits,
subi, tremblants et affamés, ce supplice intérieur
d'espérance et de crainte! Le jour, nos yeux fatigués
n'avaient où se reposer que l'horizon lointain, l'horizon maintenant noyé dans d'éblouissantes clartés; la
nuit, nous avions l'oreille au guet, croyant à chaque
instant entendre le commandement soudain de nous
lever et de nous rendre à terre. Oh! le doute est un
mal affreux! c'est une agonie plus terrible que le
danger lui-même! Quelle sera donc notre destinée?
Je ne dois pas oublier de dire que le corps de Philippe Aylmer ne tarda pas à être découvert par l'un
des matelots, qui sans doute l'aurait jeté hors du navire sans le capitaine qui l'arrêta.

— Un instant, dit ce dernier, mettons-nous d'a-
bord en règle.

Convaincu que l'enfant avait succombé par suite
de l'affreuse position où il s'était trouvé, Blanck, après
avoir terminé son examen, commanda de lui faire un
cercueil; pour cela les matériaux ne manquaient pas
sur le vaisseau. Le corps de notre ami fut déposé, au
milieu d'un religieux silence, dans cette boîte, qui
fut poussée hors du navire. Nous nous étions tous
réunis pour assister à cette triste cérémonie; l'eau
tourbillonna en recevant la dépouille d'Aylmer; ce
bruit raviva nos douleurs et nous fit répandre de
nouvelles larmes; plusieurs fois le cercueil, avant de

nous quitter, heurta les flancs du navire ; plusieurs
fois aussi, pendant la nuit, nous crûmes entendre ce
lugubre retentissement ; sans doute ce n'était qu'une
illusion, une erreur de notre imagination frappée !

Je me décidai alors, après m'être composé un visage plus réfléchi qu'on n'était en droit de l'attendre,
à m'aventurer au milieu des gens de l'équipage qui
se trouvaient dans la cabine. Je trouvai là, assis autour d'une table, le capitaine et cinq ou six de ses
acolytes qui, après un copieux dîner, s'amusaient à
boire.

— N'aurez-vous pas pitié de nous ? m'écriai-je,
ne nous direz-vous donc pas si nous devons jamais
revoir l'Angleterre ? ne nous y conduirez-vous pas ?
tout ce que vous pourrez demander, mes amis et moi,
nous vous le donnerons ; nous sommes prêts à tous
les sacrifices.

— Pas trop mal comme ça ! dit l'un des marins
en posant son verre ; l'amorce n'est pas mauvaise.
Dites donc, capitaine, voulez-vous essayer et voir
qui de nous ouvrira la bouche la plus large pour mor-
dre à l'hameçon ?

Je commençai à penser que j'avais fait impression
et que j'étais véritablement un habile orateur.

— Qu'en pensez-vous, capitaine ? tenez, voyez-
vous, ce serait peut-être le meilleur jeu que nous
eussions jamais joué à terre.

— Ce serait aussi *le dernier*, répliqua le capitaine en penchant sa tête de côté et tirant sa cravate

sous l'oreille gauche d'une manière emphatique ; mais pour le moment, je ne compris pas.

— Y consentez-vous, monsieur ? y consentez-vous ? repris-je en tombant à genoux devant lui ; voulez-vous nous sauver la vie ! je n'ai plus ni père ni mère, mais j'ai deux petites sœurs, deux sœurs chéries que ma mère, en mourant, m'a recommandé de protéger quand je serai devenu homme.

— Et vous le lui avez promis, sans doute ?

— Oh ! oui, monsieur, je le lui ai promis ; mais actuellement les pauvres petites Sally et Lucy Selwyn n'ont plus de parents en Angleterre.

— Donnez-lui un verre de bière, répliqua le capitaine Blanck qui paraissait véritablement pensif.

— Y consentez-vous ? y consentez-vous ? ajoutai-je vivement en repoussant la liqueur nauséabonde.

— Eh ! eh ! mon jeune gentilhomme, tranquillisez-vous, dit un des personnages de la société en prenant le devant sur le capitaine, et comme pour prévenir sa réponse ; nous vous mettrons à terre, soyez-en bien sûr, et maintenant allez-vous-en, mon joli godelureau !

Je répétai toute cette conversation à Prout. « Oui, dit-il, oui, ils nous mettront à terre, quelque part, je le crois. Non, je ne pense pas qu'ils nous jettent maintenant à la mer, si tant est qu'ils puissent l'empêcher. »

Il est temps d'expliquer ce que c'étaient que le

capitaine et ses hommes. Ce n'étaient rien moins que
des écumeurs de mer, des malfaiteurs, des espèces
de contrebandiers, des pirates, ou bien encore des
mutins qui avaient ou abandonné ou perdu leur navire et à qui la trouvaille du *Rapide* tombé si mi-
raculeusement entre leurs mains, avait été comme le
répit soudain accordé à un criminel condamné. Ils
avaient, pour ne pas retourner en Angleterre, les
raisons les plus puissantes qui pussent agir sur les
hommes : car, une fois là, ils étaient sûrs d'être pen-
dus. Or, il va sans dire que l'amour de la vie devait
nécessairement l'emporter, chez ces individus, sur la
pitié que nous aurions pu leur inspirer. La seule réponse que purent leur arracher, pendant plusieurs
jours, nos importunités, se borna à ce désespérant
refrain : « Eh ! eh ! mon jeune gentilhomme... » A cela
cependant le capitaine finit par ajouter d'une manière
qui n'admettait pas de réplique : « Je vous le déclare,
mes jeunes camarades, il nous est tout à fait impossible de vous débarquer en Angleterre ou même en
Europe. On ne manque pas du reste, dans le monde,
d'autres endroits où vous pourrez faire les vagabonds
tout à votre aise. » Nous ne fûmes pas long-temps, du
reste, sans nous apercevoir que les inquiétudes de
ces hommes surpassaient les nôtres même ; c'est à
peine s'ils prenaient, de jour ou de nuit, quelque peu
de repos, tant leur vigilance était grande. Nous étions
en pleine mer ; un examen très-minutieux fut fait de
la cargaison qui consistait principalement en denrées

et provisions pour les marchés de Londres : les vivres
se composaient donc principalement à bord, de farine,
fromage beurre , porc, jambons, fruits et blé, avec
quelques paniers d'œufs et de poulets ; dans les encoi-
gnures, étaient quelques tonneaux d'eau-de-vie, avec
lesquels, je le soupçonne fort, le Hollandais avait fait
quelque peu connaissance ; les buffets de la cabine
contenaient en outre du vin, de l'ale, en bouteilles,
et du tabac en raisonnable abondance.

Mais il y avait là quarante bouches à satisfaire. De
plus, selon toute apparence, l'équipage ignorait to-
talement l'époque où se terminerait le voyage ; ces
considérations firent adopter, après le quatorzième
jour, une mesure de sûreté : les rations furent limi-
tées. Mettez-vous un instant à notre place, mon cher
lecteur : voici l'heure de dîner et pas de dîner ; le soir
est arrivé et pas de souper ; et pour déjeuner, quoi ?...
un seul morceau de biscuit et un quart de livre de
porc cru et salé, avec un tout petit verre d'eau seulement. Pensez à nos longues journées ! que dis-je ?
aux semaines passées sans lit, sans abri réel. Des
habits, nous n'en avions pas à changer, nous manquions de tout, des plus minces avantages que présente la plus pauvre chaumière en Angleterre ! Ah !
dites, n'étions-nous pas bien punis de notre désobéissance ?

Cela n'était pas tout encore ; cela n'était même
rien auprès des pensées poignantes qui nous venaient
assaillir, quand l'image de nos parents, de nos frères,

de nos sœurs, de l'excellent docteur Poynders et de
M. Baldrey venait se refléter dans nos cœurs ! Oh !
suivez toujours avec joie la règle de conduite qu'on
vous aura tracée, fût-elle sévère et son austérité ne
fût-elle pas en tout conforme à la seule raison ; fé-
licitez-vous d'un enclos de quatre murailles, sans
toit, mais que vous pourrez appeler votre *chez-vous*,
plutôt que de vous en aller à l'aventure comme nous,
et d'être soumis aux conséquences fâcheuses de votre
insubordination ; conséquences telles, que plus d'un
tiers de notre triste troupe devint la proie de l'impitoyable mort.

Deux des écoliers, Grant et Wyatt, restèrent tout
ce temps dans une espèce de stupeur, étourdis par
le choc de notre commune calamité ; si par hasard
ils témoignaient quelque connaissance des efforts
que l'on faisait pour les éveiller, c'était par une plainte
vive et brève, par un mouvement saccadé et impatient du corps qui indiquait assez leur aversion pour
toutes les observations qu'on pouvait leur faire. On
leur jetait, comme à nous, leur portion de nourriture, ils n'en consommaient qu'une très-petite quantité ; aussi les matelots disaient-ils qu'un de ces jours
ils iraient trouver les requins, avant que nous
pussions nous en douter. Quelques autres semblaient
avoir perdu en grande partie la mémoire, et riaient
et parlaient comme des idiots. La vérité est que les
souffrances et les privations de toute sorte n'avaient
pas moins amoindri nos facultés intellectuelles que

nos forces physiques. Cet état de choses menaçait d'avoir des suites fatales pour trois ou quatre d'entre nous. Parmi ceux dont s'affaiblirent le plus, durant cette terrible péri.de, la santé et le courage, était votre fidèle narrateur, Miles Selwyn. Je fus pendant plusieurs semaines presque insensible à tout ce qui se passait autour de moi, et je ne dus certainement de ne pas mourir qu'aux attentions incessantes de Nathan Prout. Bien que je lui fusse à tous égards inférieur, il avait généreusement recherché ma société et mon amitié; oui, c'est à lui que je dus la vie, et c'est de lui aussi que j'ai appris les principaux incidents de notre histoire, pendant la suite du voyage. Il m'informa que la rareté des provisions et la crainte d'être capturés s'étaient tellement accrues, que le capitaine et ses gens résolurent de se débarrasser de nous, après nouveau recensement des munitions et des vivres, et que lui, Nathan Prout, se croyant suffisamment justifié par les circonstances, s'était placé à portée de la voix du conseil qui délibérait sur notre destinée. La première proposition fut de laisser tomber chaque jour l'un de nous à la mer, sous l'influence d'une dose assoupissante; la seconde fut de réduire notre nourriture, au point de nous affamer et de nous faire périr d'inanition; mais on objecta qu'il serait beaucoup plus rationnel et beaucoup plus humain de nous précipiter tout de suite hors du vaisseau, durant la nuit. Le capitaine Blanck réserva son opinion jusqu'au bout : il déclara alors qu'il assommerait celui

qui oserait renouveler de telles propositions ; que notre droit aux munitions du vaisseau était tout aussi
bon que le leur, et que tant que nous serions en mer
avec eux il entendait que des portions égales aux
leurs nous seraient quotidiennement distribuées ;
mais que, dans l'intérêt de notre conservation, il faudrait nous mettre à terre aussitôt qu'on pourrait y
aborder sans danger.

Résumons ce qui me reste à dire de la période qui
s'écoula jusqu'au moment de notre débarquement ;
et résumons-le en quelques mots, car ce fut un intervalle rempli seulement de pensées confuses et
étourdissantes, de faiblesses et d'hébétement, toutes
choses qui ne permettaient guère aux faits de prendre place dans nos souvenirs ; l'événement principal
fut la soudaine apparition d'une voile, qui cingla vers
nous et fut bientôt à peu de distance de notre bâtiment, en dépit des efforts que faisaient nos gens pour
empêcher d'être découverts et poursuivis.

Au moment où ce navire allait s'élancer sur nous
comme sur une proie assurée, il se trouva que c'était
un vaisseau-pirate des flibustiers de Tortuga (île de la
Tortue), qui, reconnaissant dans notre équipage des
frères du même métier, se mit à nous saluer de trois sal-
ves d'artillerie. Ce fut alors que notre départ fut enfin
arrangé. Nous fûmes transférés le même jour à bord du
vaisseau pirate, dont le capitaine alla rejoindre l'équipage du *Rapide*, et avant le coucher du soleil nous
aperçûmes au nord une île flottante sur les vagues,

comme sur une mer d'opale et d'or en fusion.

Mes lecteurs, je l'espère, n'insisteront pas trop à me demander quelle était cette île et dans quelle partie de l'Océan elle se trouvait ? Considérez, en effet, que les géographes les plus savants du monde seraient fort embarrassés si, après avoir erré en mer pendant deux ou trois mois au gré des vents, il leur fallait donner à toute terre, sur laquelle ils pourraient être jetés, son nom exact. J'affirme que s'ils avaient été, comme nous, emportés d'un navire sur l'autre, sans qu'on leur donnât les moindres notions à l'égard des lieux, il ne leur serait pas possible de se prononcer ; de dire, par exemple, si c'est sur l'Atlantique qu'ils se trouveraient ou bien sur l'un de ces fleuves immenses de l'Amérique méridionale, dont l'étendue est à l'œil comme un océan et entre les rivages invisibles desquels se trouvent d'innombrables îles vertes qui n'ont point encore reçu de nom. Que mes lecteurs se contentent donc en cette circonstance de la désignation de Prout-land (terre de Prout), et de celle de île d'Éden, données à la contrée que leur étrange destin assigna pour prison aux infortunés écoliers de Château-Seaward. Qu'ils prennent simplement pour une supposition de ma part (car cela n'est rien moins que certain) que ces îles pourraient bien être situées, à une assez grande distance, dans ce bras de mer, connu sous le nom de rivière de l'Orénoque, à l'embouchure de laquelle est la célèbre île des *Flibustiers*, Tortuga (île de la Tortue).

CHAPITRE IV.

Qu'il y ait de l'honneur chez les voleurs, c'est un fait aussi avéré qu'il y a de la friponnerie chez certains individus décorés du nom d'*honnêtes gens.* C'est sans nul doute à ce principe, tel qu'il se trouvait dans le cœur du capitaine Blanck et de ses acolytes, que nous dûmes notre conservation à bord du *Rapide* pendant plusieurs semaines, et notre transport non pas, il est vrai, à la terre dont nous avons parlé, c'est-à-dire *Tortuga,* comme je l'ai supposé, ce qui alors aurait comblé tous nos vœux, mais à des îles placées, selon toute apparence, à une distance de deux ou trois cents milles, en remontant un grand fleuve. Nous crûmes tous que la terre qui nous apparut la première à l'horizon était le lieu de notre destination ; mais à la question que nous adressâmes aux matelots : « Que ferons-nous là ? » ils répondirent : « Rien du tout. »

Nous approchions cependant de l'endroit en vue, et le rivage finit par se dessiner clairement. On jeta une petite ancre, et deux des matelots sautèrent

à terre. Poussés par un désir ardent de poser sur
le sol nos pieds fatigués, et ne doutant pas d'ailleurs
que cet endroit ne nous fût destiné, nous nous dis-
posions déjà avec empressement à les imiter : nous
fûmes bientôt détrompés. A peine nous étions-nous
levés de nos bancs dans la chaloupe qu'on nous y re-
poussa rudement. Nous vîmes alors descendre sur le
rivage une foule de gens, tels que nous n'en avions
jamais aperçu de semblables, et dont aussi jusqu'à
ce jour nous n'avions jamais entendu parler, car
dans aucun de nos livres n'était contenue la des-
cription de ces hommes moitié sauvages, moitié civilisés. Beaucoup d'entre eux parlaient français ; quelques-uns seulement anglais. Ce fut un concert d'exclamations aussi variées par la forme que par l'into-
nation des phrases, servant à exprimer leur étonnement de voir la chaloupe ainsi garnie d'une société
aussi nombreuse. Notre aspect avait en effet quelque
chose de repoussant ; nos vêtements sales et dégue-
nillés, nos figures livides et effarées offraient un
spectacle qui surpassait probablement tout ce que
leur mémoire ou leur imagination auraient pu leur
fournir en ce genre. Leurs chiens eux-mêmes en
furent troublés à tel point, qu'ils se mirent, au nombre de vingt ou trente, à hurler et aboyer sans relâche contre nous.

Les insulaires étaient véritablement des boucaniers,
nom donné à ces maraudeurs, de leur coutume de
boucaner (vieux mot qui signifie saler) la chair des

bœufs sauvages et des sangliers qu'ils prennent à la chasse, afin de la conserver pour la vendre. Mais comme c'était en même temps une colonie de voleurs insignes, on les appelait aussi flibustiers, épithète par laquelle on désigne tous les malfaiteurs qui se livrent à des actes de piraterie, aussi bien sur mer que sur terre.

C'étaient bien les hommes les plus sauvages et les plus terribles qu'on puisse imaginer, que ces flibustiers qui étaient là devant nous ! Leur habillement consistait en morceaux d'étoffes teints dans le sang des animaux qu'ils avaient tués : chemises, vestes, caleçons, tous leurs vêtements en un mot, avaient reçu le double baptême de sang et de graisse ; autour de leurs reins était une ceinture de cuir, à laquelle pendait une espèce d'étui ou trousse, qui contenait tout à la fois et les outils qui leur servaient à dépecer leur viande et les armes dont ils faisaient usage à la chasse ou en guerre. Ils portaient des chapeaux sans rebords, ce qui faisait ressembler ces coiffures à des bonnets ; leurs chaussures étaient des sandales faites d'une seule pièce en cuir de porc ou de sanglier. Ils avaient des fusils d'un mètre et demi de longueur et se faisaient accompagner à la chasse par un grand nombre de chiens.

Nous ne fûmes pas long-temps sans nous apercevoir que le but de notre relâche était de faire des provisions et de l'eau, et d'obtenir aussi des guides pour la continuation de notre voyage. Ce fut bientôt chose arrangée. Un des insulaires monta dans notre chaloupe en qualité de guide ou pilote, et nous apporta une certaine quantité de viande rance. Notre petite barque ainsi pourvue de cinq de ces *gracieux* pirates, et chargée en outre de vingt-sept infortunés qui ignoraient complétement leur futur destin, renfermait sans contredit un équipage d'un genre rare. J'ai oublié de dire qu'avant notre translation du *Rapide* à la chaloupe des pirates, il s'était passé une scène très-affligeante : il fallut faire pour ainsi dire la chasse à cinq ou six de nos compagnons qui se sauvaient et se réfugiaient alternativement dans tous les coins du navire. Ils s'étaient imaginé, je pense, que le mot d'ordre était : « A LA MER ! » et ils prenaient certes la méthode la plus propre à produire un tel résultat. Ils résistèrent long-temps avec un entêtement sans égal, employant dents et ongles et se cramponnant, avec des cris désespérés, aux barres de bois et aux agrès, jusqu'à ce qu'enfin la patience des matelots en était presque épuisée. Cependant ils avaient à faire à des bras plus robustes que leurs corps exténués; ils furent donc arrachés violemment et jetés sans plus de cérémonie hors du vaisseau, et sans qu'on s'inquiétât le moins du monde si ce serait la chaloupe ou la mer qui les recevrait. Bien que leur état habituel fût une entière passivité, je n'étais pas sans ressentir de vives alarmes à l'égard de Grant et de Wyatt. Ils se refusèrent obstinément à prononcer la moindre parole, à faire le moindre mou-

vement; ils furent en conséquence hissés hors du
navire comme des masses inertes, et par le plus grand
des hasards roulèrent dans la chaloupe.

Si cette résistance eût été poussée plus loin, je
pense qu'elle eût fini par nous être fatale à tous, car
notre petite barque faillit chavirer dans la lutte, circonstance qui servit merveilleusement à entretenir
la colère des matelots, dont les jurons énergiques
étaient loin d'annoncer pour nous des intentions bien-
veillantes. Je remarquai même que quelques-uns
montrèrent du doigt les vagues dont les cimes ondoyantes auraient bientôt terminé toutes les résis-
tances, et nous auraient fait prendre le plus court
chemin, si le capitaine Blanck eût donné la réponse
sollicitée par ce geste significatif.

Retournons maintenant à l'île des Flibustiers, et
poursuivons le tableau de notre situation à cette heure.
Après avoir reçu nos provisions et nos guides, nous
nous éloignâmes de la terre, et notre barque engagea
sa lutte inoffensive contre les vagues doucement agi-
tées, grâce à une voile triangulaire, où venait se
jouer un vent léger et frais, et grâce aussi au jeu
des rames, que faisaient de temps à autre mouvoir nos
conducteurs. Notre détresse et notre désappointement furent extrêmes quand fut entrepris ce nouveau
voyage, car à tout ce que nous avions souffert, à
tous les dangers que nous avions courus, à toutes
les privations que nous avions éprouvées, il fallait ajouter la perte d'une espérance encore; nous

avions vu la terre ; et elle nous était échappée ;
nous avions cru toucher à la liberté, et nous étions
restés dans l'esclavage. Cependant jusqu'ici la rapidité des événements, le doute, la crainte avaient
refoulé nos plaintes au fond de nos cœurs brisés ;
mais alors notre douleur éclata en sanglots ; nos misères arrachèrent à plusieurs d'entre nous des murmures désespérés ; c'étaient les plus jeunes. Prout et
quelques-uns des plus âgés conservèrent néanmoins
le calme qui nous était si nécessaire ; nous nous sou-
mîmes à notre destinée, et nous en discutâmes la
nature probable ; il serait inutile d'ailleurs de donner
place ici à nos conjectures.

Nous tînmes tristement nos regards tournés vers
la terre que nous venions de quitter, et dont la forme
se perdit bientôt au milieu des ombres du soir ; peu
de temps après, la nuit tomba sur nous ; ce fut une
nuit froide, humide, et pleine de rosée, que nous
passâmes là sur l'onde monotone, dont la surface
néanmoins resplendissait de temps à autre d'une lueur
phosphorique, tandis que l'éclair brillait d'un point
à l'autre de l'horizon.

Accoutumé à braver tous les périls sur l'Océan,
notre équipage considérait ce petit voyage de nuit
comme une simple récréation, et passait les heures en
chansons et en bombances. Prout donna fort à propos
à entendre que les jeunes passagers de la chaloupe
se trouveraient fort heureux de chanter, eux aussi,

en chœur, s'ils avaient, pour les exciter, quelque chose à boire et à manger.

— Foi de flibustier ! vous aurez l'un et l'autre, répliqua le chef de la bande ; mais ne pleurez plus, en revanche, s'il vous plaît, car nous n'aimons pas les bourrasques.

Une tranche de viande fut aussitôt donnée à quiconque la demanda, avec une rasade de rhum. Mais ce dernier, quelque bon d'ailleurs qu'il aurait pu être, n'avait pas perdu le goût repoussant de l'outre en cuir cru qui le contenait ; nous demandâmes donc de l'eau, mais l'eau elle-même fut tirée d'un vase de la même nature. Nous obtînmes une heure ou deux d'un repos peu tranquille. Quand je m'éveillai, nos camarades, selon toute apparence, dormaient encore ; tous les matelots, à l'exception du pilote, étaient plongés dans un profond sommeil et couchés sur le plancher de la barque. Dans les climats intertropicaux, l'aube et le plein jour offrent peu de différence. Quand nous fûmes tous éveillés, le soleil brillait de tout son éclat ; la couleur de l'eau nous étonna par sa teinte boueuse ; notre inexpérience ne nous permettant pas de nous rendre compte de ce phénomène, nos yeux ne cherchèrent pas à découvrir la terre ; nous étions même presque disposés à les refermer sur notre détresse ; mais voilà que tout à coup les matelots descendirent la voile, et ce qui ne nous paraissait tout à l'heure sur l'horizon qu'un nuage frangé, dont le bord supérieur se dorait aux

Arthur Mardoch se leva tout d'un coup, et d'une voix
affaiblie dit : « Remercions Dieu ! »

rayons du soleil étincelant, prit un contour défini,
et déploya à nos yeux, au-dessous de la partie éclai-
rée par les feux du jour, une bordure blanche et bi-
garrée de taches d'un aspect verdâtre.

— Et maintenant, alerte! car nous sommes en vue
du port, s'écria le pilote.

Nous regardâmes droit devant nous, et ce ne fut
qu'un cri :

— La terre! oh! voici la terre! voyez les champs!
voyez les bois!

Un éclair de joie passa sur tous les visages, excepté toutefois sur ceux des pauvres enfants dont
nous avons déjà parlé; ils nous regardèrent d'un air
effaré, sans nous répondre, quand nous leur dîmes :
« La terre est proche, entendez-vous bien? La terre
est proche; en peu d'instants nous allons toucher à
la terre! »

Un rivage d'un jaune brillant, des rochers blancs,
bordés de touffes boisées, des montagnes bleues aux
sommets escarpés, s'étendaient à notre vue, et formaient un paysage enchanteur. Cet aspect était re-
haussé encore par la nappe d'eau étincelante qui
chatoyait sur le devant, et par le bleu foncé du ciel
qui formait au-dessus une voûte d'un effet saisissant.
Ne souhaiteriez-vous pas être nés de longues années
plus tôt, afin d'avoir pu vous trouver au milieu de nous?
Un voyage dans une chaloupe, une belle chaude
matinée, c'était cela, cela même, que nous avions
si ardemment désiré, mais en vain; nos vœux à pré-

sent étaient accomplis. Nous n'avions point là à redouter ni livres, ni ardoises, ni leçons. Nous avions
devant nous de longues, de très-longues vacances.
Étions-nous donc heureux? L'idée d'être nos propres
maîtres nous souriait-elle? Non, le sentiment d'isolement nous effrayait; nous nous trouvâmes sous le
coup d'une crainte terrible; une faiblesse, un vertige nous accabla. Nous ne formions qu'un désir! oh!
comme nous désirions être à Château-Seaward! oh!
combien quelques semaines de vraies souffrances
avaient changé notre opinion à cet égard!

Les rameurs se dirigèrent alors vers un point particulier de la terre; ils nous commandèrent de nous
asseoir et de nous tenir en repos dans la chaloupe.
L'écume, qui de loin paraissait si belle, devint une
houle terrible qui nous menaçait de destruction.

Nous étions en outre presque submergés, et il fallait constamment vider la chaloupe pour la soutenir
sur l'eau. Tout le rivage paraissait garni de cette
blanche guirlande qui flottait au-dessus des lames
bouillonnantes; car en cet endroit la marée se précipitait sur un lit de rochers arides et de récifs.
En face se trouvait le lieu fixé pour notre débarquement. Mais à leur grand regret, nos guides furent
contraints d'y renoncer; il fut évident que l'impatience que fit naître en eux cette circonstance les
excitait fortement contre nous, car ils exhalèrent leur
mécontentement en des phrases qui nous causèrent
de vives alarmes.

Cependant on poussa en avant afin de tourner un cap qui se trouvait justement en vue ; là, à notre grand soulagement, nous fûmes à l'abri du vent, et l'eau redevint calme. Nous nous dirigeâmes de nouveau vers la terre, et nous pûmes dès lors distinguer les gambades de plusieurs animaux sauvages sur les collines. Et en vérité la scène était si gracieuse, nous effleurions si légèrement le sein maintenant si doux et si tranquille de la mer, que nous ressentîmes en nous quelques pulsations de joie, surtout ne craignant plus autant alors d'être brutalement précipités à l'improviste dans la mer, pour alléger la chaloupe des pirates.

Enfin parut une petite rivière, dans laquelle nos gens se hâtèrent de faire entrer notre légère embarcation. A une distance d'environ un mille de l'embouchure se trouvait une saillie de rocher qui ne ressemblait pas mal à un port, bien certainement supérieur, quant à la stabilité, à celui de Saint-Runwalds. L'espace entre les rochers était si étroit, que l'eau n'était guère plus agitée que celle d'un vivier profond et limpide. Un des matelots sauta sur le rocher et saisit une rame dont l'autre extrémité fut tenue debout dans la chaloupe, par un de ses camarades que l'on fit ainsi approcher. Ceux de nous qui, sans attendre ni menaces ni exhortations, sautèrent à terre sur le simple avis du matelot, le firent comme bon leur sembla, mais ceux qui hésitèrent furent débarqués d'une manière plus rude. Ces hommes robustes

et déterminés les prirent par-dessous les bras, et l'on
ne peut pas dire qu'ils les posèrent sur le rivage,
mais bien qu'ils les lancèrent sur la crête des rochers,
de telle sorte que beaucoup d'entre nous embrassè-
rent notre pays d'adoption avec les mains et les genoux en répandant des larmes et du sang. Jamais
nous n'avions été ainsi traités, même à l'école, quand
nous avions à subir un châtiment; jamais nous
n'avions été touchés par des êtres humains si féroces
et si barbares.

Mais nous avons à raconter un résultat plus terrible encore. Les deux infortunés, et, comme je le
crois, les deux pauvres idiots Grant et Wyatt, qui
étaient couchés au fond de la chaloupe, croisèrent
fortement les bras quand les matelots s'approchèrent
d'eux, et, tandis que nous les suppliions de se lever et
de débarquer, ils restèrent immobiles et silencieux.
J'en conçus d'horribles craintes; mais les matelots,
qui les regardaient évidemment comme privés de raison, employèrent plus de ménagements que je ne m'y
attendais; ils les soulevèrent doucement jusque sur
le bord de la chaloupe; tout d'un coup les enfants se saisirent l'un l'autre convulsivement et, sans
dire un mot, s'arrachèrent, en se tordant, des mains
des pirates, et plongèrent en se jetant la tête la première dans l'eau ! Nous les vîmes, oui, tant l'eau était
limpide et transparente, nous les vîmes descendre
lentement en se tenant toujours embrassés et gagner
en tournoyant le fond. Les flibustiers les regardèrent

un instant. Montrant leurs dents blanches, haussant les épaules, ils nous rappelèrent que ce n'était pas leur faute. Certes rien n'était plus vrai. Ces enfants avaient perdu toute espèce de sens, cela était clair, et leur perte, selon moi, était inévitable.

L'intérêt des flibustiers pour nos deux camarades ne fut que l'affaire d'un moment ; ils retardèrent toutefois leur départ jusqu'à ce qu'ils eussent retiré de leur chaloupe presque toutes les provisions, qu'ils jetèrent au milieu de nous avec plus de bienveillance que de cérémonie, et jusqu'à ce que l'un d'eux, Jack Hide, comme on l'appelait, rompant enfin le silence absolu qu'ils avaient jusqu'ici gardé vis-à-vis de nous, nous adressa, debout dans la chaloupe, une sorte de petit discours presque en ces termes :

— Mes petits messieurs, mettez-vous un moment sous le vent, en face de moi, pour mieux entendre, et écoutez ce que je vais vous dire. Quand viendra la nuit ne fermez jamais l'œil sans remercier Dieu et le capitaine Blanck de n'avoir pas fait élection de domicile dans le ventre d'un requin, lorsqu'il est monté à bord de votre navire. J'en connais une vingtaine de notre métier, et j'en connais bien aussi quelques-uns qui s'intitulent les plus honnêtes gens du monde, qui, en moins de cinq minutes, auraient fait pont vide et vous auraient distribué votre dernière ration de sel et d'eau. Il a, je le suppose, ajouté foi à votre histoire, que, pour ma part, je ne puis avaler, bien qu'elle soit aussi probable que tout ce qui peut me passer par la tête à cet égard. Et alors, comme si vous eussiez été moins bien au fond de la mer que les centaines d'autres qu'il y a déjà envoyés, il change tout à coup son fusil d'épaule, il devient aimable à l'impossible, il vous garde à flot, et il nous transforme, nous flibustiers, en surveillants d'école, pour la première et la dernière fois, j'en réponds... C'est ici qu'on vous expédie pour votre sûreté, cela peut être, mais plus probablement sans doute pour la sienne. L'île que vous voyez est toute à vous; nous autres, nous l'appelons : *la terre inhabitée*, pour le reste du monde elle n'existe pas. Un navire y a, dit-on, échoué, il y a quelques années; mais équipage et cargaison, après être ainsi débarqués, ont entièrement disparu. Vous trouverez des tortues qu'il s'agira simplement de tourner sur le dos; quant à leurs œufs vous n'aurez qu'à les sucer; il y a encore nombre de brebis et de chèvres, de poulets, d'oiseaux, des fruits, des plantes de toute espèce; tout cela est à votre disposition; vous n'aurez qu'à les prendre comme vous le voudrez, ou plutôt comme vous le pourrez. J'ai dit. Et maintenant vous allez avoir la bonté d'inscrire vos noms, et combien vous êtes satisfaits de nous, si cela ne vous déplaît pas trop, sur ce brimborion.

Il nous présenta alors un papier plié qu'il tira de sa veste, avec tout ce qu'il fallait pour écrire. En tête de ce document fut placé un récit assez détaillé des circonstances qui nous concernaient; nous mîmes à la suite nos noms, ainsi qu'on le désirait, et une relation justificative de la mort de Grant et de Wyatt.

Cela terminé, les flibustiers nous quittèrent immédiatement, et nous ne les revîmes plus. Nous les suivîmes quelque temps des yeux, l'air effaré, sans voix et tout étourdis de ce qui nous arrivait.

Nous sortîmes enfin de cet état de stupeur et nous nous mîmes à nous appeler les uns les autres comme pour bien nous convaincre que nous ne rêvions pas et que cette scène n'était pas le produit de notre imagination. Sur nos visages soucieux, couverts de sang et de blessures, siégeaient la pâleur et l'angoisse. Des larmes, des sanglots, des cris, des lamentations à fendre le cœur éclatèrent alors de toutes parts. Hélas! à nos clameurs de désespoir répondirent seuls le soupir des vents et les murmures de l'onde qui avait enseveli nos malheureux camarades! sons et bruits pareils à ceux qui nous avaient si souvent endormis durant les soirées d'été à Château-Seaward! — Château-Seaward! ne pourrons-nous donc nous y retrouver à notre réveil? Non, cent fois non, notre aventure n'est point un songe, c'est la réalité, la réalité à la face du soleil. Entre nous et notre pays natal s'étendent des milliers de lieues sur la mer mugissante; et ces vieilles tours de l'école qui se dressaient comme d'immobiles fantômes nous ne pourrons plus évoquer leur image que durant les visions de la nuit!

De cinquante-deux jeunes garçons qui s'étaient égarés à bord du *Rapide*, vingt-cinq seulement atteignirent ce rivage lointain et inconnu. En voici les noms : Nathan Prout, George Holt, Charles Melton, Edward Mansfield, John Rouse, Andrew Bosworth, John Upjohn, Harry Boyce, Léonard Frampton, Arthur Murdoch, Jérémiah Dolman, De cimus Ibbotson, Cornelius Jermyn, Luke Moseley, Michael Jennings, Salomon Johnson, Philippe Bernard, Samuel Settle, Richard Coble, Thomas Inman, James Moody, Timothy Tayspill, Matthew Brett, William Hackett, Miles Selwyn.

Ceux qui périrent s'appelaient : Joseph Powell, Walter Strahan, Samuel Taylor, Antony Farest, Stéphen Spencer, Alfred Boynford, Henri Manning, Ralph Bosworth, Thomas Thursby, Amos Cocling, Nicolas Cooling, Elim Jervis, Frédéric Townsend, Abel Gisson, James Fording, Peter Bell, Mark Mummery, Paul Robinson, Hugues Montague, David Margan, Richard Mills, William Roberts, Francis Smith, Henri Sutton, Philippe Aylmer, Olivier Grant, Christophe Wyatt.

Ainsi vingt-sept membres de notre malheureuse société trouvèrent dans la mort le prix de leur désobéissance ; vingt-cinq survécurent et eurent pour se repentir un laps de temps un peu plus long. Croyez-vous que je veuille présenter comme plus coupable que les autres infractions de la jeunesse l'acte de vagabondage que nous avons commis, parce

qu'il fut puni d'une si terrible manière? Non, certes.
Le fait est que toute transgression à ses devoirs est
dangereuse, et que nul ne sait quelles conséquences
elle peut entraîner. Jeune ou vieux, nul pécheur ne
peut dire par avance où pourra le conduire, contre
sa volonté, un pas fait dans le chemin de l'erreur,
quelque innocent qu'il puisse d'ailleurs paraître,
quelque plaisir qu'il puisse momentanément procurer. Tantôt c'est par une pente facile, imperceptible même, que l'ENNEMI attire ses victimes dans
les profondeurs de leur ruine et de leur abaissement;
tantôt ce sera le bord d'un précipice invisible qui
fera de leur perte l'ouvrage d'un seul instant.

Vingt-cinq d'entre nous avaient échappé à la fin
terrible de nos camarades, qui n'étaient pas tous
aussi coupables que nous-mêmes. Pour la première
fois, je pense, nos cœurs furent sensiblement touchés; le chagrin qui nous rongeait éclata bientôt
en sanglots et des mots entrecoupés s'échappèrent
de nos cœurs pour exprimer notre désespoir. Ce fut
alors qu'un des jeunes gens, Arthur Murdoch, autant que je puis me le rappeler, se leva tout d'un
coup, et d'une voix affaiblie qui lui permettait à peine
de formuler sa pensée, il dit : « Remercions Dieu,
c'est un devoir que nous avons, je pense, complètement négligé... Prions-le de nous pardonner et de
consoler nos... chers parents... nos pères et mères,
nos frères, nos sœurs... et le cher, le bon, le bienveillant docteur Poynders, et ce pauvre M. Baldrey. »

8.

Il n'avait pas fini que déjà nous étions tous à genoux,
indifférents à la douleur que nous causaient nos blessures. Nous confessâmes en pleurant nos fautes, et
nous rendîmes à Dieu des actions de grâce avec des
élans de ferveur et de reconnaissance, tels qu'il s'en
élève rarement de semblables du sein du bien-être
et de l'abondance, du palais comme de la chaumière : ce fut une invocation pareille à celle qui souvent monte jusqu'au ciel au milieu des éclats sauvages de la tempête, sur les plages désertes, sur les
côtes semées de rochers.

Oui, c'est quand la mort plane sur nos têtes, c'est
quand l'abîme s'ouvre béant pour nous engloutir que
nous avons recours à la prière.

À ce moment tous les cœurs de nos camarades
étaient subjugués, j'en suis convaincu. Nous fîmes
l'aveu de nos fautes, nous exposâmes nos maux à
Dieu, qui certes les connaissait déjà bien mieux
que nous; cependant nous nous sentîmes immédiatement soulagés et plus tranquilles ; l'espérance, bien
que lentement, se réveilla en nous. Nous aurions dû
supplier Dieu, nous aurions dû implorer sa miséricorde il y avait déjà long-temps. Nous aurions dû,
dès le premier instant de notre détresse, remettre
en ses mains nos existences; peut-être alors eussions-
nous été tous épargnés. Mais il fallait que nous fussions réduits à une si affreuse extrémité de souffrances pour que notre repentir fût sincère.

O vous qui daignez vous intéresser au sort des

jeunes infortunés qu'un concours inouï de circonstances aussi malheureuses que surprenantes a fait
débarquer dans une île où ne se rencontre pas le
moindre vestige d'habitants civilisés ou non ; dites-
le-moi, avez-vous jamais, dans tout le cours de votre
vie, connu ce que c'est qu'une véritable disette ?
Par *disette*, j'entends ici le manque absolu de toutes
les choses nécessaires au corps : la nourriture, l'habillement et l'abri. Vos repas, comme ceux de Château-Seaward, peuvent avoir été simples, mais ils
ont toujours été sains et abondants ; vous avez toujours eu des vêtements propres, chauds, d'une mise
convenable, en quantité suffisante et même au delà ;
quant à votre abri, vous connaissez peut-être une
douzaine de maisons dont les portes hospitalières
s'ouvriraient jusqu'au mur pour vous recevoir, dont
les habitants vous accueilleraient sans balancer et
avec bienveillance, et pour tout au monde ne souf-
friraient pas que l'enfant d'un ami eût à passer une
heure seulement d'isolement au milieu des brouillards fâcheux et humides d'une nuit d'été.

Vous n'avez aucune idée de la véritable souffrance,
de la souffrance qui naît de la privation du nécessaire, ce ne sera donc pas chose mauvaise pour vous
d'exercer une fois au moins votre imagination, non
pas à bâtir des châteaux en Espagne, mais à réaliser
dans votre esprit la condition misérable des êtres que
l'abandon et l'adversité ont frappés, et dont il y a
sans cesse des milliers à qui penser, pour qui prier

et à soulager, si vous avez l'âme compatissante. Rappelez-vous bien que la sympathie vaut mieux que la simple pitié, et que l'aide, lorsqu'on la peut donner, vaut mieux que l'une et l'autre.

Pleurons donc avec ceux qui pleurent, et pénétrons-nous bien en même temps de cette pensée, que si nous étions traités selon nos mérites nous aurions souvent à nous désoler pour notre propre compte.

Ces souffrances dont nous vous entretenons ne sont point des souffrances imaginaires, elles arrivent tous les jours ; elles atteignent non pas seulement des capitaines courageux, des matelots robustes, mais des hommes, des femmes, des enfants qui ne sont pas plus que vous en état de les supporter. Des familles privées de tout secours ont erré au milieu des ondes, n'ayant pour refuge contre leur fureur qu'un misérable radeau ; elles ont demeuré des jours et des nuits entières sans nourriture, sur un rocher désert, et après avoir passé par tous les degrés de l'agonie elles sont tombées pour ne plus se relever. Je vous en citerai un exemple.

Le *Halsewel*, vaisseau des Indes-Orientales, était considéré comme l'un des meilleurs navires alors en état de service. L'équipage se composait d'officiers, de soldats, de matelots et de passagers. Parmi ces derniers étaient sept dames. On était à une faible distance du rivage ; tout à coup un brouillard épais survint, et le matin suivant s'éleva un vent violent, qui força les matelots de couper les câbles, afin de laisser courir le navire en pleine mer ; mais le vent changeant de direction poussa le bâtiment sans désemparer vers la terre. Là il fut percé à jour et commença à s'emplir d'eau.

Bien qu'on travaillât sans relâche aux pompes, elles faisaient peu d'effet. Alors le capitaine et ses officiers tinrent conseil pour aviser au moyen de sauver l'équipage. Ils exprimèrent en même temps l'opinion qu'il restait fort peu d'espérance, car le vaisseau avançait rapidement vers le rivage, et ne pouvait manquer d'échouer bientôt et de se briser. On proposa de mettre à la mer les chaloupes, mais il fut complétement impossible de s'en servir en ce moment. Tandis que le capitaine se consultait ainsi avec un officier, et arrangeait un plan pour sauver les dames, dont deux étaient ses propres filles, le navire heurta sur un rocher avec une telle force que ceux qui se trouvaient debout dans la cabine frappèrent avec leurs têtes le pont qui servait de plancher. Le choc fut suivi d'un cri d'horreur qui éclata parmi tous les passagers, et quelques matelots même, partageant cette terreur panique, ajoutèrent encore à la confusion dans cet instant affreux.

Le navire continuait à se briser sur les rochers ; il s'entr'ouvrit bientôt et tomba l'un de ses flancs sur le rivage. Il faisait nuit alors, et la meilleure espérance que les officiers pussent offrir aux dames était

que le navire pourrait se tenir ainsi jusqu'au matin
sans se déchirer. Mais qu'adviendrait-il ensuite ? Le
Halsewel s'était échoué sur les rochers près de
Seacombe, dans l'île de Purbeck, comté de Dorset.
Là, les rochers qui bordent la côte sont d'une hauteur démesurée, et s'élèvent presque perpendicu-
lairement à leur base ; toutefois le pied du rocher se
trouve creusé en forme de caverne qui n'a pas
moins de dix à douze mètres de profondeur, et dont
la largeur égale le plus grand navire. Du côté de
la mer les parois de cette caverne sont presque
droites et d'un très-difficile accès, tandis que le fond
est semé de récifs aigus et inégaux.

Ce fut non loin de cette caverne que le navire
resta ainsi couché sur le flanc ; mais quand il toucha
il faisait trop obscur pour que l'équipage découvrît
le véritable état des choses, et par cela même connût
toute l'horreur de sa position. Cependant la cabine,
remplie de gens frénétiques de terreur, offrait une
scène de tumulte et de confusion impossible à décrire. Le capitaine s'assit tenant à chaque bras une
de ses filles qu'il pressait avec angoisse contre son
sein. Plusieurs des dames étaient évanouies sur le
plancher. En ce moment le navire craqua horriblement et se trouva presque séparé par le milieu.
Plusieurs des gens de l'équipage résolurent de se
diriger vers le rivage bien qu'ils en ignorassent complétement la nature.

La mer se précipitait furieuse ; le capitaine demanda une fois encore si l'on ne pouvait rien faire pour sauver ses filles, l'officier à qui il s'adressait lui en déclara l'impossibilité; car on ne pouvait distinguer que la surface noire des rochers à pic et nullement la caverne vers laquelle plusieurs se dirigeaient. Les flots frappaient sans discontinuer les flancs du navire; dominant parfois le bruit de l'orage, se faisaient entendre les cris des malheureux naufragés; enfin une vague immense emporta presque toutes les personnes qui se trouvaient sur le pont et une partie du bâtiment lui-même; quelques-uns se trouvèrent lancés sur les rochers et leur durent ainsi momentanément leur conservation; mais de vingt-sept qui éprouvèrent cette chance une demi-douzaine seulement réussit à gagner la caverne, le reste fut emporté par la marée montante.

Les survivants purent alors distinguer ce qui restait du navire, et puisèrent quelques consolations dans l'espérance qu'ils se maintiendraient peut-être ainsi jusqu'à l'arrivée de quelques secours venant du rivage, mais cette espérance ne fut pas de longue durée. Tout à coup une longue clameur, une clameur affreuse, perçante, dans laquelle se pouvait reconnaître la voix lamentable des femmes, annonça le fait terrible que tout était fini. Quelques minutes après rien ne se fit plus entendre que le mugissement des vents et le bruit des flots. Le navire échoué était enseveli dans la mer, et pas un atome n'en fut jamais retrouvé. Dans cet épouvantable désastre tous les

passagers périrent ; quelques-uns néanmoins de l'équipage réussirent à gravir le rocher dans la matinée et
furent ainsi sauvés.

Pensez à ce genre de détresse, quand votre maison
ébranlée fait craquer votre lit, pendant ce que vous
appelez un *grand vent*, et que les matelots, eux,
appellent un *ouragan*. Rappelez-vous que ces coups
de vent, qui secouent vos portes, qui déracinent les
arbres dans la campagne, soulèvent des centaines de
pauvres matelots au sommet des vagues qui se dres-
sent comme des montagnes escarpées, pour les plonger l'instant d'après dans les gouffres sans fond de
l'Océan ; ou bien encore chassent le navire sur une
côte pleine d'écueils, et brisent ce frêle assemblage
de planches comme un vase de potier. Non, en vérité,
il n'est point de livre contenant un récit de souffrances
humaines, ces dernières ne fussent-elles que le produit de l'imagination de l'écrivain, que vous ne puissiez lire avec la parfaite conviction que des souffrances
semblables, pires même, sont véritablement arrivées
bien des fois. Nous ne pouvons guère, par la pensée
seulement, nous mettre au niveau des calamités qui
viennent assaillir quelques-uns des malheureux mortels ; toutefois, si en apprenant par cœur un triste
chapitre ou deux des angoisses humaines, nous par-
venons à nous apitoyer sur le sort des autres, ressentir en quelque sorte leur douleur, et perdre l'habitude de placer avant tout nos intérêts propres ou
nos disgrâces, nous aurons retiré de cette leçon un

profit réel, et obtenu quelque chose de mieux qu'un simple amusement.

En général, la nature dicte la marche à suivre quand l'âme est affaiblie par l'adversité : elle demande pour elle-même, d'abord le repos, et pendant le calme de ces heures elle trouve le temps de recruter nos forces fugitives. Nous tombâmes accablés sous le poids de nos diverses souffrances, et nous étendîmes sur le dur rocher où la chaloupe nous avait débarqués. Il s'en fallut d'un pouce ou deux seulement que nous ne fussions emportés de notre rude couche par la marée montante : quelle résistance aurions-nous pu opposer aux vagues, si elles nous eussent surpris pendant ce temps où le sommeil nous laissait sans défense ?

Tout en dormant nous rêvions, non pas de joies futures ni d'aventures, mais du passé. Pour moi, je voyais Château - Seaward, la salle d'études, l'école et la figure vénérable du docteur Poynders. Nous rêvions de l'*école* comme d'un bonheur rendu ! Tant qu'elles durèrent, ces visions de la nuit nous parurent une heureuse réalité ; mais, quand nous ouvrîmes les yeux, la scène changea : nous crûmes passer d'un songe à un autre.

— Charles, n'entendez-vous pas la cloche ?

— Arthur, est-ce vous ?

— O mon Dieu ! où sommes-nous ?

— Le vaisseau est-il encore ici ?

— Hélas ! non, nous sommes sur un rocher affreux.

9

— Je me figurais, disait un autre, avoir été toute
la journée à genoux devant le docteur Poynders : il
pleurait et promettait de nous pardonner ; il me tendait
la main pour me relever, et moi, cependant, je ne pouvais le faire ni m'approcher de lui pour le toucher ; car
le plancher semblait se mouvoir sous moi durant tout
ce temps, et *lui,* alors, il disparut de ma vue !

— Oui, répliqua Prout, j'ai rêvé qu'il était mort,
et je voyais le visage pâle de Crabe-Crawley faisant
des grimaces sur son cercueil.

Ainsi complétement éveillés, nous nous levâmes.
Nos membres engourdis par le froid et meurtris,
comme aussi la faim et notre épuisement nous rappelèrent à notre situation. Ah ! que de leçons allait
renfermer la triste page du grand livre de l'expérience humaine qu'il nous était donné de remplir !
Là, point de sonnette nous annonçant le déjeûner,
point de petit pain, point de potage au lait, point de
facteur à qui demander nos lettres. Oh ! quel aurait été leur contenu si nous avions pu en recevoir ! Mais, non, nous étions violemment séparés de
nos parents, de notre pays natal ; nous étions, comme
des criminels, déportés sur les plages désertes d'un
rivage étranger, ignorant si bientôt cette horrible
sentence ne serait pas changée en un arrêt de mort.

Cependant la nature l'emporta encore sur un abattement inutile et réclama impérieusement ses droits.
Nous n'avions depuis deux jours pris que très-peu de
nourriture ; le souvenir de la viande sèche des flibus-

tiers vint tout à coup nous remettre la joie au cœur.
Cette viande était de la chair de buffle, de bœuf et
de porc, coupée en longues et minces aiguillettes,
légèrement salée et séchée aux poêles. Cette chair
ainsi préparée peut se conserver douze mois : si on
la trempe dans de l'eau fraîche, elle se gonfle et a
le fumet de la chair fraîche ; elle acquiert même un
goût plus fin et plus exquis. Mais l'eau de la mer
avait trop librement pénétré dans notre chaloupe
pour laisser nos provisions dans ce bon état de conservation : les aiguillettes étaient trempées, souillées
et surabondamment salées ; de plus, il nous fallut les
manger sans les faire bouillir. Nous fîmes donc un
déjeûner fort peu confortable, et notre faim fut à
peine apaisée, qu'un nouveau supplice se fit sentir :
la soif nous tordait les entrailles, nos lèvres étaient
brûlantes et fendues, et une salive visqueuse les col-
lait fortement l'une contre l'autre.

Et maintenant, je n'en doute pas, mes jeunes lecteurs attendent avec impatience le moment où nous
devrons nous remettre en marche pour explorer notre île. Ah ! certes, si nous y avions été transportés
de Château-Seaward, par une belle après-midi, grâce
à la baguette magique d'un enchanteur, avec la pro-
messe d'un prompt retour, nous eussions gambadé
comme de jeunes chevreuils sur les collines, à travers les vallons ; nous eussions parcouru les bois,
grimpé sur le sommet de la montagne, bondi de
clairière en clairière, et, en retournant chez nous,

nous eussions débité des volumes de descriptions.
Toutes ces pérégrinations sont faciles à l'imagination
qui ne sait ce que c'est que d'aller terre à terre,
mais qui voyage portée de climat en climat sur les
ailes des vents, ou glissant de monde en monde sur
un rayon de soleil. Mais quand c'est un corps malade et exténué qui doit se traîner au commandement
d'un esprit à moitié paralysé par la crainte et la
souffrance, la nécessité seule peut mettre en mouvement les ressorts de l'un ou de l'autre ; aussi, suis-je
bien convaincu que nous eussions passé toute la
journée et la nuit suivante sur le rocher qui nous re-
cueillit tout d'abord, si la soif ne nous eût pas chassés
de notre position. Nous nous levâmes sans autre volonté, autant que je sache, sans autre pensée, sans
autre désir, que de chercher de l'eau. Nous commençâmes par regarder autour de nous. Prout, apercevant dans une direction un espace entre les rochers, nous recommanda d'y aller, et sans sa prévoyance nous eussions laissé là nos provisions de
bouche. Il conseilla à chacun de nous de prendre la
part qui lui revenait des aliments dont nous avons
déjà parlé, et nous nous trouvâmes ainsi tous chargés
d'un égal fardeau. Nous marchions lentement : boiteux, la mine allongée, l'air souffrant, on aurait dit une
procession de spectres ; c'est à peine si de temps à autre était proférée une parole, une parole seulement,
et encore cela n'avait-il lieu que quand une plainte
nouvelle, arrachée par la faiblesse, la fatigue ou le

désespoir, éclatait sur nos lèvres. Nous eûmes à franchir des rochers escarpés, aux cimes aiguës, avant
d'atteindre la seule issue qui s'offrît à nos regards :
c'était une sorte de fissure par laquelle il était évident que des inondations s'étaient jadis frayé un
passage. Nous traversâmes ce lit, maintenant à sec,
d'une rivière tarie, circonstance qui ne laissait pas
de nous être avantageuse, en ce sens que nous trouvâmes par là le moyen de pénétrer dans l'intérieur
de l'île ; mais nous ne découvrîmes pas le moindre
filet d'eau. Nous gravîmes lentement ce chemin tracé
par la nature. Peu à peu la perspective s'agrandis-
sait ; bientôt nous aperçûmes à une faible distance
des massifs de verts feuillages. Le croirait-on ? cet
aspect nous trouva insensibles et froids ; nous n'étions
sous l'empire que d'une seule idée ; nous ne souhai-
tions ardemment qu'une chose : de l'eau ! Toute
autre image pâlissait devant celle d'une fontaine ou
d'une source jaillissante.

Nous entrâmes dans une clairière de quelque
étendue, bordée par un bois épais, dont les arbres,
pour la plupart, étaient d'une espèce qui nous était
complétement inconnue : des ravins, des vallons ac-
cidentaient fréquemment le terrain ; aussi notre pèlerinage était-il fatigant à l'extrême. Après mille
difficultés, nous sortîmes enfin du bois et nous nous
trouvâmes au pied de la montagne dont les flancs
abrupts et rocailleux ne portaient qu'une végétation
pauvre ! Nous grimpions depuis quelques instants

seulement, quand nous entendîmes un bruit qui
nous fit tressaillir de joie. Tournant aussitôt l'angle
du rocher, nous aperçûmes, en vérité, ce que nous
cherchions : de l'eau fraîche. Mais, hélas ! c'était une
cataracte bouillonnante, impétueuse, qui se précipitait en écumant dans un précipice affreux et se perdait dans un abîme sans fond, où l'œil craignait
presque de la suivre. Nous nous assîmes tous en silence, succombant à la douleur causée par la soif et
la fatigue, et, là, nous restâmes haletants, éprouvant
le supplice de Tantale, ayant devant nous une masse
d'eau inépuisable et à laquelle ne paraissait aucun
accès possible. Nos prunelles ardentes se tenaient en
vain fixées sur l'écume étincelante qui chatoyait au-
dessus du cratère, et plongeaient dans les sombres
replis de la caverne tonnant à nos pieds. Alors
Prout, Melton et moi, un peu moins faibles que les
autres, nous nous hasardâmes à grimper le long des
flancs rudes des rochers qui conduisaient aux cata-
ractes supérieures, et, par un miracle du ciel, nous
échappâmes aux dangers mortels de cette ascension.
Sur un tertre élevé et plus près du torrent, nous
découvrîmes que le versant du rocher, dont la partie
inférieure était baignée par les flots écumants de la
cataracte, était sillonné de nombreux filets d'eau.
Nous avançant toujours, nous trouvâmes qu'un petit
ruisseau, à l'onde pure et tranquille, et n'ayant pas
d'autre source, avait creusé son lit dans une autre
direction, et que ce précieux ruisseau avait rencon-

tré et occupait, sur le penchant de la montagne, un bassin naturel où le torrent reposait en paix. Ce torrent réfléchissait comme un miroir les pics élevés qui semblaient le menacer, et laissait apercevoir à travers le cristal de ses eaux les cailloux luisants qui en tapissaient le fond.

Celui qui n'a résidé que dans nos climats tempérés ne peut concevoir ce que c'est que la soif sous un climat chaud ; personne non plus, s'il n'a éprouvé cette torture, ne peut se faire une idée du ravissement dans lequel nous jeta le bienfait de l'eau fraîche et limpide qui arrosait ce côté de la montagne. Notre premier essai fut de pousser des cris pour avertir nos compagnons ; mais nos gorges, non humectées encore, nous refusèrent à cet égard leur service. Nous bûmes et nous lavâmes nos visages, puis nous bûmes encore, et, tout à coup, saisissant l'image passagère de nos pâles figures dans l'étang aussi calme que la surface polie d'une glace, nous nous regardâmes et reculâmes, étonnés de ne nous être pas dit encore quelle métamorphose s'était accomplie dans nos physionomies. Prout se prit à rire ; mais il se retint « jusqu'à ce que, dit-il, tout le monde pût rire ensemble. » Il franchit, comme un jeune chevreuil, l'espace qui nous séparait de nos compagnons, qui s'étonnèrent de l'éclat dont brillait alors sa face ouverte et empreinte d'une joyeuse sérénité. — «Ah ! Prout, s'écrièrent-ils, vous auriez dû nous en prévenir avant tout ! »—« Vous pouvez boire et vous laver comme moi, si bon vous semble, répliqua Prout ; rien ne vous manquera : il y a là bas un bassin, de l'eau, un miroir, tout ce qu'il vous faut, en un mot. »

Les pauvres garçons suivirent lentement leur guide jusqu'à l'endroit indiqué. Nous parûmes tous ressaisir la vie qui semblait prête à nous quitter ; la plupart, je pense, remercièrent Dieu, mais, je le crains bien aussi, quelques-uns l'oublièrent. Le pauvre Settle perdit l'équilibre et piqua une tête dans l'eau ; nous l'en retirâmes, mais non sans peine.

> L'onde pure à nos pieds, le rocher sur nos têtes,
> Joyeux et fascinés par un charme nouveau,
> Nous trouvons dans ce calme et limpide ruisseau,
> L'oubli de tous nos maux, une source de fêtes.

Vous avez faim, vous l'apaisez en prenant la quantité de nourriture nécessaire : viennent alors la satiété et le repos. Vous avez soif, vous l'éteignez en absorbant une boisson quelconque : la joie éclate en de bruyants transports. Nous discourûmes assez gaiement, pour la première fois depuis notre départ d'Angleterre, sur la situation quelque peu critique de nos affaires, et nos fertiles cerveaux nous suggérèrent les plus sages conjectures sur l'endroit où nous étions, ainsi que les expédients les plus divers à l'égard de notre nourriture future. Il était vraiment curieux que nul de nous ne pût dire au juste combien de jours ou de semaines s'étaient passés, depuis notre première et deuxième nuit à bord. La plus grande confusion

régnait dans nos mémoires, surtout en ce qui concernait le laps de temps qui s'était écoulé, depuis que
les flibustiers s'étaient emparés du *Rapide*. Les
choses étant ainsi, nous ne pouvions pas avoir d'idées
bien claires sur la distance de notre demeure actuelle
de l'Angleterre, ou de sa direction ; et l'assertion finale
de John Rouse que le pays que nous occupions était
sans aucun doute le célèbre territoire appelé *Moco*,
nous n'eûmes pas à présenter d'objections convain-
cantes.

Complétement rafraîchis par l'eau limpide du ruisseau, ainsi que par le repos auquel nous avions pu
nous livrer en toute liberté sur ses bords tapissés de
mousse, nous nous sentîmes dans les meilleures dispositions du monde pour nous abandonner, si cela
avait été possible, aux jouissances d'une table bien
servie. Notre viande, trempée dans l'eau de la mer,
et non bouillie, comme elle continuait de l'être, ne
possédait guère plus de goût et de saveur qu'une peau
de jambon ou une bande de cuir ; aussi nous fallut-il
une dose de résolution beaucoup plus forte pour con-
sentir à nous charger du reste, que pour nous impo-
ser la loi de n'en pas manger davantage, dans la crainte
d'y faire une brèche trop considérable. Cependant,
comme les plus sages et les plus prévoyants ne pouvaient pas nous dire où trouver d'autre nourriture,
meilleure ou plus abondante, le moins sensé tombait
d'accord sur la convenance de garder celle-ci. Il était
évident que le penchant de la montagne ne pouvait

produire que de l'eau. Après nous en être régalés à loisir, et sentant nos forces rétablies, nous continuâmes notre course.

Descendant de nouveau vers la plaine avec un redoublement d'activité, nous poussâmes nos découvertes jusqu'au côté opposé. Alors un nouveau bouquet de bois s'offrit à nos regards. Comme nous nous avancions vers lui, nous acquîmes la certitude que nous n'étions pas les seuls habitants de cette île, mais que son territoire se partageait entre des individus d'une espèce qui, certes, ne nous regardaient pas comme propres à entrer dans leur compagnie à l'encontre sans doute de plusieurs de mes honorés lecteurs qui seraient tout disposés à nous y ranger. C'était une troupe d'ânes sauvages qui, extraordinairement effrayés à notre aspect, faisaient retentir la plaine voisine de leurs cris et du bruit de leurs pieds frappant la terre, les oreilles dressées et la queue au vent! une nuée de poussière les accompagna aussi loin que nos yeux purent atteindre et jusqu'à ce qu'ils fussent tout à fait hors de notre vue. L'effet de cette scène animée par la rapidité de leurs mouvements nous mit en gaieté.

— J'aurais bien voulu être sur leur dos, dit Prout, ils auraient pu nous faire faire le tour de ce jardin sauvage.

Nous entendîmes ensuite le grognement d'un troupeau de cochons que nous ne tardâmes pas à distinguer à l'ombre des arbres qui étaient devant nous; fouil-

lant, selon leur coutume, la terre avec leurs groins.
L'un de nous fit sagement observer que ce qui faisait les délices des cochons pourrait fort bien être
un aliment agréable pour des gens affamés. Nous fîmes
quelques pas vers le troupeau, qui se retira immédiatement et avec non moins de précipitation que les
ânes, laissant leur repas à moitié achevé. Les racines
qu'ils avaient fouillées étaient de l'espèce appelée
ignames. Ces racines étaient aussi grosses que la
jambe d'un homme, de forme irrégulière, et de couleur brune à l'extérieur; mais quand elles sont cuites,
l'intérieur est blanc et farineux. Nous en arrachâmes
une à force de bras; elle avait au moins un demi-
mètre de longueur; mais, chose étrange, comme elle
n'était ni bouillie ni rôtie, elle n'offrait guère au palais plus de charmes naturels qu'une pomme de terre
crue. Cette découverte n'avait donc rien de bon en
elle-même; ainsi le croyions-nous alors, pauvres
fous que nous étions !

Cependant la vue de ces animaux, avec lesquels
nous avions tant de points de ressemblance, nous
avait quelque peu rassurés; nous regrettions même
vivement alors de n'avoir pu faire avec eux plus ample
connaissance. Pourquoi nous fuyaient-ils aussi? Des
oiseaux d'une espèce familière, d'autres au splendide
plumage et qui nous étaient inconnus, voltigeaient
au-dessus de nos têtes; à nos pieds, cabriolaient des
lièvres et des lapins; des moutons et des chèvres
nous regardaient d'une manière timide et sauvage,

puis se sauvaient, tandis que de jeunes buffles paissaient tranquillement dans les vallées. Il était évident
qu'ici la nourriture ne faisait faute ni pour les hommes
ni pour les animaux, mais par malheur nous n'é-
tions ni l'un ni l'autre, bien que nous eussions pour
le moins autant d'appétit qu'eux.

La faim nous pressant de nouveau, comme nous
nous sentions en outre un peu fatigués et que d'ailleurs
nous n'avions pas d'affaires qui nous appelassent expressément d'un côté plutôt que d'un autre, soit à droite, soit à gauche, soit en avant; n'ayant point non plus
de raison pour retourner par le même chemin que
nous étions venus, nous nous étendîmes à l'ombre
d'un grand et bel arbre semblable à un chêne, et là
nous recommençâmes à dîner sur la maudite viande
sèche déjà trop de fois mentionnée et pour laquelle
nous n'éprouvions pas une répulsion moins excessive
qu'auparavant. Cela fait, nous nous levâmes et
nous fîmes quelque pas devant nous, privés encore
une fois d'eau comme naguère. Là nous trouvâmes
des arbres d'une grande hauteur et droits comme
des flèches, portant à leurs sommets de vastes touffes
de feuillages; d'autres, médiocrement élevés, étalaient
des grappes d'un fruit vert, gros comme des concombres. Alors et sans que nous nous y attendissions le
moins du monde, la nuit tomba sur nous. L'heure
si douce du crépuscule est en effet peu connue sous
ces latitudes.

CHAPITRE V.

La nuit précédente (la première que nous passâmes dans l'île) s'était écoulée pour nous dans l'en-
gourdissement , résultat inévitable de la prostration
de nos forces et de notre épuisement. Tels nous étions
quand se coucha le soleil , tels il nous retrouva à son
lever ; c'est-à-dire presqu'insensibles à notre situation,
et absolument incapables de la considérer sous son
véritable aspect. Mais le jour qui avait suivi avait été
rempli de soins pour ainsi dire vitaux. Nous avions
pu jeter un regard sur le passé et raisonner sur l'avenir. Ce jour, comme je l'ai dit, se termina un peu
brusquement. La nuit nous surprit sans qu'il nous
fût le moins du monde possible de chercher un abri
autre que celui qui nous était offert par la forêt. Ce
fut une nuit fort désagréable , mentalement parlant,
pour plusieurs d'entre nous. Nathan Prout, John
Rouse et moi , nous convînmes de monter la garde
autour de notre camp à la belle étoile, et nous fîmes
de vaillants efforts, en sifflant, en causant et même en

riant, quoique ayant la tristesse dans l'âme, pour
tâcher de surmonter nos frayeurs.

Ces arbres aux cimes touffues et ombreuses, aux
tiges nues et élancées, grosses ou grêles, qui, le jour,
ressemblaient à une forêt de mâts et paraissaient
porter défi au ciel, agitaient, maintenant qu'il faisait
nuit, incessamment leurs feuilles immenses, avec un
bruit qui remplissait l'âme d'un indéfinissable sentiment de terreur. On aurait dit une nuée d'oiseaux
nocturnes battant des ailes au-dessus de nous et guet-
tant leur proie. Mais cela n'était rien encore ; les hurlements étranges des bêtes féroces qui nous environ-
naient ; les cris d'énormes chauves-souris qui, de
leurs ailes déployées, rasaient, en volant, nos têtes ;
et plus que tout cela encore, les étincelles phospho-
rescentes de certains insectes, qui, comme de légers
météores, interrompaient de minute en minute le
sombre voile de la nuit et traçaient une longue chaîne
de feu, rendaient presque fous d'effroi les plus forts
esprits de notre *illustre* compagnie. Les plus timides
se cachaient la figure sous les herbes et, se serrant
les uns contre les autres, marmottaient en sanglotant
des paroles tremblantes.

— Oh ! Nathan Prout ! disais-je, quelle effroyable
chose !

— Il n'en faut pas parler, mon bon Selwyn, répli-
quait l'excellent jeune homme. Allons, John Rouse !
il faut veiller, mon brave.

— Ah ! répondait celui-ci, je pense bien avoir

pour jamais dit adieu au sommeil. Non, mon cher
Prout, c'en est fait, je ne dormirai plus! C'est pis,
en vérité, que la première nuit passée à bord du navire! Là, avez-vous jamais entendu des arbres ainsi
secoués? S'est-on jamais trouvé au milieu d'une si
horrible obscurité?

C'était à travers la forêt un frémissement continuel, c'était un bruit confus et incessant de pas d'a-
nimaux, tantôt éloigné, tantôt rapproché; sous les
arbres gémissait le vent en longs et fantasques murmures; et ce concert étrange entretenait notre imagination malade dans un perpétuel exercice. Nous
cherchions à distinguer des objets, à saisir des sons
qui, dans la réalité, n'existaient pas. Pour moi, je me
le rappelle, mes cheveux se hérissaient, je cachais
entre mes mains mon visage que je pressais contre
mes genoux, il me semblait toujours voir passer devant mes yeux la figure blême de Philippe Aylmer, et
je murmurais involontairement son nom; Prout alors
me reprenait vivement; mais lui-même tombait bientôt après dans le même accès de mélancolie, et s'entretenait tout bas de Grant et de Wyatt.

Je ne m'arrêterai pas plus long-temps sur ce sujet, mon cher lecteur, car je ne veux pas troubler
votre cerveau durant les heures du jour et de la nuit;
mais vous comprendrez sans peine qu'en bien des
occasions l'esprit souffre plus que le corps, et que
le génie du mal a toujours la volonté, sinon le pouvoir peut-être pendant cette vie, de nous faire endu-

rer les plus cruels tourments. C'était sans doute, grâce à son influence maudite, que passaient et repassaient devant nos esprits faibles et sans expérience ces scènes de deuil, cette terrible fantasmagorie.

Non, il n'est pas de supplice plus affreux que ce trouble de tous nos sens, occasionné, durant cette triste nuit, par de lugubres et cependant bien chimériques images. Ni pieds, ni ailes ne nous avaient touchés; nous n'avions rien vu, rien entendu de surnaturel, et néanmoins l'impression de ces choses nous jeta plus d'une fois dans les angoisses d'une véritable agonie. A ce propos, rappelons que *celui* qui peut d'un seul mot tuer le corps peut bien d'un mot aussi condamner l'âme à cette torture, dont l'épouvante seule fait tous les frais.

Quand le jour commença à poindre, tous les hôtes actifs et bruyants de la forêt étaient plongés dans un repos, qui certes était bien exempt de nos terreurs. La première chose qui nous ranima fut la voix familière du coq, qui chantait, dans un bosquet voisin, aussi clairement et en aussi bon anglais que s'il eût été dans une métairie du comté d'Essex. Jamais musique ne nous parut plus délicieuse, et en ce moment eussions-nous entendu la cloche même de Château-Seaward, je ne sais pas, en vérité, si nous aurions éprouvé plus de plaisir. Nous sentions que nous étions bien toujours dans un monde naturel, et qu'il y avait là un langage qui était le même que dans notre patrie; c'était, en outre, un nouveau jour qui com-

mençait, et quand le chœur ailé du bocage s'étendit
de tige en tige, quand les rayons du soleil jetèrent sur
le gazon chatoyant à nos pieds un manteau lumineux
et diapré, nous vîmes bien que nous étions toujours
dans le monde de Dieu, et que la solitude et le dé=
sert s'égayaient aux rayons vivifiants de sa splendeur
et de son amour. Pourquoi donc nous serait-il dé-
fendu d'espérer son pardon ? Sa miséricorde n'est-
elle pas infinie ? Nous étions l'ouvrage de ses mains,
les brebis de son bercail ; nous l'avions, il est vrai,
terriblement offensé, mais son œil n'avait-il pas toujours veillé sur nous ? Au milieu de nos erreurs,
nous ne l'avions pas renié. Des réflexions de cette
nature étaient les meilleures consolations dont nous
pussions faire usage, pour combattre l'épouvante que
faisaient naître en nous les accablantes horreurs de
la nuit. Nous résolûmes néanmoins de faire nos préparatifs, si cela était possible, pour la nuit suivante ;
en attendant, il fallait songer aux nécessités du jour.

Prout, qui pour nous tous était tout à la fois lan=
gue et cerveau, proposa d'aller à la recherche du rivage de la mer, et de suivre les côtes de l'île, car
c'était la seule manière de parvenir à une connaissance exacte de notre situation. Avant de nous mettre
en marche pour cette expédition, nous rafraîchîmes
nos lèvres altérées en suçant le gazon couvert de rosée, et nous nous procurâmes ainsi un grand soulagement, car notre soif était revenue avec un degré
d'intensité plus violente que jamais. Bien qu'à jeun

10.

encore, une douzaine d'entre nous jetèrent le reste
de leur viande, devenue d'un goût repoussant. Nous
essayâmes de tous les genres de persuasion pour les
engager à la reprendre, mais ils étaient trop pares-
seux et trop inconsidérés pour se laisser, en cette
affaire, influencer par nos avis.

Nous suivîmes le soleil, comme notre seul guide
à travers le bois; et j'ai tout-lieu-de croire qu'en
agissant ainsi nous tournâmes le dos à un rivage très-
rapproché de nous, pour aller en chercher un autre
à une distance de plus de deux lieues. Nous nous
reposâmes de nouveau à l'ombre de l'un des grands
arbres, dont les fruits semés tout autour de nous
jonchaient le sol; c'étaient (je le sais maintenant) des
noix de coco ; nous ne connaissions aucun moyen de
les ouvrir, et peut-être l'aurions-nous su, que nous
n'en aurions pas été mieux ; car jusqu'ici, n'ayant
point eu à nous occuper de chercher notre nourriture, nous ignorions complétement ce qui pouvait
être bon ou mauvais à manger.

Sur l'un des arbres était l'empreinte bien mar-
quée de deux coups de hache; nous découvrîmes
encore d'autres incisions, dont l'ensemble devait
former une date ; mais ces incisions étant presqu'entièrement recouvertes, cette date était devenue complétement illisible.

— Si je pouvais trouver la hache qui a fait ces
entailles dans cet arbre, dit Prout, nous dormirions
sous un toit cette nuit.

Aussitôt chacun se mit en quête à travers les herbes et dans les bosquets environnants ; mais toutes les recherches furent infructueuses.

Nous abandonnâmes cet endroit, et nous cheminions, bien éloignés de songer à une embûche ou à un ennemi, quand nous fûmes tout d'un coup assaillis et pelotés avec une force et une habileté merveilleuse par une troupe nombreuse d'ennemis juchés en haut ; les projectiles tombaient drus comme grêle autour de nos têtes nues (tous nos chapeaux avaient été enlevés par les rafales, à bord du *Rapide*), et bien que nos cheveux bouclés eussent supporté les assauts de la tempête et de la vague, que nos crânes ne fussent pas moins durs que d'autres, ils n'étaient pas faits encore à une pluie de noix. Nous eûmes donc beaucoup à souffrir avant d'oser lever les yeux sur cette batterie masquée qui lançait sa mitraille contre nous. Au sommet du cocotier, cachés entre les branches supérieures ou plutôt les feuilles, se tenaient deux singes qui, à cette élévation, ne nous parurent guère plus gros que des écureuils, mais qui, croquant ces noix et se régalant de leur fruit, jetaient, à n'en pas douter, contre nous, les écorces, et cela à notre détriment et à notre grande désolation. Nos pauvres têtes et nos visages étaient couverts de sang, car pas un nez ne se leva de leur côté, sans être immédiatement brisé, ou pour le moins meurtri par une noix ; de toute notre bande il n'y en eut que deux qui prirent bravement le parti de rire de cette aventure,

en se sauvant et en tenant leur tête fracassée entre
leurs mains. Nous entrâmes dans un bosquet pour
examiner l'état de nos blessures : l'un en fut quitte
pour un coup, l'autre pour une bosse ; je n'entrepren-
drai pas d'énumérer toutes les plaies dont nous fûmes
en outre gratifiés. En cela les singes voulurent-ils
faire acte d'hostilité contre nous ? C'est une question
que je n'oserais résoudre ; je serais plutôt néanmoins
tenté de croire qu'ils n'avaient qu'un but, celui de
nous faire accueil à leur manière. Quoi qu'il en soit,
nous ne nous fûmes pas plutôt éloignés, que nous
vîmes les méchantes bêtes descendre des arbres avec
la rapidité de l'éclair. Supposant que nous en pourrions venir aux mains, nous poussâmes un cri en
conséquence pour les effrayer. Cela les fit-il changer
de dessein ? C'est encore ce que je ne saurais dire ;
le fait est que nous ne tardâmes pas à être séparés
d'eux par une assez grande distance, et probablement aussi complétement oubliés. Ils grimpèrent immédiatement sur un autre arbre, peu écarté de celui qu'ils avaient exploité, et se mirent de nouveau
à croquer des noix en grimaçant, mais en témoignant leur plaisir d'une manière plus pacifique, et en
laissant tranquillement tomber les écorces en bas.

Nous avions eu bien certainement le dessous dans
cette bataille, et nous étions, sans conteste, la plus
faible et la plus malheureuse des quatre classes célèbres de créatures que nous savions présentement ha-
biter l'île, savoir : les ânes, les cochons, les singes

et *nous*. Tel était le peu de sympathie des trois premières et respectables confréries pour la quatrième, et leur peu d'envie de faire connaissance avec elle, qu'elles s'enfuyaient aussitôt à notre approche, et cela si vite qu'il n'y avait pas moyen d'échanger le plus petit braiment, le moindre grognement ou la plus légère grimace. Il était évident aussi que les *naturels* du pays, que nous venons de mentionner, vivaient en liesse et dans l'abondance; leur habileté et leur instinct les mettant à même de satisfaire à leurs besoins; tandis que nous, êtres ignares, crasseusement plongés dans la misère, nous traînions notre pénible existence en tous lieux, dévorés par la faim, les joues creuses, la mine allongée d'une aune.

Le fait est que l'homme, et sa progéniture surtout, abandonnés tout d'un coup, à l'improviste, à leurs seuls instincts et aux simples efforts de l'animalité, sont, de toutes les créatures, les plus dénuées de ressources et les plus faibles au monde. Pour ce qui en était de nous, il nous fallut l'expérience de plusieurs mois d'adversité, durant lesquels quelques-uns d'entre nous succombèrent à la peine, pour nous mettre dans la voie à suivre, en matière d'efforts personnels, et développer en nous cette intelligence des appétits, que le plus obtus animal aurait immédiatement trouvée en lui, et qui consistait à faire usage des provisions que la nature avait éparpillées autour de nous.

Résolus de ne pas passer la nuit dans le bois, si

nous pouvions échapper à cette nécessité, nous poursuivîmes notre route, et sur le soir nous atteignîmes
une plaine ouverte et bordée par une ligne de sable.
Au delà, pour perspective, était la mer, la mer sans
bornes, comme nous le supposions. Les vagues étaient
couronnées de flocons d'écume, mais sur la masse
des eaux se distinguait une couleur brune, que nous
n'avions pas observée auparavant. Nous nous assîmes
et mangeâmes une fois encore de nos dégoûtantes
aiguillettes de viande, dont l'odeur s'était beaucoup
accrue et n'avait guère d'analogie qu'avec celle de
nos jambons, de nos langues et de notre bœuf salé
d'Angleterre. Le terrain était en cet endroit humide
et marécageux; aussi trouvâmes-nous bientôt de
l'eau pour nous désaltérer. Une foule de coquilles de
noix de coco, éparses à nos pieds, nous servirent de
tasses. Il nous eût été complétement impossible d'approcher du rivage dans cette direction; nous suivîmes
la lisière du bois où le sol était plus ferme, et parvînmes de cette manière à gagner un rocher escarpé
qui nous prêta son abri. Là, l'esprit libre des terreurs que nous inspiraient les ombres touffues et les
murmures de la forêt, nous nous reposâmes jusqu'à
ce que le soleil vînt nous visiter dans notre retraite,
qui pour toit n'avait guère que le ciel.

Cependant, comme nous n'avions point d'affaires
urgentes qui nous contraignissent d'abandonner notre abri, à l'exception de notre déjeuner, que nous
ne savions où trouver, il est probable que nous ne

De dessous cette masse mouvante s'allongea une sorte
de figure de crapaud.

l'eussions pas quitté avant une heure ou deux encore, sans un événement extraordinaire qui nous chassa de la caverne. James Moody, peu satisfait des rudes inégalités du plancher raboteux dont nous nous croyions obligés de nous contenter, s'étendit tout de son long sur une surface plus douce et plus unie qu'il trouva dans un coin. Il prétendit que la pierre remua un peu quand il s'y plaça ; mais il attribua ce mouvement au choc qu'il lui fit éprouver en se mettant dessus. Cela pouvait être ; mais il y a temps pour tout sous le soleil. Quand les rayons calorifères de ce brillant flambeau du monde eurent tombé dans ce coin, durant quelques minutes, Moody sentit tout à coup sa couche s'ébranler de nouveau ; un bruit sourd, semblable au craquement du sable que l'on foule du pied, se fit entendre, et bientôt nous vîmes le pauvre garçon tourner sur lui-même, et avec lui son lit, qui tout à coup se mit à s'avancer, emportant éperdu son dormeur, maintenant bien éveillé, je vous assure.

De dessous cette masse mouvante s'allongea une sorte de figure de crapaud, dont l'aspect nous fit pousser de véritables hurlements que répétèrent tous les échos de la caverne. Moody sauta rapidement à bas de ce siége bizarre, et, à notre exemple, se prit à fuir. L'étrange locomotive, insensible à ce vacarme, ne hâta ni n'arrêta sa course, et, tout en remuant la queue, ne tarda pas à être bientôt dehors. C'était une tortue énorme, qui, se trouvant au milieu d'une

société beaucoup moins formidable que le respectable corps des aldermen, et elle s'en aperçut bien, la
drôlesse ! se permit de s'en aller le plus tranquillement du monde, sans pousser le moindre petit cri
pour justifier sa présence en ce lieu. Elle se traînait
lentement, et à mesure que nous la considérions
notre chair se ridait. Dans son égarement, Harry
Boyce, la montrant du doigt, s'écriait : « C'est Crabe
Crawley ! c'est Crabe Crawley lui-même ! » Dans
notre empressement à ne pas empiéter plus long-
temps sur le domaine privé de son altesse, deux ou
trois d'entre nous tombèrent sur la maudite bête avant
de pouvoir sortir. Tout aussitôt elle retira sa face,
mais non ses pattes : sa tête disparut en un clin-d'œil
sous sa carapace, et elle nous laissa tout le temps de
retrouver la vigueur paralysée de nos jambes.

Il y avait là, sous cette carapace, loin de laquelle se
sauvaient à l'envi une vingtaine de pauvres diables
qui mouraient de faim, de quoi dîner pour cent
hommes. Mais le savions-nous ? Avions-nous jamais
entendu parler de pareille chose ? Des gens qui auront souffert plus que nous encore pourront prétendre que nos appétits n'en étaient point arrivés
aux dernières limites du besoin. Les habitants de
l'île Wager auraient eu bientôt fait de dépecer ce
gros reptile, de le tirer hors de sa carapace ; une
demi-heure, en un mot, ne se serait pas écoulée,
après qu'ils auraient eu les yeux sur lui, que sa demeure serait devenue : *appartement à louer.*

Nous n'eûmes pas la moindre velléité, fort heureusement pour la tortue, de faire connaissance avec elle de cette manière. Nos lecteurs ne seront pas surpris, peut-être, quand je leur dirai que nous ne nous sentîmes pas le moins du monde disposés à déjeuner des membres et de la chair crue de cette créature, en apparence fort peu ragoûtante ; d'ailleurs, y aurions-nous été disposés, nous n'étions ni en forces, ni en armes pour l'attaquer. Mais peut-être trouvera-t-on étrange de ne nous voir point essayer encore des fruits et des racines des bois. On devrait se rappeler cependant que nous n'étions débarqués que depuis très-peu de temps, et que, pour n'être pas bonnes, nous n'avions pas moins, pour apaiser notre faim, les provisions qui nous avaient été octroyées par les flibustiers. D'un autre côté, je pense qu'il ne faudrait pas seulement des jours, mais des semaines, avant qu'un vrai Lapon, amateur d'huile de baleine, pût accommoder son estomac *délicat* aux biftecks, sauce aux huîtres ou aux concombres, d'Angleterre, pour ne parler point des pâtés de foie gras et de la bouillabaisse de France. Qu'on ne nous reproche pas d'avoir négligé les productions de la terre : toutes celles que nous trouvâmes à notre portée, et elles étaient rares, nous les goûtâmes ; nous livrâmes, comme vous l'avez déjà vu, un vaillant assaut aux ignames crues ; mais leur goût et le gravois qui les entourait rebutèrent nos estomacs, peu au fait de cette nourriture, et nous continuâmes

à être tourmentés de la faim, ayant encore beaucoup
à souffrir et à apprendre.

Nous restâmes quelque temps à examiner la tortue pour voir ce qu'elle allait devenir. Elle se traîna
jusqu'à la mer par le chemin le plus court, et, une
fois là, elle disparut ; mais nous aperçûmes bientôt
une cinquantaine d'individus de son espèce, étendus
sur le sable et se chauffant au soleil. Nous découvrîmes des tas nombreux de leurs œufs, tous recou-
verts d'une membrane douce et semblable à du par-
chemin ; nous ne pûmes nous résoudre à y toucher.
—« Eh ! quoi ! ne pas aimer des œufs pour déjeuner !
toujours friands, direz-vous ; toujours délicats ! » —
Ah ! ne nous blâmez pas ! un baquet plein de man-
geaille pour les cochons de Château-Seaward eût été
accueilli par nous avec des transports de joie !

Nous côtoyâmes les limites de notre étrange
royaume, subsistant misérablement à l'aide de quelques poissons dont le soleil avait ouvert les coquilles,
et quelquefois parcourant les bois pour découvrir un
peu de nourriture. Au bout de huit jours environ,
nous nous retrouvâmes au lieu même où nous avions
d'abord débarqué, et, comme à ce moment la marée
était basse, l'endroit où Grant et Wyatt avaient disparu
était presque à sec. Heureusement pour nous nous ne
vîmes pas leurs cadavres ; mais la vue de l'endroit
produisit sur nous un effet terrible ; aussi ne nous
arrêtâmes-nous pas. Nous poursuivîmes notre route
jusqu'à ce que le ruisseau formé par la cataracte

dont j'ai déjà parlé nous barrât le passage. Nous longeâmes son cours en descendant et en suivant une vallée située entre des collines et d'une beauté vraiment romantique. Des arbres d'une hauteur majestueuse ornaient les bords verdoyants du ruisseau, tandis que d'autres, moins altiers, étendaient leurs branches de rivage à rivage et formaient une voûte impénétrable aux rayons du soleil ; enfin s'ouvrait dans le lointain la forêt : des bouquets d'arbres étalaient leurs rameaux au-dessus de riants bosquets d'arbustes aquatiques qui croissaient à l'entour de leurs troncs, pendant que ceux-ci mêlaient leurs tiges à une multitude de plantes herbacées qui occupaient un large espace de terrain marécageux.

Là, à chaque instant, nous trahissait le sol, qui se dérobait sous nos pieds ; c'était presque pour nous un danger de mort. Ce ne fut qu'avec des difficultés inouïes que nous parvînmes à nous retirer de ce mauvais pas et à nous rendre sur un terrain plus solide. Quand nous l'eûmes atteint, nous respirâmes enfin ; mais, succombant bientôt à la fatigue et le désespoir dans l'âme, nous nous laissâmes tomber sur le gazon et nous nous couchâmes pour passer la nuit.

Nous commencions à nous faire à ces haltes en plein vent, où nous n'étions pas tourmentés, comme cela avait eu lieu la seconde nuit que nous avions passée dans l'île ; aussi, quand venait le soir, évitions-nous autant que possible les bois : sous un ciel ouvert et semé d'étoiles, et nous reposant avec confiance en

Dieu, ce grand consolateur de celui qui, les genoux en terre, élève son cœur vers lui avant de permettre au sommeil de clore sa paupière, nous dormions, certes, mieux que bien des jeunes lords sur un lit d'édredon.

Nous eûmes toujours néanmoins la précaution de désigner une sentinelle pour veiller sur notre camp ; mais, je suis fâché de le dire, pour la plupart de notre bande ce devoir n'était rempli qu'avec une fidélité douteuse ; si bien qu'à la fin cette tâche tomba à la charge de cinq ou six seulement d'entre nous, qui eurent assez de force d'âme et de constance pour accomplir, chacun à leur tour et dans toute leur rigueur, ces mesures de précaution et de salut. Cette nuit, ainsi qu'il a déjà été dit plus haut, nous nous campâmes sur la lisière du bois, aux limites des marécages. Il était toujours ainsi convenu que si nos sentinelles voyaient ou entendaient quelque chose de particulier, elles devaient éveiller immédiatement la troupe entière. — Rouse, Frampton et moi étions de garde cette fois. Nos compagnons ne furent bientôt plus occupés que des seules visions dans lesquelles se complaisaient véritablement nos pensées. —Visions bienheureuses, songes fortunés, qui nous transportaient au milieu des rochers de notre Angleterre bienaimée, sous le toit paternel, aux tours chéries de l'école de Saint-Runwald. — Ceux qui veillaient devinaient, aux murmures qui s'échappaient des lèvres des dormeurs, quelles douces scènes remplissaient leur cerveau, et brûlaient de partager leurs joies imaginaires.

— Alors, quand nos yeux étaient fermés sur tous les objets extérieurs, qui nous tenaient emprisonnés dans leur cercle, notre mémoire se ravivait et redevenait active. Chaque incident de notre existence antérieure était voisin de nous, prêt à occuper sa place dans le drame de nos rêveries ; mais, le jour, une confusion d'idées, presque égale à l'oubli, traçait entre le présent et le passé une ligne de démarcation infranchissable : aussi de ce dernier parlions-nous rarement.

Les pauvres garçons, voyageant sur les aîles de la pensée, étaient transportés dans leur patrie comme à l'ordinaire, et murmuraient hautement leurs impressions en des phrases rompues, mais qui laissaient deviner leur félicité, quand Frampton me toucha le bras et me dit : « Selwyn, voyez-vous cette lumière ? voyez ! voyez ! il y en a une, deux, trois, quatre ! » C'était vrai. Notre sang, qui auparavant bouillait dans nos veines, se glaça soudain, quand chacun put, de ses propres yeux, voir et compter les lumières, qui, maintenant portées au nombre de sept à huit, avaient l'air de se promener à quelque distance. « Prout, debout ! » Tel fut notre cri, qui devint pour tous le signal de se lever. « Qu'y a-t-il ? de quoi s'agit-il ? qu'est-ce ?... » s'écrièrent toutes les bouches à la fois.

— Rien, que ces lumières ; tenez, là-bas, ne les voyez-vous pas ?

Notre régiment fut bientôt sur pied, mais non en ordre de marche. Ces flammes qui paraissaient folâ-

11.

trer devant nous ne dépassaient guère une demi-
douzaine, mais nos craintes les multipliaient à l'infini
et nous en faisaient voir une centaine au moins. L'opinion générale commença bientôt à être que c'était un
parti d'Anglais qui s'était mis en quête de nous ; cette
idée fut loin de produire un effet favorable sur le
plus grand nombre : « *J'espère, oh ! j'espère,*
disait l'un, *que l'affaire de Grimsby n'est
pour rien dans ces recherches, je n'ai fait
que le voir, en regardant à travers les fentes
de la porte en avant de la fosse.* — Entendez-vous cela, me glissa Prout dans l'oreille, entendez-vous ? » Je tremblai et fus pris d'un véritable
frisson.

— C'est la lanterne de ma grand'mère, je la reconnais, dit Harry Boyce ; j'en distingue les barres
qui la traversent aussi clairement que...

— J'espère alors qu'elle a mis des patins, répartit
Prout, car je discerne encore plus clairement la réflexion de la lueur dans l'eau.

— Oh ! voyez ! voyez ! elles dansent ! ajoutait un
autre, moitié riant, moitié tremblant ; voyez, elles
font la ronde.

Les flammes minces et voltigeant de côté et d'autre, se rapprochèrent en effet tout d'un coup, s'en-
roulèrent, montèrent, montèrent... puis, s'élançant
comme une chaîne de feu, disparurent dans l'obscurité.

Nous nous serrâmes les uns contre les autres avec

autant de force que le lierre serre le chêne ; et notre haleine agitée fit un bruit semblable au frémissement du feuillage. Pas un de nous n'avait la moindre idée de la cause de ce phénomène ; tout ce que nous en savions c'est que nous le voyions paraître et disparaître alternativement. De toute la nuit, pas un œil ne se referma, et notre étonnement durait encore quand le lever du soleil dissipa nos terreurs. Mes lecteurs, mieux informés que nous ne l'étions alors, ont sans doute anticipé sur mes explications, en attribuant cette vision à l'*ignis fatuus* (feux follets) ou *Jacques-à-la-lanterne*, comme on l'appelle vulgairement. Les gaz qui s'élèvent des corps animaux et végétaux, quand ils se dissolvent dans l'eau, sont souvent inflammables ou lumineux, et dans les pays chauds les météores ainsi occasionnés sont fréquents et d'une nature saisissante.

La conversation que nous eûmes à cet égard se termina le matin par cette saillie de John Rouse : « qu'il regrettait vivement qu'il ne fût pas resté une seule de ces chandelles allumée, pour nous mettre à même d'avoir du feu et de rôtir les noix et les racines qu'il était certain de trouver bonnes, ainsi cuites. » Nous fîmes de vains efforts pour approcher du lieu que nous supposions avoir été le théâtre de l'illumination ; nous enfoncions dans le marais jusqu'aux genoux ; cette circonstance découragea et refroidit considérablement l'ardeur de notre curiosité. Il n'y avait nulle trace de pas autres que les nôtres, et l'espérance de

Ferry Dolmann que les visiteurs anglais avaient pu laisser quelque bon souper ou déjeuner à notre disposition ne se réalisa pas. Quant à Prout, il combattit nos craintes en nous représentant l'absurdité de se laisser effrayer par la lumière comme par l'obscurité. Pour lui, il serait enchanté qu'on l'éclairât ainsi tandis qu'il serait au lit, sans avoir à se donner la peine d'éteindre les chandelles.

Une merveille que l'esprit ne comprend qu'imparfaitement engendre l'inquiétude et parfois des maladies graves. L'idée que ces porte-flambeaux étaient des sauvages venus tout exprès pour faire un repas de nos corps, était pour nous presqu'aussi insupportable que l'idée suivante, qu'en l'île existaient des agences surnaturelles qui avaient sur nous quelque terrible dessein ; sur nous, les hôtes importuns de leur empire solitaire. Le bon sens de Prout ainsi que de quelques autres ne pouvait admettre ces lubies inspirées par la frayeur ; mais il était forcé de se taire devant la simple question : « D'où viennent alors ces lumières ? » Les plus forts esprits d'entre nous se sentaient confondus et tourmentés par cette circonstance ; toutefois, nous supportâmes nos peines aussi bien que possible. La nature du terrain nous empêcha de porter plus loin dans cette direction nos pas errants ; nous nous aventurâmes cependant encore à travers les broussailles et les lianes de la forêt.

Des semaines se passèrent et notre détresse était réellement extrême. Des fruits étrangers, des racines

crues, de longs intervalles entre nos repas, intervalles qui nous faisaient souffrir toutes les angoisses
de la faim ; les ardeurs du soleil auxquelles nous
étions exposés tout le jour, les humides rosées de la
nuit, nos alarmes, nos veilles, un désespoir fixe et
de tous les instants, réduisirent tellement nos forces
et abattirent tellement notre énergie que c'est à peine
si plusieurs d'entre nous pouvaient se traîner le long
du gazon. Trois infortunés, Mausfiel, Settle et Tayspill, en vinrent à ne pouvoir ni se promener, ni
même se tenir debout ; nous leur construisîmes à la
hâte une petite cabane de branchages, qu'ils occupèrent. Ils paraissaient s'affaisser à vue d'œil. Tout
ce que nous pouvions recueillir de mieux en fait de
nourriture était pour eux, mais ces aliments restaient
intacts à côté d'eux. « De l'eau ! de l'eau ! » tel était
sans cesse le faible cri qu'ils poussaient. Faute de
vase, nous ne pouvions en obtenir une assez grande
quantité, car les fragments de noix de coco, laissés
dans les bois par les bêtes sauvages, étaient tout ce
que nous possédions de plus vaste en ustensiles.

Nous ne perdions pas seulement la santé, mais encore l'intelligence ; nous devînmes littéralement des
brutes, nous serrant et nous accroupissant dans le
sol pour tout abri, et nous servant, pour marcher,
autant de nos mains que de nos pieds, à cause de la
faiblesse de nos jambes. Notre langage fut généralement réduit à quelques monosyllabes ; nous nous considérions comme des singes, et faisions entendre une

sorte de grognement à l'exemple des cochons, lorsque nous prenions notre nourriture, temps pendant
lequel n'était jamais proférée une seule parole. Je ne
pense pas qu'à cette époque il s'en fût trouvé parmi
nous une demi-douzaine qui eussent pu donner une
relation de notre histoire passée et être compris.
Prout, Holt, Rouse et moi Selwyn, nous ne perdîmes en aucun temps aussi complétement le sens et
la mémoire. Cependant nous sentions bien que nous
étions déchus du rang que nous avions occupé dans
l'échelle de l'humanité ; aussi nos plaintes les plus
amères étaient-elles celles que nous arrachait le sentiment de la perte de notre raison et de notre mémoire. Il est positif néanmoins que tant que l'esprit
retient la conscience de sa condition, altérée dans ce
qu'elle a de plus respectable, il est toujours sain, bien
que faible ; et que, quoique fortement déréglé, il
peut être ramené à son état normal.

Le cinquième jour, à partir de celui que les trois
garçons avaient pris possession de leur hutte, nous
trouvâmes Tayspill la face contre terre et poussant
de faibles gémissements. Nous ne pûmes rien apprendre d'intelligible de ses deux compagnons sur ce qui
avait pu être arrivé. Prout s'avança et s'adressant à
lui avec bonté, il tâcha de le retourner et de le soulever, mais, avec plus de force que nous ne l'en supposions capable, Tayspill lutta contre lui, et cacha
de nouveau sa figure dans les feuilles sèches de son
lit. Nous crûmes alors entendre des mots sans suite.

Une nouvelle tentative fut faite pour le soulever ; aussitôt le pauvre garçon s'accrocha plus fortement et en se tordant aux branches sur lesquelles il était couché, et s'écria : « Otez-le ! ôtez Crawley ! »

Notre sang se figea dans nos veines ; les deux misérables qui étaient alités près du moribond tressaillirent et regardèrent autour d'eux d'un air égaré.

— Oui, dirent-ils ; oui, il n'a fait que parler ainsi toute la nuit ; mais qui donc est Crawley ?

Un rayon de lumière vint rapidement traverser nos mémoires. Les tours de Château-Scavard occupèrent la scène : Crawley, Grimsby, le docteur Poynders et M. Baldrey glissèrent devant elle.

— Maintenant, Crawley, si vous ne me quittez pas, je dirai tout ce que je sais, répéta Tayspill ; oui, et je n'ignore rien de ce qui concerne Grimsby.

— Venez-vous-en, venez-vous-en, dit Coble, vous voyez bien qu'il est fou !

— Non, je ne suis pas fou, reprit Tayspill avec un accent qui annonçait évidemment qu'il avait retrouvé toute sa raison.

Regardant alors séparément chacun des visages qui l'entouraient, il dit :

— Maintenant Crawley est parti et j'en suis bien aise. Prout, cher Prout, soulevez-moi un peu et donnez-moi à boire. Non, pas vous, Hackett ; c'est Prout que je dis.

Prout lui donna à boire et baigna ses tempes. L'œil de Tayspill était devenu sombre et fixe, mais il recouvra un éclat et une expression momentanés.

— Oui, je vous reconnais tous à cette heure, et je puis penser quelque temps encore aux choses d'ici-bas. Mes amis, je vais mourir ; quand je serai mort, ne laissez pas venir Crawley. Ah ! je me sens bien heureux qu'il ne soit pas actuellement ici ; c'est que, voyez-vous, il ne veut pas que je vous dise rien. Prout, est-ce bien de révéler les fautes d'autrui ?

Prout ne répondit pas.

— Au moins, je puis confesser les miennes, ajouta le pauvre mourant. J'ai su que Crawley a poussé Grimsby dans la fosse, car je l'ai vu à travers la porte et par une nuit de clair de lune. Cela fait, il grimpa sur le mur pour regarder dans le jardin et il m'aperçut. Il me dit alors qu'il en agirait de même avec moi, si jamais j'en soufflais le mot. Il m'effraya tellement que je promis tout. C'est lui et moi qui avons forcé la porte qui était condamnée dans la muraille ; je pensais qu'il voulait attirer l'école à bord d'un navire en vue de quelque méchanceté, mais le véritable motif, je l'ignorais. Je suppose maintenant qu'il l'a fait principalement dans le but de se défaire de moi. Je le vis quitter le bâtiment et j'entendis le bruit de la planche tombant dans l'eau ; mais en ce moment même je ne crus pas qu'il en résulterait un grand mal. C'est lui, je le sais, qui a coupé la corde. Une fois il tâcha de me faire mettre le feu à la maison, mais la crainte me fit reculer.

A ces mots le moribond se tordit les mains ; ses lèvres seules remuaient. Puis il rouvrit les yeux une fois encore en s'écriant :

— Oui, oui, adieu ; je vous dis à tous adieu.

Il tomba en arrière et tout aussitôt il expira.

Nous sortîmes brusquement ensemble de la cabane, mais une fois dehors notre troupe se sépara. Coble, Inman, Ibbotson, Brett et Hackett s'enfuirent en compagnie et disparurent bientôt à travers les broussailles. Le reste de notre bande s'assit à l'endroit où nous nous trouvions, hors de la vue de la cabane ; ce désolant spectacle nous avait rendu la mémoire et le sentiment ; nos cœurs battaient à faire rompre nos poitrines. La confession de Tayspill ne fit que nous confirmer dans nos premières croyances, bien que nous n'eussions pas été comme lui et quelques autres dans le terrible secret de l'assassin. Mais cette solennité particulière qui s'attache aux déclarations émanant de lèvres mourantes, et dont jusqu'ici nous n'avions jamais été témoins, cette solennité, dis-je, semblait faire bourdonner sans cesse à nos oreilles le nom de Crabe Crawley.

Dans la perturbation où nous avait jetés cette triste scène, nous avions oublié qu'à côté du mort étaient couchés des vivants ; pendant la confession de Tayspill, en effet, Settle et Mansfield s'étaient affaissés et avaient convulsivement tourné la tête de côté. Soudain Prout se leva brusquement, et, faisant observer que nous avions mis en oubli ces deux infortunés, il nous rappela à notre devoir. Plusieurs d'entre nous hésitaient à l'accompagner, mais quand il demanda s'il était vrai que nous eussions l'intention de le laisser aller seul, trois ou quatre se levèrent et se joignirent à lui. Tout était fini à la cabane. Les corps décharnés des trois garçons étaient froids et roides ; il les fallait ajouter au nombre de nos compagnons morts, ce qui faisait en tout trente qui avaient perdu la vie.

Croyez-vous que ce châtiment fût bien disproportionné à leur faute, et que c'est en vérité trop cruel et trop horrible à croire ? Mais ne savez-vous pas que des milliers d'individus ont péri par le feu, l'inondation ou la famine, sans qu'on ait jamais dit qu'ils se fussent, comme nous, précipités volontairement dans le danger, ou qu'ils se fussent rendus coupables de quelque délit, toujours comme nous ? Un millier d'étourdis peuvent dévaster les vergers et voler leurs fruits ; un seul sera étouffé par le noyau d'une prune, ou se cassera le cou en tombant d'un arbre. Ceux de notre bande qui survivaient étaient aussi criminels que ceux qui avaient péri ; tous avaient tort, et tous souffraient, bien que quelques-uns fussent en quelque sorte délivrés : ce fut Dieu qui, dans sa miséricorde, le voulut ainsi ; et si mes lecteurs eux-mêmes ne sont pas actuellement soumis aux dernières épreuves de la souffrance, qu'ils en remercient la providence, car c'est encore par un effet de sa miséricorde.

Nous arrachâmes de l'herbe et du gazon et les entassâmes sur leurs corps ; puis, après avoir amoncelé au-dessus d'eux des feuilles et des branches d'arbres, nous fermâmes l'entrée de la cabane avec des poteaux et des rameaux : c'était tout ce que nous pouvions faire. Ces misérables honneurs rendus à la dépouille de nos frères en adversité, nous nous sauvâmes, et cela avec une énergie dont, le matin, nous ne nous fussions pas crus capables. Nous courûmes, et marchâmes, et courûmes encore, sans regarder derrière nous, sans proférer une parole, et nous ne nous arrêtâmes qu'après avoir laissé bien loin les bois et les collines, et en nous trouvant tout près des limpides barrières de notre domaine.

CHAPITRE VI.

Notre bande était maintenant réduite à seize ou dix-sept, et se composait de tous individus se comprenant à merveille, et unis ensemble par une parfaite conformité de vues et de principes. Nous n'avions jamais été *Crawleyites*, et c'est là peut-être ce qu'il y a de mieux et de plus sage à dire à notre éloge. Nous supposions que la partie absente de la troupe, ayant pris comme nous la fuite, guidée par l'instinct de la peur, loin de cette demeure où la mort avait passé, avait pris par erreur un sentier différent du nôtre, et qu'égarée dans les labyrinthes de la forêt elle n'avait pu nous rejoindre.

Quand l'équipage d'un navire échoué, ne possédant qu'une quantité limitée et bien connue de provisions, se trouve réduit en nombre, il y a pour ceux qui restent un avantage direct et proportionné sous le rapport des aliments, et en raison de cette circonstance il doit se mêler quelque consolation au chagrin causé par la perte de compagnons d'infortune. Mais ce cas n'était pas le nôtre. Chacun de nous, selon sa force et son industrie, ramassait et gagnait, pour ainsi dire, à la sueur de son front, sa ration de subsistance ; à côté de la privation que nous éprouvions de la disparition de nos camarades, ne se trouvait point en quelque sorte le même bienfait ; nous n'avions ni plus ni moins qu'auparavant, et notre inquiétude à l'égard de nos amis ne se trouvait compensée par aucune amélioration dans notre-sort.

Le jour, nous nous réfugiions communément dans les bois, et la nuit sous les anfractuosités des rochers voisins du rivage. Le matin, le plus gaillard d'entre nous racontait ses rêves, et ceux-ci faisaient notre principale consolation. Enfin, jaillit durant le sommeil une étincelle d'un des cerveaux les plus bornés ; étincelle que n'eussent certainement pas produite, même à l'état de veille, les plus spirituels : Salomon Johnson, qui jusqu'alors ne nous avait jamais régalés du récit de la moindre petite vision, se leva brusquement un matin, en disant : « J'ai songé que les meules de foin de mon père étaient en feu. »

— Je voudrais bien que nous eussions ici une semblable meule de foin, répliqua Prout.

— Eh bien ! repartit Johnson, qui vous en empêche ? Vous le pouvez, en entassant de l'herbe tandis qu'elle est verte.

Cette idée nous enflamma soudain d'une ardeur inexprimable ; Prout bondit comme un jeune che-

rreau, à la tête d'une demi-douzaine de ses camarades, comme lui électrisés, et nous montra le
chemin qui conduisait aux bois. Voyez comme notre
imagination allait bon train. Savez-vous à quoi nous
songions? A rien moins que d'avoir des *ignames
rôties* pour notre dîner. Nous étions généralement
d'accord sur ce point, que si nous devenions une
fois possesseur d'un bon feu, un long temps ne
s'écoulerait pas avant qu'un lièvre, ou tout du moins
un oiseau, ne vinssent y faire une figure convenable
à la broche. Cette satisfaction, qui provient de l'occupation et de l'exercice que l'on se donne pour
obtenir un objet désiré et qui doit procurer jouis-
sance et bien-être, nous ne la connaissions pas depuis
l'instant fatal qui avait vu commencer la longue
série d'adversités qui était venue fondre sur nous.
Notre esprit s'était flétri sous l'influence sombre de
l'abattement et de l'inaction. La faim, notre état de
faiblesse, tout maintenant était oublié! Nous nous
étions enfin mis en marche pour mettre le feu à je
ne sais quoi !

Qu'une quantité de foin ou d'autres herbes soit
ramassée dans une condition pleine de sève, et en-
tassée de manière à former un monceau comprenant
la charge de douze à vingt hommes, et présentant
l aspect d'un petit colombier, elle finira par s'échauffer, cela est hors de doute : elle fumera, c'est probable ; et au bout de quelques jours ou de quelques
semaines, elle s'enflammera, c'est possible. Mais

combien de tas ayant acquis une chaleur insupportable à la main, ne se sont jamais enflammés, n'ont jamais fumé, ou même n'ont jamais changé de couleur à leur centre ! Quant aux tas de très-faible dimension, il y a bien peu de danger qu'ils en viennent à s'échauffer le moins du monde. Mais, n'importe, nous étions contents, et c'était quelque chose. Il n'y avait, il est vrai, ni faux pour faucher, ni prés à faucher ; mais ce qu'il y avait assurément, c'était une troupe de jeunes aventuriers tout disposés à arracher avec leurs mains les touffes d'herbe à travers les broussailles, et les joncs dans les marécages.

Le soleil dardait du point le plus éloigné de l'horizon ses rayons à travers la forêt, que ses feux pénétraient à peine lorsqu'ils lui étaient perpendiculaires, et dorait les colonnes majestueuses de ce temple de la nature, que notre tâche n'était pas achevée encore. Nous avions accumulé un tas d'herbes sauvages, qui formait un monceau digne de rivaliser avec un fumier de respectable étendue ; le tout grâce à nos communs efforts. Comprenant que c'était l'humidité qui causait la chaleur, nous prîmes grand soin que l'eau ne manquât pas pour alimenter les flammes. C'est pourquoi nous eûmes la précaution de tremper chaque botte d'herbe, chaque motte de gazon dans un étang du marécage ; puis, avec une espérance raisonnablement mêlée de doute, nous attendîmes pendant la nuit le résultat de notre opération et la manifestation du miracle.

« Ah! disions-nous, que nous importe l'obscurité pendant une heure ou deux, bientôt scintillera devant nous une flamme brillante. »

Dans notre folie, nous désirions presque voir l'île tout en feu et l'Océan bouillir tout à l'entour. Nous étions en vérité de hardis compères.

Rien de tel n'arriva; la plume de Miles Selvyn n'a point de résultat semblable à consigner. Le matin, nous vîmes.... Quoi? Le tas d'herbes froid et affaissé que nous avions amoncelé la veille.

Sans doute, cela tenait à quelque erreur que nous avions commise dans nos apprêts. Je ne fatiguerai pas le lecteur du récit de nos essais multipliés et toujours infructueux, et par suite de notre désappointement pendant une période de trois ou quatre semaines. Durant tout ce temps notre misérable tas d'herbes humides ne fit que s'abaisser et s'aplatir, jusqu'à ce qu'enfin il passa à l'état de la plus complète décomposition et forma un amas informe et glacé de matière végétale. C'en était fait, il était évident que Salomon Johnson ne pouvait prétendre à la moindre parenté avec l'illustre personnage du même nom, sous le rapport de la sagesse. Enfin Prout suggéra que *peut-être* l'eau n'était pas, après tout, la meilleure chose pour engendrer le feu, et il proposa de construire un autre tas de gazon à l'état de foin quelque peu sec. Nous nous éparpillâmes en conséquence de nouveau à travers la campagne pour cueillir de l'herbe dans une condition autre que la première, et au bout de trois semaines nous avions en effet érigé une masse qui avait beaucoup plus d'analogie avec une meule de foin que la première. Nous grimpâmes à son sommet, nous la foulâmes en tous sens avec nos pieds ; et après avoir façonné l'extrémité en toit, nous eûmes recours à la foi et à la patience.

Tandis que nous furetions parmi les herbes et les plantes sauvages, nous fîmes la découverte de certaines choses auxquelles nous étions bien loin de nous attendre ; et cela ouvrit un vaste champ à nos réflexions : c'était le squelette d'un petit chien, avec une chaîne autour de son cou ; un peu plus loin, Harry Boyce rencontra les restes couverts de rouille d'un fusil à canon court, de l'espèce appelée carabine, et fort en usage autrefois chez les Espagnols. Nous éprouvâmes un singulier mélange d'espérance, de curiosité et de crainte, ignorant ce que nous pouvions trouver encore. Il devait y avoir déjà bien long-temps que le fusil n'avait servi ; car lorsque nous voulûmes le prendre, le manche tomba du canon, d'où sortit en rampant une *bête à mille pattes*, qui nous parut d'une longueur presqu'interminable ; aussi jetâmes-nous aussitôt le canon à terre.

Il était évident qu'avant nous il y avait eu des hommes dans l'île, et que ces hommes n'étaient pas des sauvages. Nos recherches avaient maintenant

pour but un nouvel objet, et le front penché, l'œil
fixe, nous examinâmes le sol pas à pas.

Comme je l'ai déjà dit, il y avait beaucoup d'animaux des espèces de l'Europe dans l'île, mais point
d'individus appartenant à la race humaine, sauf
nos très-honorables et précieuses personnes. Nous
n'avions pas rencontré le plus petit bout de main ou
de pied, non plus qu'aucun vestige de travaux
d'hommes, à l'exception de l'inscription presque ef-
facée sur l'arbre dont nous avons précédemment
parlé, jusqu'à la découverte du chien et du fusil.
Cependant un jour ou deux après, nous distin-
guâmes sur le sol les restes d'une palissade à moitié
pourrie, à moitié poussée et toute couverte d'une
végétation surabondante, et dont les interstices
étaient remplis par les rejetons du bosquet qui la
bordait dans toute son étendue. Là se trouvaient des
bocages aux rameaux touffus, dont la disposition indiquait évidemment qu'ils avaient été plantés par la
main des hommes ; les traces moussues de sentiers
délaissés, dont la symétrie annonçait qu'en cet endroit avait été jadis un jardin. Les fleurs et les arbustes choisis, que l'art avait abandonnés, avaient été
promptement adoptés par la nature : la vigne, qui
avait reconquis son indépendance, portait ses grappes
sur la branche du pommier ; et le lis et la rose élevaient hardiment leurs corolles parfumées au-dessus
des herbes sauvages se mariant à leurs tiges.

Nous examinâmes le lieu avec toute la diligence et

l'ardeur de jeunes esprits en quête de découvertes
et leurrés de mille espérances. Nous mangeâmes
avec avidité les fruits sauvages qui s'offraient à nos
regards : ils étaient d'une espèce qui avait une place
dans nos mémoires; ils nous rappelaient notre patrie : pouvions-nous ne pas les trouver délicieux ?
Les pommes et les raisins n'étaient ni mûrs, ni bons ;
mais nous les dévorâmes avec une sorte de sensua-
lité, une volupté que nous n'avions éprouvée de long-
temps. Nous nous fîmes ensuite jour à travers les
branches et les massifs du jardin, et parvînmes ainsi
à un espace de terrain enclos de la même manière :
on n'y voyait point d'arbres, mais il était recouvert
d'un épais manteau de verdure, composé de divers
végétaux, parmi lesquels croissaient en liberté et
pêle-mêle, du blé, du maïs et des pommes de terre.
Ici des jalons plantés de distance en distance, là un
fossé, ailleurs une haie vive, marquaient les limites
de ce champ et lui servaient de clôture. Çà et là
étaient épars quelques instruments de labourage ;
nous les ramassâmes avec soin. Il n'y avait plus
l'ombre du doute : ici avaient coulé les sueurs de
l'homme ; ce lieu avait été le théâtre de ses labeurs ;
ce jardin, ces champs cultivés avaient appartenu à
des Européens qui avaient résidé dans l'île. Mais où
étaient-ils maintenant ? où avaient-ils établi leurs demeures ? Pas le moindre indice de toit ou de murailles, pas la plus misérable cabane, pas les moindres vestiges d'une habitation quelconque ; nous ne

découvrîmes rien : il était cependant évident que la résidence des premiers occupants ne devait pas être bien éloignée.

L'enclos était d'un côté borné par une sorte de vallon arrosé par un ruisseau ou petite rivière qui s'y rendait du bassin creusé dans le rocher que nous avions déjà visité précédemment. De l'autre côté, l'espace était terminé par les rochers rudes et escarpés de la montagne, dont la cime s'élevait jusqu'aux nuages. La cataracte, en s'élançant des cavernes profondes, avait évidemment emporté dans son cours impétueux des masses de rochers, qui ne paraissaient pas assez solidement appuyés pour qu'en plusieurs endroits on pût y grimper avec sûreté. Des blocs nombreux, d'une dimension plus ou moins grande, étaient répandus autour du champ dans cette direction : plusieurs semblaient y avoir été précipités depuis le moment où l'on s'était efforcé de cultiver les terres.

Bien que nous fussions là, aussi bien que partout ailleurs, sans abri, nous résolûmes de fixer immédiatement en cet endroit notre résidence ; nous nous y arrêtâmes donc et nous reposâmes sous les arbres de ce jardin, l'esprit plus tranquille que nous ne l'avions fait sous les ombrages gigantesques de la forêt.

— Nous voilà donc rois de ce domaine, dit John Rouse ; rois, sinon par droit de conquête, puisque nous n'avons pas eu à combattre, du moins par droit de découverte.

— Oui, répliquai-je ; nous en sommes rois, mais jusqu'à nouvel ordre.... Que dirions-nous si, par hasard, survenait tout à coup quelqu'un des premiers occupants ?

Cette réflexion fut accueillie par notre docte assemblée avec cette sorte de murmure qui se traduirait par cette phrase consacrée des comptes-rendus de notre parlement : *Mouvements divers.* Il eût, en vérité, été peu facile de juger si cette arrivée était plus désirée que redoutée. Quoi qu'il en fût, cet événement était peu probable. Il y avait long-temps qu'avait dû avoir lieu l'abandon de ce champ d'asile ; aussi résolûmes-nous à l'unanimité d'en user sans scrupule. Notre position même alors était loin d'être brillante, et certes le plus romanesque de nos lecteurs aurait été loin de nous porter envie. Les résultats de nos recherches de chaque jour étaient d'une stérilité désespérante : tous nos efforts n'aboutissaient qu'au plus amer désappointement.

Les ressources que nous offrait ce lieu furent bientôt consommées; et quand elles furent complétement épuisées, nous nous trouvâmes à moitié morts de faim. Notre santé, nos forces s'étaient d'abord quelque peu rétablies. Nous ne tardâmes pas à retomber dans un état de débilitation ef-

frayante. Un nouvel incident vint de nouveau ral-
lumer notre énergie presque éteinte.

On croira sans peine que nous étions sans cesse
sur le qui-vive. Parmi les craintes qui nous tour-
mentaient le plus, surtout pendant la nuit, temps où
nos imaginations travaillaient avec une merveilleuse
activité, était celle des sauvages. Nous croyions voir
sans cesse quelque peuplade des pays circonvoisins
débarquer à l'improviste, fondre sur nous, et toute
prête à nous mettre à la broche, nous rôtir et nous
dévorer.

Nous n'avions pas été sans lire quelque chose con-
cernant les coutumes des cannibales ; nous en avions
surtout parlé beaucoup. Aussi le mot d'ordre de
celui qui montait la garde auprès de la troupe en-
dormie était-il de nous donner, au premier signe,
avis de l'invasion.

C'était durant notre premier sommeil, chacun de
nous rêvait et se berçait des plus doux songes, quand
tout à coup la sentinelle poussa le cri terrible : Au
feu ! Nul doute, les sauvages étaient arrivés. Nous
nous levâmes brusquement. Oh ! quelle fut notre
épouvante, ou plutôt notre agonie, quand nous vîmes
une flamme rougeâtre briller à travers le bois, à une
très-faible distance ; puis enfin cette flamme, s'élevant au-dessus des branches les plus hautes, éclater
et resplendir comme un météore étincelant, semblable à une pyramide de feu !

— Il y a plus de feu qu'il n'en faut pour rôtir un maigre gibier comme nous, dit Prout.

— Les cuisiniers ont mis, sur ma foi, le feu à la cuisine, fit Rouse ; à coup sûr, les arbres ont pris.

Nos alarmes changèrent alors de direction ; il ne s'agissait de rien moins, suivant nous, que d'une conflagration universelle.

— Mon Dieu ! disait Jerry Dolman ; ô mon Dieu, c'est encore pire que toutes les lanternes du marécage.

— Là, avez-vous entendu ce cri ?

— Oh ! sans nul doute, ce sont les sauvages qui rôtissent quelqu'un.

Un hurlement qui, suivant moi, n'avait pas grand'chose de la voix humaine, avait en effet retenti.

La forêt semblait brûler ; tous ses hôtes fuyaient en criant, et traversaient, ainsi que nous pouvions clairement l'entendre, les clairières.

Un hurlement semblable à celui qui nous avait glacés d'effroi, puis un autre, parvinrent de nouveau jusqu'à nous à travers la forêt ; pour le coup il n'y avait pas à s'y méprendre, ce hurlement était arraché par la souffrance ; nous tombâmes dans une véritable stupeur.

Cependant la flamme s'était peu à peu abaissée ; nous n'apercevions plus guère que des colonnes de fumée, qui lançaient encore par-ci par-là quelques jets éclatants provenant du brasier qui devait leur servir de base.

Ce n'était pas sans un étonnement mêlé de plaisir que nous vîmes qu'on n'était pas venu nous chercher pour le festin supposé. Le feu paraissait éteint, que nous ne semblions pas le moins du monde disposés à profiter de sa chaleur. Notre surprise, nos terreurs et nos conjectures auraient pu durer sans contredit des jours et des semaines encore, si tout à coup le fertile cerveau de Prout n'en eût triomphé.

Sautant et frappant des mains, il s'écria :

— Parbleu ! c'est la meule à foin ! c'est elle enfin qui s'est décidée à nous venir en aide.

Nous poussâmes un cri de joie qui retentit parmi les rochers et les bois; mais notre voix s'éteignit bientôt en une muette terreur, quand nous nous rappelâmes les horribles clameurs que nous avions entendues.

— N'importe, dit Prout, qui, sûr du fait, n'était pas en humeur de se laisser décourager ; si un âne s'est quelque peu brûlé, j'espère bien que c'est celui qui a failli l'autre jour me casser le nez.

Cette conjecture ne manquait ni de sens ni de justesse : elle nous frappa.

Nous résolûmes en conséquence de nous rendre, au point du jour, à l'endroit qui fumait encore et de mettre ainsi fin à nos doutes. Nous attendîmes avec impatience, et tout éveillés, le lever du soleil pour nous guider jusqu'au feu qui, un moment au paravant, devait, comme nous l'avions cru du moins, consumer le monde et nous avec lui.

Toutefois nous nous mîmes en route avant qu'il fît jour, guidés seulement par la fumée; nous reconnûmes tout de suite le théâtre de nos premiers travaux : là, nul indice de festin, nulle trace de la présence d'autres personnages que nous-mêmes. Nous fûmes d'abord étonnés et presque alarmés en voyant notre tas de foin; il était bien, à la vérité, quelque peu affaissé, mais, quant à sa forme extérieure, il n'avait subi presque aucune altération. Nous ne fûmes rassurés que quand nous remarquâmes de la fumée sortir par le milieu; le tronc noirci de l'arbre sous les rameaux duquel nous avions établi notre masse de combustible, nous convainquit du reste que cette masse était bien véritablement la cause de l'incendie qui nous avait jetés dans de si cruelles inquiétudes.

Il était dit que Prout aurait raison dans ses deux conjectures. En grimpant sur le sommet de la masse étouffante, nous remarquâmes que le feu s'était fait au centre une sorte de tuyau de cheminée assez grand, au fond duquel gisaient les restes calcinés et puants d'un petit âne. La pauvre bête était sans doute montée sur le tas de foin pour brouter les feuilles de l'arbre et avait été évidemment surprise par la fumée et les flammes; elle en avait été probablement si vite environnée que son agilité ordinaire ne lui avait servi de rien.

13.

Comme, maigré la faim qui nous tourmentait, nous ne nous sentions nullement pris du désir de goûter de l'âne rôti, nous quittâmes notre position, et descendîmes, réfléchissant au menu dont nous pourrions composer un déjeuner chaud. Quels seront les matériaux que nous devrons y faire entrer? où les trouver, et comment préparer notre cuisine?

Heureusement il n'y avait pas pour cela de difficultés insurmontables. Nous avions appris des flibustiers que dans les bois se trouvaient des racines qu'il ne s'agissait que de faire rôtir; de plus, n'avions-nous pas découvert dans le champ sauvage, mais autrefois cultivé, de véritables pommes de terre? or, pas un de nous n'ignorait les précieuses qualités de cette plante savoureuse. Le brasier, pour les faire cuire, était (il est inutile de le dire) plus que suffisant et étalé devant nous. Nous choisîmes, pour notre premier foyer, un arbre mort et creux, dont le tronc formait un long tuyau percé à l'extrémité. Vaste et bien aéré, c'est à peine si la fournaise en touchait les parois. Nous tirâmes de notre monceau de foin un tas de cendres fumantes que nous y transportâmes; puis nous soufflâmes dessus, et la flamme ne tarda pas à briller. Cependant comme les ignames et les pommes de terre n'étaient pas encore cueillis, que de plus il nous fallait fouiller le sol avec nos mains pour les en retirer, il se trouva qu'il n'était pas loin de midi avant que nos vivres fussent placés devant le feu.

C'est ici le lieu de remarquer qu'il n'est pas un pays si froid ou si chaud qu'il soit, pas un peuple si ignorant, si grossier, si simple dans ses habitudes, si dépourvu d'intelligence qu'on le suppose, qui ne connaissent l'usage du feu, et n'en recueillent de façon ou d'autre les matériaux. Où ne se trouve littéralement ni bois ni charbon, la peau, les os, les intestins d'animaux, la mousse qui recouvre les rochers, le varech qui borde les rivages des régions antarctiques, y suppléent et servent à entretenir la flamme, peu abondante, il est vrai, mais suffisante pour pourvoir aux besoins et au soulagement des habitants de ces régions désolées.

Ceux qui ont toujours vécu au sein du bien-être et des superfluités même peuvent bien considérer certaines choses comme peu essentielles, parce qu'ils ne se sont jamais trouvés aux prises avec le manque absolu des premières nécessités de la vie. Nos souffrances, à nous, avaient été assez grandes pour corriger une opinion erronée de cette nature. Pour nous, le feu était tout à la fois nourriture, société et protection. Ce soulagement à nos misères, nous l'avions désiré, nous l'avions imploré ; nous fûmes continuellement plongés dans un véritable désespoir tant que nos yeux ne le virent pas ; et quand il nous apparut, insensés que nous étions ! nous crûmes rencontrer un ennemi dans le meilleur de nos amis !

Le fumet farineux des ignames et des pommes de terre bouffies et dont la surface avait pris, grâce à

la braise, une teinte noirâtre, chatouillait délicieuse-
ment notre odorat ; il y avait là toutes les saveurs
d'un festin remarquable par la variété des mets. Nous
faisions cercle autour du pied du vieil arbre, dont
nous bénissions l'hospitalité et dont le sommet laissait maintenant échapper un nuage de fumée qui
l'entourait d'une masse épaisse et blanchâtre, et formait pour ainsi dire une coiffe à son tronc déman-
telé. Les cuisiniers étaient nombreux, mais il n'y
avait heureusement pas de bouillon ni de sauce à
gâter. Nous arrangeâmes le charbon en tas et plaçâmes le monceau de racines devant lui, les tournant et retournant, et remuant le foyer pour activer
la chaleur, de manière à avoir bientôt raison du
procès que nous avions engagé entre nous et les
comestibles.

Les racines humides pétillèrent en chantant pendant quelques heures sous nos mains ; mais une
heure ne s'était pas écoulée que déjà les pommes
de terre se trouvèrent presque mangeables. Nous
votâmes à Salomon Johnson la première bouchée,
qu'il accepta avec une avidité qui lui coûta cher.
Grande était sa prédilection pour le légume brûlant,
que nous poussâmes vers lui ; mais il était trop
chaud pour qu'il pût le tenir entre ses doigts ; quand,
à l'aide d'une petite baguette fourchue, en guise de
fourchette, il la porta à ses lèvres, depuis long-temps
étrangères à la chaleur d'un mets préparé au feu, le
contact lui arracha un cri, et la pomme de terre

fumante, rejetée bien loin par le gourmand attrapé, vola rapidement vers ses bois natifs.

Il fallait, en vérité, des précautions auxquelles nous n'avions pas songé pour appliquer à nos bouches, qui en avaient pour ainsi dire oublié l'usage, cette chaude nourriture. Cette leçon nous profita et nous mangeâmes de bon appétit, non sans faire éclater de vifs transports d'allégresse et de reconnaissance. Nous avions trouvé dans le champ une hache rouillée; nous avions maintenant du feu; Prout fit de ces deux circonstances le thème d'un discours en forme d'adresse, qu'il nous débita, et dont la conclusion était que *nous ne devions plus dorénavant nous considérer ni être considérés comme sauvages.* La proposition ainsi mise aux voix fut vivement appuyée, et personne ne se trouvant là pour la contredire, il fut décidé à l'unanimité, par assis et levé, qu'*à l'avenir nous formerions une communauté civilisée.* Cette louable résolution fut adoptée avec toute la franchise dont nous étions capables; et ce fut, sans contredit, et sans en excepter même le songe de Salomon, la meilleure pensée qui se fût présentée à aucun de nous, endormi ou éveillé, depuis notre séjour dans l'île.

Nous fîmes un appel à tout ce qui nous restait d'énergie, et voyant que nous pouvions désormais nous procurer des aliments et un abri, et peut-être aussi quelques autres soulagements à notre misère, en utilisant nos efforts, nous ne consumâmes plus, comme nous l'avions fait jusqu'ici, nos journées et nos forces dans un état d'existence méprisable et certes moins heureuse que celle de beaucoup de reptiles qui se chauffaient aux rayons du soleil en s'étendant sur le sable.

La hache que nous avions trouvée ne manquait pas seulement de manche, mais de plus elle avait perdu son tranchant. Nous fûmes assez stupides pour tâcher de remédier au premier inconvénient avant de faire attention au second. Il nous fallut plus d'un jour pour hacher, je ne dirai pas *couper*, un fragment de la racine d'un chêne, et pour le meurtrir, je ne dirai pas *tailler*, selon la forme désirée. Quand nous fûmes ainsi bien complétement convaincus de la nécessité de l'affiler, nous employâmes plusieurs jours dans la recherche et l'essai de diverses pierres, avec lesquelles nous frottions les côtés rouillés, avant que ladite hache méritât le nom d'*outil tranchant*. J'imagine qu'il nous manquait l'habileté aussi bien que l'activité d'Alexandre Selkirck, qui, dit-on (et je n'ai jamais ouï dire que personne ait révoqué le fait en doute), réduisit le canon de son fusil en fil de fer et en clous, en le limant avec une écaille d'huître ou quelque autre chose de semblable. Tout ce que je sais, c'est que le travail de toute notre fraternelle association se dépensa pendant une semaine entière sur ce mémorable morceau de fer avant de lui pouvoir faire couper un simple bâton en deux.

Nous prîmes alors la détermination de nous construire une maison, d'entretenir notre feu nuit et jour, et de nous procurer de la nourriture animale, si cela était possible.

Cependant nous fîmes peu de progrès dans aucune de ces entreprises, jusqu'à ce qu'enfin l'expérience nous eût démontré l'utilité, la nécessité, je puis dire, d'un plan régulier, de l'ordre ou méthode, d'une grande persévérance, et de la division dans le travail ; par ce mot *division*, il faut entendre le partage uniforme de certaines opérations affectées chacune à certains individus, selon leurs capacités personnelles. Nous ne fûmes pas long-temps sans découvrir que Prout était l'homme ; mais, non ! je me trompe, ce n'était qu'un jeune garçon ; eh bien, donc, soit, que Nathan Prout était le garçon le plus propre à dresser nos plans, à donner des ordres, à nous inspirer le courage, dont nous avions tant besoin, à terminer les querelles, à indiquer les biais nécessaires à qui de droit, à endurer les privations et à faire face aux dangers. A toute cette énumération de brillantes qualités, il fallait en ajouter une autre bien plus précieuse : la plus admirable modération. Si Prout était fait pour commander, il n'était pas ambitieux ; aussitôt l'œuvre achevée, nous le savions prêt à abdiquer son autorité et à redevenir notre égal de la meilleure volonté du monde. C'était le plus sûr moyen de couper court à toute espèce de rivalité ; sans cela l'impatience et la ja-

lousie de plusieurs n'auraient pas manqué d'éclater
et de jeter parmi nous la désunion. Holt, Melton
et Bosworth étaient aussi d'excellents et habiles
compagnons, et les plus forts de notre bande; ils
faisaient choir un arbre avant que d'autres, qu'il
ne me serait pas difficile de nommer, eussent décidé
seulement de quel côté il vaudrait le mieux qu'il
tombât. Quant à John Upjohn et Arthur Murdoch,
c'étaient les Nemrods des bois : ils chassaient les
moutons et les cochons, qu'ils mettaient véritablement sur les dents; mais comme ces animaux avaient
toujours le temps de revenir de leur épuisement
avant qu'aucun de nous eût le courage de se faire
boucher, et par conséquent leur bourreau, la
chasse ne nous offrit d'abord qu'un mince avantage;
toutefois ils remportaient d'assez nombreux succès
dans la lutte à la course qu'ils engageaient contre
les lapins et les lièvres, auxquels, à notre grand
contentement, ils ne se faisaient pas scrupule de tordre
le cou.

Quant à la charge, toute d'observation, d'entretenir le feu et la hache en bon état de couper, Salomon Johnson paraissait avoir été formé tout exprès
pour elle par la nature. Nous ne parlerons pas des
autres membres actifs de la communauté : leurs talents spéciaux (si tant est qu'ils en eussent) n'étaient
point mis en réquisition pour le quart d'heure. Ceux-
ci, Miles Selwyn compris, se contentaient de cueillir
des fruits, des racines, de ramasser des combustibles,

et d'aller chercher de l'eau à la fontaine; besogne rendue facile au moyen des peaux des animaux que nous avions tués et dépouillés, lesquelles peaux formaient des seaux assez convenables.

Notre malheur était grand sans doute encore, mais l'occupation, le mouvement en avaient chassé la plus forte partie. Les craintes nerveuses de la nuit, qui avaient été pour nous un si cruel châtiment, étaient maintenant ou dissipées, ou tellement amoindries qu'elles étaient impuissantes à troubler le repos si profond qui succédait à une journée toute de travail. Cela était si vrai que nous ne redoutions plus les lumières du marécage, nous n'y songions même plus; nous n'avions plus le temps de chercher sur le sol les traces de pas des sauvages, mais nos compagnons morts... oh! pour ceux-là, nous nous les rappellerons *toujours*. C'était la règle cependant de n'en jamais parler que quand nous étions en train de travailler, et que nos âmes ne pouvaient ainsi se trop arrêter sur un sujet si affligeant. Pour ceux qui s'étaient séparés de nous au moment de la mort de Settle, Mansfield et Tayspill dans la hutte, nous étions toujours dans l'attente et l'espérance de les revoir, afin qu'ils partageassent le bénéfice des améliorations apportées à notre situation et nos travaux aussi.

Dès l'instant que nous avions découvert le jardin non cultivé ainsi que le champ qui lui était contigu, nous les avions considérés comme notre propriété, comme un domaine qui nous appartenait. Nous fîmes

14

choix d'un endroit qui nous parut convenable, et nous
le débarrassâmes des plantations qui l'encombraient.
C'était sur cet emplacement que nous avions résolu
de construire notre habitation, une *maison avec
un toit.* Plusieurs fois la hache que nous avions
trouvée nous échappa, cherchant à reconquérir la
retraite qu'elle avait si long-temps occupée au milieu des broussailles, et laissant seulement entre nos
mains le manche, qui n'avait qu'un défaut, celui de
ne pas tenir, tant il était mal fixé. A l'une de ces fréquentes occasions, Dolman reçut au vol la visite du
fer, et dès lors en porta les marques sur le front.
Durant deux semaines entières nous cherchâmes en
vain l'instrument fugitif. Nous retombâmes rapidement dans notre première condition d'indifférence,
d'abattement, et dans ce vide de l'âme qui résulte
du défaut d'occupation. La perte de notre hache était
une calamité. Que faire maintenant? Plus de travail
possible! Il fallait dire adieu à tous les objets dont elle
nous permettait de convoiter l'acquisition. Enfoncez
le fer dans les entrailles de la terre de manière à ce qu'il
disparaisse pour jamais, et vous ensevelissez en même
temps toutes les inventions d'une société; éteignez
le feu, et vous étouffez la pensée; que dis-je! vous
tuez la vie elle-même. Cependant, en ramassant du
bois pour notre foyer, parmi les branches que nous
avions coupées, l'un de nous saisit le trésor, sans le
voir, au milieu des feuilles. Ce fut toute une journée
de véritable réjouissance. Résolus de nous en assurer

la possession d'une manière plus certaine, nous nous procurâmes dans la forêt un bâton noueux, et le pelâmes en l'amincissant par degrés, de manière que l'une de ses extrémités se terminât en pointe. Nous introduisîmes alors ce bout dans l'oreillette du fer, et l'enfonçant de force autant que possible, il se trouva qu'il y eut en dessous un nœud saillant, qui devait prévenir à l'avenir toute velléité de la hache à prendre sa volée.

Nous avions l'ambition de construire une maison, cabane ou appentis, capable de contenir une sorte de dortoir divisé en autant de cellules que nous étions d'individus; et en outre une salle à manger, pouvant servir de lieu de rendez-vous général aussi souvent que nous pourrions le désirer. Car nous supposions, non sans raison, qu'il pleuvrait ici un de ces jours comme partout ailleurs. Mais, en gens *bien avisés*, comme il s'en trouve partout, nous bâtîmes trop; ou plutôt nos plans, nos fondations et la charpente de l'édifice dépassèrent de beaucoup les moyens à notre disposition pour conduire notre travail à fin ou le rendre solide : de cette bévue, Prout nous en assurait chaque jour, mais il prêchait dans le désert.

Nous n'avions en notre possession ni bêche pour creuser les trous destinés à recevoir les poteaux, ni clous ni marteau pour les cogner. A force d'industrie nous parvînmes cependant à aiguiser assez artistement les bouts de longues perches, et à les enfoncer dans le sol avec la tête de la hache. L'esprit

et le corps se trouvaient bien de ce travail, car il
servait à entretenir notre vigueur et notre énergie.

Sur le sommet de ces perches, façonné en forme
de béquille, nous en plaçâmes d'autres figurant un
carré oblong. Ces poutres horizontales reçurent les
bouts fourchus des soliveaux qui, à l'extrémité supérieure, se réunissaient à peu près comme le faîte
d'une maison. Nous ne prévoyions pas l'usage ni la
nécessité d'une planche ou perche au sommet pour
recevoir les soliveaux ; de telle sorte que, quand nous
eûmes rendu notre charpente aussi solide que possible en l'assujettissant avec des harts de cornouiller,
de saule et d'osier provenant du marais, le squelette
de notre maison craquait et vacillait à chaque souffle
du vent : si bien qu'un beau jour, à notre retour du
bois, où nous avions été chercher de nouveaux matériaux de construction, nous le trouvâmes à bas,
gisant sur le sol.

— A l'heure qu'il est, dit Rouse à mesure que
nous approchions de l'édifice en ruine, je ne crains
pas de le déclarer hautement, nous sommes d'heureux personnages. Ah ! Prout, si nous avions été
dessous, nos précieuses têtes n'en auraient pas été
quittes à si bon marché que d'une attaque de singes,
fussent-ils une centaine à nous jeter des pierres.

— Nos crânes se doivent des remercîments à eux-
mêmes, répliqua Prout ; car c'est bien la propre
stupidité des cerveaux qu'ils renferment qui est la

cause de cette chute. Certes, oui, nous sommes heureux, et pas un peu, je dis.

Cependant ce malheur eut pour la plupart d'entre
nous ce résultat, à savoir, qu'ils en furent plus vexés
qu'ils ne s'y résignèrent; un ou deux protestèrent
même qu'ils ne recommenceraient pas sur de nouveaux frais, qu'ils préféraient coucher toute leur vie
en plein air que sous ce tas de perches. Prout et
deux ou trois avec lui résolurent néanmoins de n'en
pas rester là et de tâcher de réparer le dommage.

Jusqu'ici le ciel nous avait favorisés, sans en excepter un seul jour. Le soleil se levait, se couchait
et se levait encore; le firmament, jusqu'à la ligne de
la mer, était d'un bleu profond et clair, et la nuit
nous apportait invariablement un spectacle que nous
n'avions jamais vu en Angleterre : les étoiles commençant à poindre à l'horizon.

L'édifice se relevait lentement; aucune espèce de
couverture n'y avait encore été placée; c'est alors
que nous vîmes se jouer à l'horizon les premiers
rayons de l'éclair, et que nous entendîmes le tonnerre
lointain et roulant en échos doux et pour ainsi dire
caressants de rivage en rivage. Quelques beaux jours
succédèrent; mais enfin le soleil s'obscurcit un peu
avant de disparaître; des coups de vent soudains et
saccadés murmurèrent dans les vastes replis de la forêt, et les divers troupeaux répandus dans la plaine se
réfugièrent dans les bois avec une hâte et une agitation étranges. Toutefois la tempête ne s'était pas

14.

élevée encore, et nous regagnâmes sans trop d'alarme
notre retraite ordinaire dans le berceau du jardin ;
mais à peine avions-nous fermé les yeux, que l'orage
annoncé un instant auparavant par un violent coup
de tonnerre, déchaîna tout à coup sa furie et se précipita, comme s'il fût armé de toutes les vengeances
du ciel, sur notre petite île. Tournant tout autour
des rochers escarpés qui se dressaient au-dessus de
nos têtes, il semblait destiné à démolir même cette
forteresse élevée par la main de la nature et aussi
ancienne que le monde. Les hautes cimes de la montagne tantôt étaient plongées dans une obscurité complète, tantôt resplendissaient noyées dans des mers
de feu ; tandis que la forêt ne paraissait être qu'une
masse d'embrasement. L'ouragan mugissait, et, pui-
sant dans la lutte un aliment à sa colère, grondait à
travers les arbres, pliait jusqu'à terre leurs colonnes
altières, éclatait en transports de rage qui surpassaient tout ce que nous avions vu jusqu'ici. Par intervalles seulement il se taisait : c'est lorsque le tonnerre faisait explosion sur nos têtes et lançait contre
les rochers sonores sa formidable artillerie. Puis la
pluie tomba : la pluie ! on aurait dit que le ciel fon-
dait en eau pour submerger ce petit coin du monde.
Oh ! mes chers lecteurs, ceux qui ont été témoins
d'une tempête sous les tropiques vous disent vrai
quand ils prétendent qu'il n'existe point de mots
dans aucune langue, point d'imagination qui puissent en aucune façon la peindre et la représenter.

Chez nous, un orage, c'est un désagrément ou un amusement d'une heure, accompagné peut-être du hasard d'une grange en feu, d'un pré inondé, d'une branche ou deux cassées par le vent. Dans ces sortes de circonstances, croyez-le bien, vous voyez seulement la nature se jouer de ses pouvoirs en des joûtes courtoises ; mais ici, sous les tropiques, oh ! c'est bien là qu'a véritablement lieu la grande bataille des éléments. Le feu et l'eau, le vent luttent, frappent, déchirent, embrasent, inondent, comme pris de vertige. Et l'homme ! qu'est-ce que l'homme ? Oui, alors même, bien qu'il se prosterne la face collée contre la terre comme un ver écrasé, oui, l'homme peut dire au Dieu de la nature : — « Tu as soin de moi. »

Il y a un point au delà duquel la frayeur et la calamité ne peuvent plus abattre l'esprit. La première heure de cette tempête nous rendit presque tous fous, sauf un ou deux. Il n'y avait là rien à dire, rien surtout à faire ; car où s'enfuir, en admettant que nos jambes auraient pu nous soutenir ? Nous nous faisions petits, nous nous blottissions sous les broussailles du jardin et embrassions le gazon sous lequel nous aurions voulu nous cacher. Ainsi tapis, nous endurâmes, dans cette position, la rage épouvantable de la tempête. Assourdis par les éclats du tonnerre, nous sentions bouillonner nos cerveaux dans nos têtes brûlantes et presque mises en combustion par l'ardeur de ses feux. Il en fut ainsi jusqu'à ce que la nature s'arrêtât enfin défaillante et de guerre lasse.

Au point du jour, la première voix qui frappa notre oreille fut la voix bienveillante de Prout qui, inquiet, s'adressait à chacun de nous en l'appelant par son nom et disant :

— L'orage est maintenant passé, vous a-t-il fait quelque mal ?

Nous avions plus de peur que de blessures; cependant les yeux de quelques-uns souffraient un peu, et notre esprit était sorti pour long-temps de son assiette naturelle. Le matin nous gratifia de son plus doux regard : les éléments apaisés faisaient à peine entendre de légers murmures, annonçant qu'ils venaient de se livrer un combat à outrance, sauf pourtant la mer, qui mugissait sans relâche en se brisant sur les rochers. Quant à la forêt, elle présentait les traces évidentes d'une lutte récente, et étalait à nos yeux une scène de deuil et de vaste ruine. Ses arbres les plus puissants gisaient comme des géants renversés; d'autres, fendus par la tempête, ne montraient plus que le sommet noirci d'un tronc sans branches et dépouillé. Les bois brûlaient en maints endroits; les rochers eux-mêmes n'avaient point échappé sains et saufs au désastre, une nouvelle fente se manifestait dans celui qui formait la base de l'enclos, et de cette fente jaillissait un ruisseau qui trouvait un lit tout prêt dans le ravin situé de l'autre côté.

Notre feu avait été éteint et notre cheminée de bois abattue ; mais comme d'autres feux étaient allumés, cela ne nous causa pas une grande inquiétude. C'est à peine si nous recouvrâmes assez notre courage et nos esprits pour chercher de la nourriture ce jour-là. L'orage semblait vouloir donner un démenti à toute tentative de construction d'édifice dans le genre de celui que nous nous étions proposé ; ce ne devait être que du travail perdu ; et pourtant le besoin d'un abri était plus urgent que jamais. Des pluies fréquentes et des nuits froides suivirent la période de temps splendide dont nous avions joui d'abord. Une exposition continuelle aux intempéries de l'air altéra dès lors sérieusement notre santé, et fit de nouveau naître en nous la crainte de cette maladie qui avait emporté nos compagnons.

Nous errions tristement çà et là tout le long du jour à la recherche de quelque objet, et nous créant une occupation quelconque pour échapper à l'ennui des heures qui nous semblaient des siècles. Les bois n'étaient plus l'habitation convenable, confortable même, qu'ils avaient été ; nous n'avions plus la même facilité qu'autrefois à nous procurer nos provisions.

Deux mots sur notre aspect personnel à cette époque. Quant à ce qui composait notre vêtement et à l'espèce d'ajustement (j'emploie ce mot, n'en rencontrant pas d'autre qui rende bien ma pensée) qui servait à recouvrir nos cheveux, ébouriffés, mêlés comme des cheveux qui ont perdu jusqu'au souvenir du peigne, et qui s'élevait sur nos têtes comme un toit, tout en voilant nos fronts sillonnés, c'était certes quelque chose du genre le plus pittoresque ; mais je doute fort que le peu de haillons qui nous restaient pût nous donner le droit d'être rangés dans la catégorie des êtres humains. Si nous avions pu être transportés et offerts en spectacle dans cet accoutrement au milieu de nos compatriotes, nous aurions probablement occupé la cage des singes dans quelque ménagerie de Londres, et un ou deux d'entre nous auraient pu jouir de l'avantage et de la distinction d'être présentés à la cour comme un nouveau *species* de la race proprement dite, en qualité de singes importés par la compagnie des Indes-Orientales.

Cette condition crasseuse de nos personnes, tant comique et risible qu'elle aurait paru à de simples spectateurs, était loin de produire en nous la gaieté ; c'était un surcroît de misère affreux. Le désespoir s'empara de nous ; nous en vîmes à croire que notre aspect était si effroyable et si repoussant qu'il agissait jusque sur les animaux que nous poursuivions pour les faire servir à notre nourriture, car les difficultés que nous éprouvions à les atteindre n'avaient fait qu'augmenter de jour en jour. Nous nous rendîmes de nouveau sur le rivage, et nous fatiguâmes en vain nos yeux à chercher et découvrir une voile. Nous allumions des feux sur les rochers, selon la coutume des flibustiers ; mais tous nos efforts en ce genre n'obtinrent aucun résultat.

Les tortues avaient maintenant abandonné le rivage, et les vagues énormes qui s'y brisaient rendaient, en cet endroit, nos excursions pour chercher des provisions impraticables. Nous nous en retournâmes, la mort dans le cœur, vers les bois. J'en connais un au moins, Miles Selwyn, qui croyait que nous avions pour destin de périr dans l'île, soit de famine, soit de maladie.

Prout disait toujours que telle n'était pas son opinion, et qu'il ne voulait pas s'arrêter à une telle pensée. Qu'est-ce donc qui lui donnait meilleur espoir qu'à moi? je ne saurais pas le dire d'une manière bien positive; mais ce que je sais bien, c'est qu'il était un garçon pieux, et c'est pourquoi il avait foi en Dieu. Oh! Nathan Prout, quel misérable incrédule, quel pécheur endurci j'aurais fait sans toi!

La sagacité et le bon sens de ce jeune homme étaient vraiment étonnants dans la découverte et dans l'emploi qu'il faisait des moyens d'existence qui se trouvaient dans l'île; et quand par hasard ceux-ci venaient momentanément à manquer, il exprimait aussitôt la confiance que d'autres provisions nous tomberaient sous la main avant qu'il fût trop tard pour réparer le mal occasionné par une trop longue abstinence. Il nous faisait aussi constamment part de l'intime conviction, qui ne le quittait pas, qu'enfin nous serait accordée quelque délivrance miraculeuse, ou tout du moins quelque grand secours; et pour cela il nous engageait à prier soir et matin. Et lui, oh!

certes oui, il priait, et il y avait là-haut QUELQU'UN qui l'entendait.

Ah! qui niera la puissance de la prière! Quel est l'insensé qui osera se révolter contre le grand architecte de l'univers, ce juge suprême qui pèse dans sa main les destinées humaines, et d'un seul mot pourrait bouleverser le monde! Misérable coupable! baisse la tête sous le coup qui te frappe, prosterne-toi; c'est à ce prix seulement que tu pourras obtenir ton pardon!

CHAPITRE VII.

Nous avions depuis long-temps perdu l'espoir de retrouver l'habitation dans laquelle avaient dû résider les premiers occupants de cette île ; nous étions aujourd'hui convaincus pleinement qu'aucune de leurs constructions, tant solides qu'elles auraient été, n'aurait pu résister au choc de tempêtes semblables à celle que nous venions d'éprouver.

Notre désappointement et notre chagrin étaient grands à l'idée que nous étions destinés à rester sans maison toute notre vie. Prout cependant ne prenait pas sa part de ce désespoir, bien qu'à cette question : « Quoi de mieux pouvons-nous attendre ? » il ne pût rien répondre.

Un jour que nous grimpions sur les rochers, cherchant des œufs, qui étaient un article régulier de notre diète, John Upjohn perdit tout à coup pied et disparut sans qu'âme qui vive pût dire ce qu'il était devenu. Nous ne savions pas en vérité le moins du monde où l'aller chercher, jusqu'à ce qu'enfin nous l'entendîmes qui nous criait de le venir délivrer. La

15

voix partait directement de dessous nos pieds. C'é-
taient des plaintes lugubres qui allaient toujours s'af-
faiblissant, et se transformaient en un bruit sourd
et sépulcral, qu'on aurait dit courir le long des murailles lointaines de quelque vaste chambre souter-
raine. Ses cris devinrent bientôt des hurlements
d'agonie et d'horreur, et pourtant lorsqu'il fut par-
venu à se remettre sur ses pieds et qu'il put se tenir
debout sur la brèche ou crevasse qui l'avait reçu, il
ne nous parut pas à une distance bien loin au delà de
notre portée. Ses mains levées en l'air touchaient
presque aux nôtres, que nous tendions vers lui en
les abaissant. Nous aurions pu cependant demeurer
toute la journée dans cette posture respective sans
lui être d'aucun secours, si le sol mou, sur lequel
nous étions aussi debout, n'eût pas cédé de la même
manière, mais, heureusement pour le prisonnier,
dans une direction qui n'était pas tout à fait perpendiculaire au-dessus de sa tête. Trois ou quatre d'entre nous furent entraînés par la masse croulante ; en
un instant nous roulâmes aux pieds de maître Upjohn
et partageâmes son destin. Nos camarades se sauvèrent loin de la rive traîtresse avec toute la précipitation
convenable en telle occurrence, nous laissant la possession non contestée de notre nouveau logement.

L'ouverture était maintenant assez grande pour
permettre l'introduction du jour et de l'air, ces deux
biens suprêmes du monde supérieur après lequel
nous soupirions et qu'à tout prix nous désirions re-

joindre. Tous nos efforts se concentraient donc uniquement sur cette tâche, qui n'était pas facile, de retourner par le chemin où nous étions entrés. Et que nous importaient les replis du souterrain que nous avions découvert? Nous laissions bien aux curieux et aux savants de tout pays et de tout âge le soin de les examiner, leur abandonnant néanmoins le privilège de s'approprier l'honneur de notre découverte. Nous appelâmes à haute voix Prout, dont le nom était toujours le premier sur nos lèvres dans les cas imprévus. Il ne se trouvait pas là immédiatement à côté de nous quand l'accident était arrivé, mais aussitôt l'alarme donnée il accourut. Ce ne fut pas une petite consolation pour nous, quand nous aperçûmes sa bonne et franche figure penchée sur le bord du trou où nous étions enfouis, car nous connaissions son dévouement et son activité.

— Prout, est-ce vous? disait l'un.

— Prout, c'est nous, voyez, ajoutait Jerry Delman.

John Upjohn se mit à battre des mains à sa vue.

— Ô Prout! dites, que faut-il faire? et ne vous en allez pas.

— M'en aller! non, certes, répondit-il, je viens à vous.

Ce jeune homme aussi actif que clairvoyant promena ses regards tout autour de lui, et trouva, en faisant quelques pas en avant de l'orifice sous lequel nous nous pressions, qu'une partie de la brèche était

à portée d'une saillie de rocher qui pouvait le conduire au milieu de nous. En deux minutes il fut à
nos côtés.

— Voilà! dit-il, allons, nous ne sommes pas trop
en péril..... Qui est-ce qui a trouvé cet endroit?

— Je me suis trouvé *dedans*, répliqua Upjohn,
voilà tout ce que j'en sais.

— Oh! mon bon Prout, pouvons-nous donc sortir
par là?

— Vous pouvez tous l'essayer du moins, répondit
Prout; mais je voudrais en voir plus long de cet endroit.

— *Plus long de cet endroit!*... Entendez-vous
ce bruit sourd qui a l'air de nous railler? Quel écho!

Les timides garçons tremblaient et se serraient les
uns contre les autres.

— Oh! Prout, vous plaisantez! non, vous ne voulez pas rester plus long-temps ici.

— Allons-nous-en!

— Vous pouvez vous en aller, répliqua l'intrépide
jeune homme; pour moi, j'aurai une plus ample connaissance de l'endroit, je veux l'examiner. Mais comment appelez-vous cette chose là-bas?

Il indiquait de la main un objet couvert de poussière que laissait à peine entrevoir l'obscurité de la
caverne.

— C'est un coffre, ajouta-t-il, le coffre d'un matelot.

—Oh! Prout, pourvu que ce ne soit pas un cercueil!

— Non, non, c'est le coffre d'un matelot. Voyez,
voyez, en outre, des cuviers, des tonnes, des barils!

Mais Prout ne s'adressait plus maintenant qu'aux
seuls échos de la caverne, car tous ses auditeurs
s'étaient enfuis, n'aimant pas les nouvelles découvertes; oui, je dois en faire l'aveu, car toute la vérité
doit être dite, Miles Selwyn, tout comme les autres,
s'était sauvé et cherchait à retrouver les régions supérieures; il avait laissé son ami Prout; mais il se
retourna bientôt en entendant l'adieu ironique de
celui-ci.

— Selwyn, dit-il quand je l'eus rejoint, j'ai besoin de quelqu'un avec moi, seulement pour me dire
que je ne rêve pas.

— Eh! comment pourrais-je dire ce que je ne
sais pas? répliquai-je.

En ce moment Prout était tout à fait à côté de
l'un des coffres, qui était à peine visible, et n'était
pourtant qu'à quelques pas de l'endroit où nous
étions. Il ne l'avait pas touché encore que les mots:
« Oh! Selwyn! » s'échappèrent de ses lèvres et qu'il
tomba lourdement sur le coffre. Je me lançai vers
lui; mais bien que je l'appelasse de toute la force
de mes poumons, il ne me répondit pas. Je sentis
que les forces me manquaient au milieu des efforts
que je faisais pour le tirer vers l'ouverture, que je

regagnai assez tôt seulement pour échapper au sort
qui l'avait frappé.

Il n'y avait point là de miracle, ni même rien d'extraordinaire; car l'air corrompu de la caverne avait
asphyxié Prout, qui s'y était hasardé plus avant que
tous les autres. Nos compagnons eurent précisément
assez de bon sens pour deviner ce qu'il en était, et
je suis bien aise d'ajouter qu'ils eurent assez de courage et de résolution aussi, pour faire tous les efforts
nécessaires au salut de l'excellent camarade que nous
étions menacés de perdre. L'un d'eux avait vu un
homme à qui il était arrivé pareil accident au fond
d'un puits, et qui, une fois retiré de là, avait été rap-
pelé à la vie. Or, je ne crois pas me tromper en avançant que, de tous les individus composant notre société,
il n'y en avait pas un qui n'eût fait de son mieux
pour sauver Prout. Oubliant hardiment toutes nos
craintes, trois ou quatre des plus robustes s'élancè-
rent par l'ouverture et le tirèrent en le saisissant par-
dessous les talons. Alors, reprenant haleine, nous le
prîmes dans nos bras et le déposâmes sur le gazon.
Cela fait, nous nous mîmes à lui éventer la figure
avec des branches, en baignant son visage pâle avec
l'eau du ruisseau. Jamais on n'avait vu et jamais
aussi l'on ne verra de médecins plus inquiets et plus
alarmés. Un soupir profond et le retour de la couleur aux lèvres nous apprirent enfin que notre patient vivait encore. Il ouvrit les yeux, regarda autour
de lui et demanda le docteur Poynders.

—Oh! Nathan Prout! cher Prout! vous nous êtes donc rendu. Là, voyons, reprenez bien et vite vos esprits; revenez à vous : bien comme cela! Regardez-nous donc.

Il regarda encore un moment d'un air d'étonnement et de doute; mais la raison reprenant bientôt le dessus et sa légitime influence :

— Où donc ai-je été? dit-il. Ah! je me le rappelle maintenant; voilà l'entrée de la caverne; ce n'est pas un puits de craie, c'est bien vrai. Est-ce que nous n'y rentrerons pas pour l'examiner?

Mais nous lui expliquâmes le danger que le lieu présentait, et lui racontâmes tous les détails de sa propre aventure. Les larmes remplirent ses yeux quand il apprit que c'était à nos efforts qu'il devait la vie. Il reprit bientôt ses forces, son activité, et nous suggéra l'idée d'élargir l'ouverture autant que possible.

— De cette manière, dit-il, l'air pourra se renouveler, et dans deux ou trois jours nous pourrons y pénétrer sans risques.

Il nous proposa de faire une inspection minutieuse de l'extérieur de cette masse de rochers renversés, pour découvrir, si c'était possible, l'endroit par lequel les coffres avaient été introduits. Cette tâche nous flatta beaucoup plus que celle de tenter une nouvelle expertise dans l'intérieur du souterrain, car nous redoutions fort d'acquérir la preuve qu'il avait pu être le tombeau des premiers habitants de cette île, et nous ne craignions pas moins qu'il ne devînt celui de nos précieuses personnes.

Nous commençâmes à grimper et à ramper, et à explorer la base de cette montagne de rochers qui occupait cette partie de l'île. Comme nous n'étions ni naturalistes, ni artistes, ni philosophes, nous ne trouvions dans cet aspect qu'une bien faible récompense à nos fatigues. Il est vrai que nous avions en vue un objet qui était pour nous d'une importance considérable, car cela pouvait nous mener à la découverte d'une quantité de choses dont nous avions un besoin extrême, si nous pouvions trouver un abord facile au magasin et la demeure de nos prédécesseurs; mais nous pouvions bien rencontrer aussi, à moins de nous tenir prudemment sur nos gardes, ce dont nous n'avions nul besoin, une étroite prison dans les labyrinthes du rocher caverneux.

Nous passâmes inutilement la journée à cette besogne, et nous nous couchâmes épuisés, harassés, sous l'abri des rochers, jusqu'au matin. Nous fûmes contraints de déjeuner sur la crête encore humide des rochers escarpés qui, de ce côté, regardaient la mer; puis nous continuâmes notre route, visitant minutieusement chaque crevasse qui s'offrait à nos regards, jusqu'à ce qu'enfin nous gagnâmes le coin aboutissant au champ cultivé jadis dont nous avons déjà parlé, et qui se trouvait à une faible distance de notre point de départ. Examinant alors d'un œil plus attentif les masses répandues au pied de la montagne, et qui

avaient été évidemment transportées là par les torrents
engendrés par les tempêtes celle qui avaient précédé
dont nous avions été témoins, nous aperçûmes un
arbre d'une végétation singulière ; il semblait sortir de
dessous un fragment de roc qui était évidemment
tombé dessus à une époque peu éloignée, et qui l'avait
écrasé et courbé jusqu'à terre. L'arbre abattu avait
des espèces de moignons qui avaient été *sciés*, il
pouvait y avoir trois ou quatre ans, selon toute apparence ; des clous étaient fixés dans le tronc.

Nous n'avions pas besoin de ces signes nouveaux
pour nous convaincre que nous n'étions pas les premiers occupants de l'île, et je doute fort que ce que
nous contemplions là nous eût rendus beaucoup plus
savants sur ce chapitre, si l'un des garçons, en se faisant jour à travers les herbes entrelacées dans le voisinage, ne fût pas tombé sur une barre de bois qu'il
n'avait pas aperçue et dont une extrémité était en-
foncée dans le roc. Nous nous débarrassâmes des
maudites herbes en les arrachant, et nous trouvâmes
alors un autre morceau de bois correspondant à une
distance de trois ou quatre pieds. Tous les deux
étaient joints aux bouts supérieurs par une traverse
semblable à celle que forme le linteau d'une porte.
Oui, sans aucun doute, ici avait été une porte d'entrée ; mais, hélas ! elle n'avait pu servir d'issue, de
chemin d'évasion, pour les habitants de la caverne
quand arriva la catastrophe ; car, tandis que nous
arrachions avec toute l'activité dont nous étions ca-

pables l'exubérante végétation qui poussait de dessous le rocher, entre les poteaux, une main de squelette se montra; à son petit doigt se trouvait une bague d'argent, telle qu'en portent actuellement les matelots.

Nous nous retirâmes brusquement, pensant en avoir assez découvert pour le moment.

— C'était ici la porte de la caverne, fit observer Prout; mais, pas plus qu'elle ne laisserait sortir cet homme, elle ne nous laissera entrer, c'est mon opinion. Eh! bien, alors, que ferons nous?

— Oh! partons! allons-nous-en! s'écria plus d'une voix timide; la montagne tombera sur nous! Courons!...

— Et la montagne ne courra-t-elle pas après nous? répliqua ironiquement Prout. Allons, ne voyez-vous pas qu'il est tout aussi probable qu'elle va se mettre à courir, à bondir et à danser, que de se remuer de place d'un seul pouce par un jour tranquille? Rassurez-vous, les rochers ne se remuent pas sans cause, et, la cause existant, croyez bien qu'ils ne le font que s'ils ne peuvent l'éviter.

Nous nous éloignâmes cependant, et pendant plusieurs jours nous gardâmes, entre nous et ces lieux féconds en aventures, une distance respectueuse.

Nous nous dirigeâmes de nouveau vers la forêt, et nous nous occupâmes à chercher et préparer notre nourriture, tout en discutant longuement sur les affaires de la montagne. Nous étions tous d'accord sur ce point, que nos prédécesseurs en avaient occupé

les replis, et que la porte avait été accidentellement
bouchée par la chute du rocher placé au-dessus. Il
était évident aussi que l'ouverture découverte ou
faite par nous avait été légèrement recouverte par la
terre et les racines entraînées le long du penchant
de la colline par quelque orage précédent, et il y
avait peu de doute que nous ne fussions les premiers
qui s'étaient introduits par là dans ce souterrain.
Ayant ainsi envisagé la question sous toutes ses faces,
et après un long combat livré entre nos espérances
et nos craintes, nous résolûmes de rendre une fois
encore visite à l'entrée nouvellement pratiquée. En
conséquence nous nous y rendîmes en corps, environ
dix jours après l'avoir quittée.

La place était maintenant assez grande pour qu'une
armée tout entière pût y pénétrer et, une fois entrée,
s'y cacher comme des rats dans un château. Le reste
de la terre s'étant détaché était tombé, et avait, en
quelque sorte, découvert une grande partie de la
fente, déchirure ou allée, comme on voudra, qui
conduisait à la vaste caverne centrale de la montagne.
La lumière était suffisante aussi pour éclairer le spectacle le plus extraordinaire que nous aurions pu concevoir à peine dans un rêve. Un magasin colonial,
rempli de tous les articles nécessaires à l'usage d'un
établissement éloigné : ballots sur ballots, barils sur
barils, caisses sur caisses, des armes, des instruments
d'agriculture, des machines, des munitions et provisions maritimes de toute espèce, des matériaux

pour construire des navires, des outils et du fer, des clous, des couteaux, des meubles domestiques, une batterie de cuisine. Oui, et de plus des colifichets, des habits, du drap, des souliers et du cuir, des livres, une véritable garniture de bureau, des instruments nautiques, des caisses de médecine et de pharmacie ; en un mot, la charge d'un grand navire destiné à quelque entreprise importante, et non pas à venir prendre possession d'une île romanesque comme celle-ci, était étalée devant nos yeux.

Nous ne pûmes jamais du reste faire que des conjectures sur la manière dont ces munitions se trouvaient là, non plus que sur leur véritable destination ; car il n'y a pas lieu de douter que les aventuriers avaient conservé leurs papiers ou leurs archives avec eux, et que ces papiers avaient été ensevelis aussi avec eux dans les salles du rocher, dans lesquelles ils s'étaient trouvés emprisonnés et auxquelles il n'y avait plus d'accès possible, ni à l'intérieur, ni à l'extérieur. Du navire naufragé, s'il y en a eu, nous ne découvrîmes jamais, ni sur le rivage ni ailleurs, le moindre fragment, pas le plus petit éclat de bois. Il est évident que l'équipage, si le vaisseau avait malheureusement échoué sur ces bords inconnus, avait eu le temps et la facilité de sauver la cargaison ou tout du moins la meilleure partie.

Nous nous laissâmes tomber tout doucement sur les mains, et nous nous trouvâmes ainsi sur le plancher rocailleux de la caverne, au milieu de piles de

marchandises, de nombreux sacs de denrées, variées
à l'infini, mais que, pour le quart d'heure, nous ne
nous sentions pas la hardiesse de toucher, même du
bout du doigt; le silence, la tristesse et l'obscurité qui
allaient toujours croissant à mesure que les chambres du souterrain s'éloignaient dans l'enfoncement;
la poussière épaisse qui couvrait les caisses, l'odeur
humide et terrestre de l'endroit, glaçaient notre
sang et nous fixaient sur la place, immobiles comme
des statues de marbre. Nous ne parlions qu'en chuchotant; si l'un de nous venait à tousser, une toux
semblable répondait et nous était renvoyée par les
échos sonores qui la répétaient plusieurs fois, jusqu'à
ce que ce bruit s'éteignît en un insaisissable murmure. Nous étions plus d'à moitié disposés à nous
retirer encore, et à laisser là toutes ces richesses dans
le même état que nous les avions trouvées. Quelques
doutes légers, bien que vite dissipés, relativement à
notre droit d'en disposer, se mêlant à une crainte
indéfinie de voir quelqu'un s'élancer sur nous, si
nous osions mettre la main sur ces marchandises,
nous rendirent forcément *honnêtes* durant quelques
instants. Bien des yeux étaient en même temps tournés, avec une indicible inquiétude, vers cette masse
énorme qui s'élevait jusqu'à la voûte de la caverne
et barrait l'espace qui s'étendait au delà.

Lecteur, à notre place qu'auriez-vous fait? Y aurait-il du mal à trouver un trésor perdu et à s'en
servir, si les propriétaires, si tous ceux qui auraient

pu revendiquer leurs droits primitifs, sont morts ?
Non certes ; cela arrive tous les jours, et il n'y a pas
en Angleterre un seul coin de terre qui n'ait été, à une
époque ou à une autre, perdu et trouvé de cette manière ; non, il n'y a pas un bijou, pas une once d'or ou
d'argent qui ne soient le résultat de quelque découverte due au hasard ; car la nature, personne ne
l'ignore, en était la première et légitime propriétaire.
Ainsi, n'est-il pas vrai ? nous pouvions en toute justice et sans scrupules nous servir de ce que la Providence avait étalé là devant nos regards.

Nous regardions Prout, dont les yeux étaient fixés
sur un coffre devant lui. Tout à coup il fit un signe
de tête, se mit à sauter joyeusement en frappant ses
mains sur ses cuisses, et s'écria :

— Venez donc, venez donc ! nous pouvons à présent être *fashionables*, si vous voulez ! Mais quel
est ce bruit ? ce n'est encore que l'écho. Allons, faisons un appel général ; crions bien tous ensemble, et
si les propriétaires sont à portée de notre voix, qu'ils
parlent, ou, autrement, se taisent à tout jamais !

Prout poussa un hourra vraiment sauvage, auquel
nous mêlâmes nos voix, ce qui produisit une sorte
de hurlement formidable ; nous le prolongeâmes aussi
long-temps et aussi haut que nous le permit toute la
puissance de nos poumons, comme pour retarder ou
noyer au milieu du fracas la réponse que nous redoutions d'entendre arriver des voûtes au delà.

L'écho n'attendit pas que nous eussions entière-

ment terminé ; il nous rendit notre clameur avec
toute la variété de ses tons et de ses modulations, se
fondant en un étrange concert de huées, qui retentissaient à travers la voûte comme le rire des démons.
On aurait dit, vraiment, que des légions de diables
étaient sorties des enfers ; nos cheveux se hérissèrent, nos bouches étaient béantes, nos yeux hagards,
tandis que nos joues, blanches de terreur, se rétré-
cissaient ; nous aurions effrayé Satan lui-même s'i
avait pu nous voir, tant notre aspect, il en faut convenir, était affreusement pittoresque, pour ne rien
dire de mieux.

— Eh bien ! dit Rouse, recouvrant enfin le souffle,
ils en ont enfin fini, je le suppose du moins, avec
leurs maudits éclats de rire ; bien fin celui qui m'y
prendra maintenant de crier encore aux échos.

— Ah ! si nous avions une lumière, reprenait un
autre, je ne doute pas qu'il n'y ait autant à voir qu'à
entendre dans ces cavernes.

— Je vous dis, moi, que nous trouverons ici tout
ce dont nous avons besoin et au delà, ajouta Prout,
qui avait repris son teint et son visage ordinaires.

Il avait écouté aussi attentivement qu'aucun de
nous, il avait même levé le doigt en l'air quand Rouse
avait voulu prendre la parole, pour lui faire remarquer
que des cavités sonores revenait en sifflant le murmure de son dernier mot.

Avec l'hésitation, je ne dirai pas de voleurs, car
ceux-ci n'auraient pas perdu une seconde dans une

occasion telle que la présente, mais bien de gens
peureux, nous nous hasardâmes à essayer d'enlever
le couvercle d'une caisse; il tenait solidement, mais
la moisissure dont il était couvert se détacha en
grande abondance, et nous resta seule dans les mains.
Près de là était un grand tonneau, sur le haut duquel
se trouvaient des outils de tonnelier. Prout saisit le
marteau, et frappa, mais en vain, de toute sa force
sur le coffre. Je ne veux pas ennuyer plus long-temps
mes lecteurs avec l'écho, je dirai seulement qu'il
nous déconcertait entièrement; chaque mot qui s'é-
chappait de nos bouches, chaque mouvement que
nous faisions, produisaient une réponse que les esprits timides de la bande interprétaient comme une
défense ou comme un reproche. Nous nous serions
échappés de nouveau, comme des pillards découverts, si l'un de nous n'eût pas trouvé une boîte,
fermée seulement par un couvercle mobile, contenant des chandelles. Elles étaient enveloppées de
feuilles de papier, sur l'une desquelles étaient un
nom et une date.

« *Jean Beringer, munitionnaire du navire
le* ROVER, *1751.* »

Ainsi, trois ans à peine s'étaient écoulés depuis
l'instant où ces munitions avaient été abandonnées
par leurs propriétaires. Les chandelles étaient entières et bonnes, et nous résolûmes d'en profiter
tout de suite pour visiter les retraites mystérieuses
de l'endroit.

Prout saisit le marteau et frappa, mais en vain, de
toute sa force sur le coffre.

Il y avait une course d'un mille ou deux pour arriver jusqu'à notre feu qui couvait sous les cendres ;
nous fûmes obligés de la faire deux fois, le premier
tison dont nous nous étions chargés s'étant éteint en
chemin. Je n'insisterai pas davantage sur les particula-
rités minutieuses au milieu desquelles se passa notre
matinée ; nous eûmes beaucoup de peine à persuader aux bouts de chandelles de recevoir la flamme de
la braise ; mais enfin nous y parvînmes, et comme
de jeunes et prodigues vagabonds que nous étions,
nous prîmes chacun une lumière à la main et nous
avançâmes à travers les détours qui se déroulaient
devant nous, et d'où venaient les échos. Nous nous
glissâmes avec précaution tout du long des parois,
et en chuchotant seulement ; comme nous marchions
en nous tapissant au-dessous des masses de marchandises qui penchaient sur nos têtes, nous nous
aperçûmes bien que nous n'étions pas les premiers qui
se fussent aventurés par là. Le rude sentier que nous
traversions était semé de gouttes de suif qui semblaient presque fraîches, et à plusieurs places des
initiales étaient tracées sur le roc.

La caverne devint tout à coup et plus large et plus
haute ; la voûte et les parois étaient garnies çà et là
de marcassite resplendissante ; mais à peine avions-
nous fait une douzaine de pas dans cette direction,
qu'une scène nouvelle se révéla soudain et nous rendit immobiles d'étonnement. De même que nous
avions entendu précédemment nos voix multipliées

d'une manière prodigieuse, ainsi vîmes-nous nos lumières répétées par dix mille facettes étincelantes
comme des étoiles, de loin, d'en haut, de toutes parts,
et cela dans une vaste cavité de la montagne, dont
les limites étaient complétement invisibles à nos yeux ;
car l'espace compris entre les points lumineux était
plus sombre que la nuit elle-même. Jamais chandelles n'avaient été plus nécessaires. Trois pas plus
loin, le plancher rocailleux nous aurait manqué, et
nous nous serions précipités à corps perdu dans un
abîme, sur la profondeur duquel nous ne pûmes
nous former la moindre idée jusqu'à ce que nous y
eussions jeté un fragment de pierre. Il descendit
silencieusement, et cela pendant si long-temps, que
nous ne pûmes retenir notre haleine jusqu'au bout.
Enfin, nous l'entendîmes frapper le rocher, et après
un autre intervalle assez long, un bruit produit par
quelque chose qui rejaillit annonça que c'était de
l'eau qui le recevait.

Nous y expédiâmes un autre morceau de rocher,
et pendant que nous retenions notre haleine en silence pour mieux juger du résultat, des sons d'une
autre espèce, murmurant tout le long de la voûte,
frappèrent notre oreille, répercutés par les limites
invisibles de la caverne. Ces sons ressemblaient à de
faibles gémissements. Deux ou trois mains timides
laissèrent tomber leurs chandelles au même moment,
et l'une d'elles, descendant dans les profondeurs de
l'abîme béant à nos pieds, continua à rester allumée,

de telle façon que son auréole, allant toujours en diminuant, ne parut bientôt plus qu'un point imperceptible qui s'éteignit à la fin dans les eaux souterraines.

Ces sons étaient des voix humaines, nous n'en pouvions douter, quelque peu probable que fût, dans une semblable circonstance, la présence de personnes quelconques en cet endroit. Nous n'attendîmes pas une seconde preuve de la chose, mais nous revînmes sur nos pas avec une telle hâte que nous recueillîmes en route maintes chutes, blessures et meurtrissures. Nous étions persuadés maintenant que ces voix étaient véritablement celles des individus dont nous avions trouvé les munitions. Quelques-uns des propriétaires existaient encore, cela était pour nous hors de tout débat; et sans doute ils réclameront leur propriété et puniront les pillards. Remplis de cette conviction, nous quittâmes le rocher et n'y remîmes pas le pied d'un mois. Pendant ce temps, nous discutâmes les événements de la caverne, chacun donnant son avis, jusqu'à ce qu'enfin lassitude nous en prît, et nous commençâmes à croire que nous nous étions mépris et que tout cela n'était qu'un jeu de notre imagination. Un long espace de temps s'écoula avant que le mystère ne fût expliqué.

Cependant la curiosité et la nécessité réunies triomphèrent de tous les obstacles et même des craintes des plus timides. Des semaines s'étant passées sans entendre ou voir qui que ce fût autre que nous-

mêmes : nous résolûmes d'entreprendre une nouvelle
expédition à la caverne des matelots, et nous partî-
mes en troupe par une belle matinée. Je ne trou-
blerai plus le lecteur de nos appréhensions et de nos
scrupules dans l'œuvre d'appropriation ; qu'il me
suffise de dire qu'ils étaient enfin tous surmontés.
Indifférents maintenant à tous les échos, nous faisions retentir l'abîme du fracas de nos attaques contre les caisses, les tonnes, les boîtes, les coffres en
fer-blanc, tout ce qui avait pour nous une apparence
d'utilité. Il y avait des fusils de chasse et des cara-
bines, des pistolets, du plomb, de la poudre et des
munitions de toutes espèces, avec lesquelles nous aurions pu, sans aucun doute, éveiller les cavités de la
montagne et les ébranler jusque dans ses fondements,
de manière à nous rendre sourds nous-mêmes ; mais
nous remîmes sagement à nous en servir plus tard.

Quand nous fûmes ensevelis presque jusqu'au
menton par les marchandises déballées, cette question commença à circuler parmi nous : « Que ferons-
nous de cette masse énorme de munitions ? Combien
faut-il en distraire pour les disposer et approprier
à l'avenir ? »

Nous nous étions en vérité bloqués nous-mêmes au
milieu de ce tas de provisions, dont nous avions étalé
une si prodigieuse quantité à l'entrée de la caverne,
que, obstruant le jour, nous avions rendu celle-ci
aussi sombre que la nuit elle-même. Que d'*admi-
rables* plans furent dressés alors ! Que de *prudents*

et *sages* projets furent aussitôt abandonnés que conçus ! Où transporter nos richesses ? à quel abri les confier ? dans quel ordre les ranger ? C'était à en perdre la tête ; les plus avisés avaient jeté leur langue aux chiens. Mais il y en avait un qui n'avait pas donné son avis encore, mais un qui nous valait tous à lui tout seul pour l'intelligence, Prout. Cette fois encore, sa supériorité ne fut point en défaut. Voici quelle fut sa décision ; il est inutile de dire qu'elle rallia toutes les voix :

— Nous n'avons qu'une chose à faire, et c'est chose facile, s'écria-t-il. Il faut remballer le tout, comme c'était auparavant.

— C'est vrai ! et nous n'y avions pas songé.

— Nous ne prendrons *que ce* dont nous aurons besoin, *quand* nous en aurons besoin.

— C'est juste encore.

— Et lorsque notre choix aura été fait, nous remettrons le tout à sa place dans la caverne.

— Bravo !

Les choses ainsi convenues, nous nous contentâmes de prendre ce dont nous avions un besoin immédiat : bientôt, de la condition d'épouvantables malotrus, nous passâmes à l'apparence imposante de personnages civilisés, propres, *bichonnés*, et habillés de pied en cap ; nous pavanant d'un air d'importance en nous drapant, nous, pauvre et méchante marmaille, dans les amples vêtements d'hommes faits. A tout seigneur tout honneur ! Nous votâmes à Prout les insignes bleus et brillants d'un uniforme complet d'officier de marine, garni de ses épaulettes, et nous le proclamâmes *capitaine* sur la place.

Des provisions, une portion considérable était gâtée : de petits vers fourmillaient dans le bœuf et le biscuit, de la cinquième génération et au delà ; mais ceux-ci se trouvaient principalement dans les cuviers ouverts, et dont on avait déjà mangé une partie. D'autres tonneaux cependant contenaient de lourds morceaux de viande salée en parfait état de conservation, dont nous eûmes l'étrenne et qui pour le volume et le goût étaient dignes de leurs précédents propriétaires, ainsi que d'une compagnie bien plus recommandable que la nôtre. Nous employâmes la méthode des flibustiers à l'égard de leur viande trop salée, laquelle méthode consiste à mettre tremper celle-ci durant vingt-quatre heures dans le courant d'un ruisseau. Il est vrai que nous perdîmes ainsi une notable rouelle de bœuf et un jambon ou deux, qui s'échappèrent de leurs amarres comme le *Rapide*, et disparurent ; mais ceux qui tenaient encore à l'ancre étaient tellement rafraîchis, purifiés et changés, qu'ils ressemblaient à peine à de la viande salée.

Nous avions maintenant non-seulement des vivres, mais encore des vases. Nous avions des pots, des terrines et des chaudrons, des couteaux et des fourchettes, des plats, des tasses, des gobelets et des verres ; et ce n'était pas tout, nous trouvâmes aussi des coffres pleins de linge, contenant des serviettes et des nappes en abondance. Nous brisâmes à peine

une ou deux caisses à emballer; nous construisîmes
une table avec leurs débris, tandis que bouillait notre
premier repas à l'européenne. Notre table une fois
dressée, nous la couvrîmes dûment de seize serviettes, de deux plats, de couteaux et de fourchettes,
le tout rangé avec une symétrie exemplaire. Quand
nous tirâmes de la chaudière la masse fumante et
odorante et la déposâmes saine et sauve sur la table,
nous donnâmes trois *hurrahs* de bon cœur, croyez-
moi; bien qu'une demi-douzaine au moins de crieurs
fissent en même temps les plus laides grimaces, s'étant
brûlés et échaudés dans l'exercice de leurs nouvelles
fonctions de cuisiniers en règle. Nous avions fait
bouillir aussi des ignames et des pommes de terre,
mais celles-ci valaient mieux rôties. Nous couronnâ-
mes la fin de notre dîner par quelques rasades de
vin, dont il y avait des caisses nombreuses, et nous
nous composâmes un dessert avec les fruits cueillis
dans les bois; mais ce n'était pas de la rareté pour
nous, et nous leur trouvions peu de goût.

Nous avions une pointe de gaieté, et l'imagination
quelque peu surexcitée : nous résolûmes de bâtir une
ville, d'établir un empire, enfin d'imiter sans retard
Romulus et Rémus. Nous tirâmes du coffre aux hardes
un chapeau militaire et en décorâmes le chef de Prout,
que nous élûmes unanimement pour notre souverain,
sous le nom et le titre du *roi Nat*. Il est certain
que nous n'aurions pu mieux faire, lorsqu'au lieu
des deux doigts de vin dont chacun s'était régalé, et

qui, je pense, avaient élevé nos cerveaux à un diapason
de deux notes pour le moins au-dessus de l'ordinaire,
nous n'aurions bu que de l'eau. Prout, accoutré de
l'uniforme sus-mentionné, prit de nos mains le chapeau galonné et empanaché, et, montant sur la table
quand la nappe fut retirée, le balança d'un air de dignité grave et pleine de condescendance. Plaçant alors
le chapeau sur sa tête, et levant sa main pour retenir notre attention, il nous fit un discours approprié
à la circonstance.

Il commença en badinant, continua raisonnablement, et termina, en vérité, sérieusement. Il con-
vint que nous devions bâtir une ville sur-le-champ,
pas plus grande cependant qu'il ne nous fallait, et qu'en
considération des fondateurs et des premiers habitants, comme aussi en souvenir des caisses bien rem-
plies que nous avions trouvées, on devrait l'appeler
Schoolchester (ville des caisses), nom qui, certes,
se changera en celui de *Colchester* (ville des tombeaux) quand nous serons morts. Il dit qu'il serait
notre souverain ou notre serviteur, qu'il gouverne-
rait ou obéirait, selon notre bon plaisir; pourvu que
nous ne continuassions plus de ressembler à des sauvages, en manières, en conduite et en inclinations; car
il déclara qu'il préférerait se mettre à la tête des ânes
eux-mêmes, plutôt que de se réunir ou de rester avec
un peuple aussi redoutable que le sont les barbares.
Il nous rappela que tous les matériaux et outils maintenant en notre possession ne nous seraient d'aucun

avantage réel et permanent, sans industrie, habileté et économie dans leur emploi où application ; que les provisions seraient bientôt épuisées , et qu'à moins de bêcher, semer et moissonner , nous finirions par devenir tous des chasseurs , de véritables bouchers, comme les flibustiers, ou que nous péririons d'inanition.

Alors Prout ôta de sa tête le drôlatique chapeau, et, le déposant à ses pieds, ajouta d'un ton qui coupa court à tous les rires :

— J'ai encore quelque chose à vous dire d'une importance majeure : vous ne devriez plus être des garçons impies tels que vous l'avez été depuis le moment où vous vous êtes relevés , après la prière d'actions de grâces que vous adressâtes à Dieu, les genoux sur le rocher; prière, hélas ! depuis si long-temps oubliée! Il faut vivre en chrétiens, ou nous ne pouvons plus désormais vivre ensemble. Nathan Prout ne craint pas la solitude, il ne redoute pour lui ni une sombre caverne, ni la retraite isolée d'un bosquet au milieu des bois ; c'est là qu'il ira, qu'il vivra et mourra dans l'exil, comme il plaira à Dieu , plutôt que de continuer à rester avec ses plus chers compagnons, s'ils sont résolus à persister dans leur état de sauvagerie, de perversité et d'irréligion. J'ai trouvé des Bibles, des livres de prières et autres bons ouvrages dans les coffres des malheureux qui ont péri. S'en sont-ils servis? je l'ignore, mais si nous les négligeons, nous, je m'attendrai à une fin tout aussi terrible que la leur.

La plupart de notre bande étaient devenus sérieux quand Prout était devenu grave ; mais il s'en trouva deux ou trois, je suis fâché de le dire, qui se regardèrent en dessous, d'un air goguenard et moqueur, tandis qu'il parlait. Prout produisit alors un bâton, long d'environ un mètre, sur lequel étaient des entailles très rapprochées l'une de l'autre, et au moyen desquelles il prétendit avoir marqué tous les jours depuis que nous habitions l'île ; chaque septième coche était plus profonde, et indiquait, disait-il, le dimanche, et chaque quatrième dimanche avait une entaille qui faisait le tour du bâton pour désigner le changement de mois. Ce n'était pas sans raison qu'il avait ainsi tenu compte du temps depuis le jour où nous étions devenus le jouet des vents. Selon son calcul, le jour présent était un samedi. Il nous recommanda en conséquence d'observer le jour suivant, comme étant celui de Dieu, en nous abstenant de nous livrer à aucun des travaux arrêtés, et en employant les heures à lire ou à entendre lire les ouvrages religieux qu'il avait mentionnés. Tous, excepté deux ou trois, y consentirent, et se réunirent à cet excellent jeune homme dans ses dévotions.

Par cette belle et tranquille soirée, à quelles douces conversations nous nous livrâmes, assis sous l'ombrage majestueux d'un chêne séculaire ! Pour la première fois alors nous fîmes avec inquiétude un retour vers le passé, tourmentant, chacun en notre particulier, étrangement nos mémoires, pour nous

rappeler tous les incidents, toutes les petites parti-
cularités de notre existence chez nos parents et à
l'école. Notre entretien se termina par des larmes
abondantes que nous versâmes quand vinrent en
dernier lieu sur nos lèvres les noms des amis dont
notre propre conduite nous avait séparés. Combien
d'entre eux cette conduite indigne avait-elle précipités dans la tombe? C'est ce que nous ne pouvions
pas dire. Le docteur Poynders, M. Baldrey y ont-ils
pu survivre? Prout ne prononçait jamais leurs noms
qu'avec une émotion profonde; c'étaient les seuls
amis qu'il eût !

Puis nous évoquâmes les ombres de nos compagnons perdus, afin qu'ils pussent venir occuper, pour
ainsi dire, leurs places parmi nous; nous les dési-
gnions par leurs noms, et nous racontâmes tout ce que
nous pouvions nous rappeler de leurs dernières paroles ou actions. Tandis que nous étions sur ce sujet,
Prout nous effraya un peu.

— J'ai rêvé, dit-il, que nous étions encore dans
la grande caverne de la montagne; il me semblait
entendre des voix comme auparavant, et que ces voix
étaient celles de nos compagnons qui nous ont quittés. Il n'est pas étonnant que j'aie rêvé de cela, car j'y
ai pensé bien des fois, et je crois qu'il est de notre
devoir de tâcher de les retrouver, si c'est possible.

Nous frémîmes tous à l'idée d'explorer de nouveau l'abîme à la gueule béante; mais il nous expli-
qua que tout ce qu'il voulait dire et tout ce que

nous pouvions faire, était d'aller écouter comme auparavant, et, si nous les entendions encore (les voix),
de crier jusqu'à ce qu'elles nous entendissent et nous
répondissent. C'est ce que nous fîmes de temps en
temps ; mais aucuns sons ne parvinrent à nos oreilles,
autres que ceux produits par nos voix renvoyées par
les échos.

CHAPITRE VIII.

Le lendemain matin nous nous levâmes comme des alouettes de nos humbles lits de feuilles et d'herbes, et nous résolûmes d'accomplir des choses auxquelles la postérité refuserait de croire. Nous décidâmes de bâtir une ville et des forteresses, de bêcher, ensemencer, etc., et de restituer aux troupeaux, passés à l'état sauvage, leurs enclos, dont ils paraissaient avoir perdu le souvenir ; de prendre, en un mot, possession du sol, avec tout ce qu'il contenait, en notre propre et privé nom.

Nous nous rendîmes à la caverne, et nous ouvrîmes une grande caisse renfermant de lourdes cognées avec de longs manches, faites à l'usage de colons plus robustes que nous ; cela ne nous empêcha pas d'en prendre chacun une, et nous sortîmes, nos armes sur l'épaule, résolus à commencer lestement la campagne.

La forêt, sans nul doute, aurait tremblé à notre approche, si elle avait pu connaître nos vastes intentions. Elle sifflait tout simplement du vent quand

nous pénétrâmes sous ses sombres feuillages, tandis
que nos voix, élevées au plus haut période par l'animation qui nous possédait, retentissaient comme une
étourdissante clameur. Nous avions là des arbres plus
gros que nos corps; mais fi donc! ceux-ci n'étaient
pas assez importants en volume et en stature pour
occuper à présent nos hyperboliques énergies. Sans
avoir d'idées bien arrêtées sur l'usage exact auquel
nous devrions ce jour-là appliquer le bois que nous
voulions abattre, nous crûmes nécessaire de rôder à
travers la forêt, en quête d'un arbre de la plus
grande dimension, dont le tronc, une fois abattu, ne
pourrait, cela était certain, nous être d'aucune
utilité. Bien des troncs et des tiges reçurent en
passant un bon coup, et bien de lourdes cognées
aussi s'échappèrent des faibles mains qui les tenaient
et s'enfoncèrent dans les broussailles voisines.

Enfin notre ambition fut satisfaite par le choix
d'un arbre immense, haut et touffu, appelé, je crois,
le palmier-chou, et nous, comme des fourmis à ses
pieds, nous commençâmes à le taillader. Tous les arguments de la raison pour nous dissuader de cette
entreprise n'auraient certes pas valu cette demi-
heure d'expérience folle! Nos fronts en sueur, nos
reins souffrants, nos mains couvertes d'ampoules,
nous rappelèrent bientôt au sentiment de notre im-
puissance vis-à-vis d'une telle tâche et nous fournirent la preuve que jamais cette tige altière ne s'in-
clinerait devant nous. A peine, en vérité, réussîmes-

nous à y laisser une bonne entaille ; quant aux esta-
filades dont nous l'avions balafrée, elles n'étaient guère
que le résultat de coups distribués au hasard et dont
quelques-uns avaient maintes fois menacé nos membres d'une amputation involontaire. Cet insuccès ne
se borna pas seulement à cet arbre énorme, il se renouvela à toutes nos autres tentatives, tant il est vrai
que l'adresse et la méthode sont tout aussi nécessaires
que la force, dans le travail même du bûcheron.

Nous tombâmes bientôt d'accord sur ce point :
qu'il ne fallait pas abattre d'arbres avant déjeuner,
et qu'il était préférable de dresser nos plans avant
de prodiguer nos forces.

— M'est avis, dit Prout, que si tous les arbres
que nous avons attaqués étaient abattus, nous ne
nous trouverions pas mal d'avoir une machine pour
les relever, jusqu'à ce que nous en eussions besoin.
Qui pourrait se promener dans le bois s'ils étaient
sur le flanc ?

— En voilà une mirobolante idée ! répliqua Rouse,
quand ça nous est si facile de les laisser tranquilles !

Là-dessus nous tirâmes, d'une fente dans le rocher qui nous servait de garde-manger, un plat de
bœuf froid, et nous expédiâmes cette partie de nos
premiers devoirs appelée déjeuner sans perdre un
instant.

Mais nos appétits n'étaient pas satisfaits, ils con-
voitaient un autre aliment. Nous aurions donné tout
notre bœuf pour du pain, et nous savions qu'il était

inutile de fouiller les provisions pour cela. Il y avait
bien, à la vérité, une petite provision de céréales,
telles que froment, avoine et maïs en sacs, et quelques-uns d'entre nous proposèrent de les broyer, puis
avec la poudre ou farine de faire des gâteaux; mais
ce conseil ne prévalut pas ; il se rencontra, bien que
cela fût rare, plus de sagesse parmi nous que n'en
témoignaient ces imprudents. Prout émit l'avis de
conserver ces céréales pour graine et de les semer
en terre. Les uns se rangèrent sans observation à
cette opinion, mais les autres objectèrent que le plus
pressé était d'avoir d'abord une maison pour y résider. Ces deux arguments ne manquaient de raison ni
l'un ni l'autre; chaque système eut ses adhérents, et
nous nous séparâmes en deux camps ou deux classes
d'ouvriers, — fermiers et maçons; — nous avions
découvert le grand, le fondamental principe d'opérations effectives dans une société industrieuse : j'entends par là la *division* des travaux ou la distribu-
tion de leurs genres divers d'après les aptitudes et
les talents divers des ouvriers.

Il arriva aussi que parmi nous il se rencontra des
individus qui savaient mieux ce qui concernait les
occupations agricoles, et d'autres qui étaient plus familiers avec la ligne et l'équerre de l'artisan. Toutefois, avant de procéder d'une manière avantageuse
dans nos entreprises, il était urgent de dresser des
plans et d'arpenter le terrain destiné à l'édification
de notre ville et à la formation de notre ferme. Nous

nous sentions peu d'inclination maintenant pour l'endroit précédemment choisi : le champ inculte et le jardin de nos prédécesseurs dans l'île, bien qu'il offrît ses avantages de sol et de situation, et qu'il fût dans le voisinage de notre magasin de denrées coloniales. Nous bouchâmes l'ouverture ou entrée de celui-ci avec des broussailles et des branchages ; et, laissant là l'angle rocailleux et escarpé de la montagne, nous nous retirâmes du côté opposé, où par une pente douce et verdoyante nous descendîmes dans la plaine conduisant au rivage. Nous fûmes tous d'accord que cet endroit était plus favorable à nos desseins, et qu'il vaudrait mieux y fixer notre campement ou demeure permanente, ayant de là un œil aux vagues, dont les courbures et les murmures incessants nous rappelaient nos premiers jours de paix et de joie, et sur la surface desquelles nous espérions encore voir apparaître un jour quelque brillant messager de délivrance.

Je pourrais remplir un volume du récit de nos divers essais, de nos efforts infructueux, tant en science agricole qu'architecturale. Quant au premier point, qu'il nous suffise de dire que nous nous trompâmes de saison et que nous ensemençâmes quand c'était le temps de moissonner. Quant au second, bien des semaines s'écoulèrent que nous n'avions pas le moindre abri ; car bien que nous eussions en abondance outils et matériaux, nous manquions de deux choses indispensables : l'expérience et la persévérance,

Contrairement à l'avis de Prout, qui cependant nous aida avec un dévouement et une abnégation exemplaires, alors même que nous refusions de suivre ses conseils, nous commençâmes nos opérations, comme cela nous était déjà arrivé, sur une échelle beaucoup trop grande. Nous voulûmes bâtir des châteaux, au lieu de nous contenter d'humbles chaumières. Nous fîmes, grâce à notre malencontreuse opiniâtreté dans cette affaire, une terrible brèche à notre précieuse provision de clous ; mais le malheur le plus grand fut que plusieurs tombèrent dans le découragement, l'indifférence et la plus coupable paresse, à cause de leur désappointement. Les intérêts de toute la communauté ne tardèrent pas à souffrir. Les plus industrieux étaient sans cesse contrariés dans leurs travaux par le mauvais vouloir des autres qui, dans leur méchanceté, s'amusaient quelquefois à jouer le rôle de Remus (1), et allaient même jusqu'à détruire les constructions commencées. Ces garnements, tout en consommant les aliments procurés et préparés par leurs compagnons plus raisonnables, n'en manifestaient pas la plus légère marque de remercîment ou de reconnaissance, et trouvaient absurde tout ce qui était fait en dehors d'eux.

Mais heureusement pour nous le droit et la raison

(1) On sait que lors de la fondation de Rome Rémus se moquait souvent de son frère Romulus en tournant ce qu'il faisait en ridicule ; il en fut cruellement puni, s'il faut en croire les historiens de Rome : Romulus le tua.

avaient un parti plus fort que les dispositions contraires
des mécontents. Sur dix-sept, douze suivaient la bonne
voie, cinq seulement s'en écartaient. Nous résolûmes en conséquence de défendre nos intérêts communs en établissant quelque chose d'analogue à des
lois et à un gouvernement. Prout déclara un matin
que, si Moody et Dolman mettaient encore des en-
traves à notre besogne, ou refusaient d'y contribuer
pour leur part, il les attacherait à un arbre.

— Et pourquoi ne vous attacherais-je pas le premier, monsieur Prout?

— Parce que je ne le mérite pas ; en voilà une raison, répliqua Prout ; et parce que vous ne pourriez
pas le faire, voilà l'autre.

— Et parce que vous ne l'essaierez pas, en voilà
une troisième ; ajoutai-je, n'étant en cela que l'inter-
prète d'une douzaine d'entre nous.

Moody et ses quatre amis jetèrent un coup d'œil
de côté sur la majorité, et virent bien qu'il n'y avait
pas à répliquer.

— Maintenant, ne voyez-vous pas bien tous, reprit
Prout d'un ton persuasif et tout à fait amical, que
nous ne pouvons marcher de cette manière? Quand
nous découvrîmes ces munitions dans la caverne,
nous croyions tous que cela nous procurerait incon-
tinent bonheur et prospérité ; au lieu de cela, qu'est-
il arrivé? Avec toutes ces choses bonnes et utiles,
nous n'avons rien fait de mieux que de manger ce
qui restait des provisions appartenant aux infortunés

qui ont été écrasés sous les rochers! Des loups, des chiens ou des singes seraient parvenus à s'introduire dans cette retraite, auraient tout aussi bien agi; nous ne les avons surpassés en rien, sauf en enfonçant les cuviers, car il leur eût fallu un peu plus de temps pour les dévorer à travers le rempart de bois qui les protégeait. Mais aujourd'hui, si nous avons véritablement l'intention d'améliorer notre position, et même de conserver nos vies, il faut embrasser une ligne de conduite toute nouvelle; cependant, comme ici tout le monde possède des droits égaux, je propose à tous les membres de la communauté d'opter entre ces deux alternatives que je soumets à l'approbation de tous, et entre lesquelles chacun pourra choisir en toute liberté : la première est de continuer à vivre ensemble, et alors de convenir de certaines règles dans l'intérêt commun; l'autre est de partager entre nous les outils et les munitions, et que chacun pourvoie comme il voudra et l'entendra à ses propres besoins.

— Je préférerais cela! s'écria Moody.

— Non, non, je pense que nous pourrions très-bien nous accorder ensemble, nous *cinq* j'entends, répliqua Moseby.

— Et nous autres *douze*, repris-je.

— Alors, soit! ajouta Prout.

La première difficulté qui se présenta fut le partage des provisions communes, difficulté qui ne fut levée qu'en abandonnant au parti mécontent beau-

coup plus que ce qui lui revenait. Ils résolurent, à
notre grande satisfaction, d'emporter leur butin de
la caverne, dont les sombres corridors leur causaient
toujours une crainte indéfinissable. C'est pourquoi
ils partirent un beau matin, de bonne heure, avec
leur bagage ; Prout leur donna une poignée de main ;
nous l'eussions volontiers fait aussi, mais ils étaient
plus qu'indifférents à cette marque d'amitié, et s'en
allèrent avant que nous eussions pu accomplir la moitié de la cérémonie. Les cinq garçons s'enfoncèrent
dans les bois, mais avant qu'ils fussent complétement
hors de vue, nous leur donnâmes, à la suggestion de
Prout, trois acclamations auxquelles un seul d'entre
eux, Moseby, répondit. Il nous sembla qu'il reçut un
soufflet de Moody, pour le punir de sa politesse.

Notre troupe actuellement était peu nombreuse,
mais elle était unie et assez bien disposée à suivre la
ligne de conduite nécessaire pour l'amélioration de
notre condition. Les mécontents étaient partis et nous
nous sentions extrêmement soulagés par l'absence de
mauvais vouloir et d'esprit de lutte qui avait si long-
temps jeté parmi nous le découragement et contrarié
nos efforts. Prout devint naturellement notre chef ;
son habileté, son intelligence, son mérite en un mot,
et nullement son ambition, firent qu'il en fut ainsi.
Il n'y avait pas maintenant un individu de notre
bande qui fût jaloux de son autorité ou qui n'en sentît
pas les avantages.

Sous cette direction, et grâce à son esprit inventif,

non moins qu'à son activité, car il était tout à la fois
chef d'opération habile et travailleur intrépide, nous
fabriquâmes une porte solide, ou plutôt nous transportâmes aux rochers une partie des perches ramas-
sées pour notre bâtiment; et là, les clouant ensemble,
nous en fîmes une espèce de porte que nous plaçâmes,
en l'adaptant bien, à l'entrée de notre magasin aux
provisions. Nous enfonçâmes des poteaux à chaque
côté, et fermâmes le tout avec précaution, n'ayant
pas d'autre obstacle à opposer aux déprédations dont
nos munitions auraient pu être l'objet, de quelque
part qu'elles vinssent.

Cela fait, nous retournâmes à l'endroit que nous
considérions toujours comme préférable pour notre
résidence permanente. Comme nos divers essais à
construire un château avaient manqué, la proposition
fut faite et adoptée de nous contenter, pour le présent, de huttes capables de nous contenir séparément
pendant la nuit; huttes dont les humbles toits auraient
peu de chose à redouter de l'orage

Qui courbe l'orme altier et déchire le chêne.

Un abri nous était actuellement bien nécessaire,
car les pluies étaient fréquentes, froides et violentes;
et nous avions assez, ou plutôt nous étions fatigués
de cavernes et de broussailles. Nous redoutions d'ailleurs de chercher un gîte dans les premières; nous
connaissions le peu de sécurité qu'elles présentaient;
nous savions ce qui pouvait résulter de la chute d'un

rocher ; aussi nos frayeurs étaient-elles plus que suffi
santes pour nous en faire craindre l'approche.

Le plan de Prout, pour l'édification de notre petite
ville, nous parut bon. Sur un espace uni et découvert, il planta un pilier central, et, y attachant une
corde longue d'environ douze mètres, il traça tout
alentour un cercle, qui, conséquemment, avait plus
de soixante pieds de diamètre; sur la circonférence de
ce cercle, nous construisîmes une forte clôture, composée de perches que nous aiguisâmes en forme de
jalons et enfonçâmes en terre à quelques pouces de
distance les unes des autres. Nous plantâmes ainsi
plus de cinq cents de ces jalons, les enfonçant de trois
pieds en terre et les laissant dépasser la surface du
sol de sept environ. Pour accomplir ce travail, nous
fabriquâmes des échelles et un échafaudage mobile
sur lequel nous grimpâmes, ce qui nous donna la facilité de pouvoir frapper, avec la tête de nos cognées,
sur l'extrémité supérieure de ces perches, jusqu'à ce
qu'elles eussent pénétré assez avant dans le sol.

Je n'oserais pas affirmer que ces poteaux fussent
parfaitement droits ou égalisés au sommet, mais ce
que je sais, c'est qu'ils étaient fermés. Tant étaient
grands notre zèle et notre ardeur à rendre notre enclos
complet, que nous fermâmes l'entrée, et nous mîmes
dehors nous-mêmes avant de nous en apercevoir.

L'idée de cette clôture nous avait été suggérée par
la vue de ce qui restait de celle déjà plus haut mentionnée. Nous ne jugeâmes pas impossible que quel-

ques-uns de nos dix compagnons fugitifs ne parvins-
sent à nous découvrir et à nous molester s'ils en
trouvaient l'occasion. Je ne puis pas décrire avec
quelle ardeur et quel intérêt nous procédâmes pendant tout le temps que dura cette occupation labo-
rieuse. Cela nous fit du bien, notre santé s'améliora
tant au physique qu'au moral, et, en nous servant
chaque jour des outils, nous acquîmes une habileté
et une promptitude dont avant cela nous ne nous
faisions pas la moindre idée. Rien ne nous paraissait
impossible, et nous réfléchissions avec étonnement
aux journées tristes et mélancoliques que nous avions
passées, même depuis la découverte que nous avions
faite dans le rocher d'abondants matériaux.

Nous plaçâmes dans cet enclos sans toiture beaucoup d'articles nécessaires pour notre usage journa-
lier, et ayant dûment fermé la barrière, nous nous
reposâmes la nuit sous tel abri que pouvaient nous
fournir le drap et la toile d'emballage que nous avions
trouvés parmi les munitions. Là aussi nous faisions
le feu nécessaire à notre cuisine, et remplissions
notre chaudière des provisions alimentaires qui nous
restaient ou que nous pouvions recueillir. Cependant
notre approvisionnement diminuait de plus en plus
et était devenu des plus modiques. Pendant bien des
mois de cette période, nous fûmes forcés non-seulement de travailler à force, mais encore de vivre tant
bien que mal, comme on dit, à la fortune du pot;
mais nous nous en soucions peu. Nous conservâmes

notre gaieté et notre bon accord durant une longue
saison de fatigues et de privations, et nonobstant les
graves inquiétudes qui nous assiégeaient quand nous
jetions un regard vers l'avenir.

Nous bêchâmes à la hâte et bien imparfaitement
un morceau de terre où nous semâmes un peu de
chaque espèce de graines que nous pûmes nous procurer et qui devaient servir à notre nourriture, savoir : du froment, du blé des Indes ou maïs, et des
pommes de terre. Cela fait, nous commençâmes à
bâtir notre petite ville en dedans des fortifications
que nous avions préparées. Nous fûmes obligés de
nous contenter de la forme la plus simple de bâti -
ment adoptée par les hommes à l'état sauvage : une
cabane ronde, avec un toit pointu, en entonnoir ou
en pain de sucre, assez semblables à ces meules de
foin que l'on voit dans nos métairies, mais beaucoup
plus petite, car nous trouvâmes convenable de faire
ces huttes à peine plus grandes qu'un bois de lit à
baldaquin, dont les rideaux ou tapisseries se composaient de la paille ou roseaux du chaume. Nos fûmes
assez bons pour tracer sur le terrain des plans pour
une vingtaine de ces cellules, une pour chacun de
nous, dans le cas où nos camarades actuellement vagabonds nous rejoindraient jamais en terme d'amitié.

Nous disposâmes ces petites tentes, couvertes de
chaume, dans un cercle parallèle à celui de l'enclos,
en laissant néanmoins un espace d'environ trois pieds,
en guise de sentier, formant lui-même cercle entre

les deux cercles, pour que nos sentinelles pussent
s'y promener. Bien des raisons militaient en faveur
de cette utile précaution. L'entrée de nos cabanes
faisait face au centre de l'enclos, dans lequel nous
prîmes la résolution de construire un édifice plus
considérable, d'un usage commun et général, si toutefois nous pouvions en venir à nos fins. Nous éclair-
cîmes quelque peu les bois adjacents de perches et
de bâtons. Dans nos excursions pour récolter ces
matériaux, nous ne regardions pas comme improba-
ble la rencontre de quelques-uns des fugitifs, mais
non : cependant nous en fîmes une de certains individus qui nous étaient beaucoup plus utiles que n'au-
r. ient pu l'être les aventuriers en question : c'était un
troupeau de cochons sauvages, dont nous réussîmes
à chasser quelques-uns jusque dans notre enclos, où
nous leur préparâmes une étable. Nous les nourris-
sions de fruits et de racines, dont nous n'avions pas
encore appris à *nous* repaître, et en temps et lieu
nous prîmes la liberté de nous payer de la nourriture
que nous leur fournissions en mangeant les man-
geurs à notre tour. Prout, l'être le plus aimant et le
plus humain que j'aie jamais connu, était en même
temps celui qui avait le plus de sens et de résolution :
il tua le premier cochon, et cela fort adroitement en
vérité ; quant au mystère de l'échauder, nous nous
en dispensâmes, ne le comprenant pas.

Mes lecteurs me feront-ils la grimace parce que je
parle de tuer des cochons ? Trouvent-ils ce fait sau-

vage, vulgaire et peu romanesque? Auraient-ils pré-
féré *gruger des cordes de violon*, plutôt que de
toucher à une chose aussi abjecte qu'un vrai porc?
S'ils disent ou prétendent dire rien de semblable, je
leur répondrai que c'est parce qu'ils n'ont jamais été
de *jeunes insulaires* se trouvant en retour avec
leur estomac depuis bien des jours, comme nous l'é-
tions, nous. J'espère que mes lecteurs ne se trouve-
ront jamais à telle école pour apprendre à mettre bas
leurs scrupules et laisser là leur poétique fantaisie,
autrement je serais bien fâché d'être le *gras cochon*
qui tomberait, en ce cas, entre leurs mains. D'ailleurs, il n'y a véritablement rien d'odieux dans ce qui
n'est nullement mal en soi-même. En tout cas, n'est-ce
pas tout aussi cruel d'assassiner une huître entre nos
dents, que de tuer, pour se nourrir, un animal avec
un couteau? J'avouerai, cependant, que nous éprouvâmes tous d'abord de la répugnance, et que ce fut
Prout qui accomplit la tâche, parce qu'il avait plus
d'énergie et de bon sens qu'aucun de nous. Nous
trouvâmes excellent notre porc rôti. Cette nourriture
fraîche et saine renouvela nos forces et améliora notre santé. Nous en fûmes reconnaissants, comme cela
devait être et comme c'était notre devoir, n'est-il
pas vrai?

Mais il faut que je vous dise plus précisément
comment nous disposâmes la construction de nos
cabanes ou dortoirs; elles étaient, en vérité, très-
confortables. Nous traçâmes d'abord sur le sol un

cercle d'environ six pieds de diamètre, et sur la ligne
ainsi faite nous enfonçâmes des pieux ou jalons courts,
dont les sommets ne dépassaient pas la surface de
plus d'un pied. Nous plaçâmes alors au centre une
longue perche, à l'effet de soutenir momentanément
les bouts de nos soliveaux, qui, comme les baleines
d'un parapluie, se rencontraient au faîte, mais étaient
fixés en bas chacun sur la tête d'une sorte de tronc
entaillé pour le recevoir. Une fois que nous eûmes
complété notre cercle de soliveaux, nous retirâmes
la perche centrale, et le tout demeura très-ferme,
car nous avions une bonne quantité de longs clous,
de marteaux et de vrilles parmi nos munitions, grâce
à la prévoyance et à la libéralité de ceux qui avaient
formé la cargaison.

Or, quand nous eûmes ainsi agencé les principales
poutres de notre toit, nous clouâmes dessus des bâtons horizontaux en lignes parallèles, comme des lattes, pour recevoir le chaume, que nous composâmes
du meilleur matériel connu : je veux dire de roseaux,
qui croissaient en abondance sur les bords du marais déjà relaté, où, en passant, nous ne trouvâmes
ni les patins ni les traces des porteurs de lanternes,
quels qu'ils fussent. Après bien des expériences, nous
acquîmes l'art de lier les faisceaux de chaume de
manière à ce que, sans cesser de tenir solidement,
ils fussent susceptibles d'être peignés et lissés, comme
cela était nécessaire pour leur donner bonne conte-
nance. Je ne dois pas oublier de mentionner que l'en-

trée fût pourvue d'un châssis fait exprès, dont la partie supérieure était surmontée d'un petit toit pointu, comme cela se pratique pour les fenêtres d'un grenier, et que nous fixâmes de notre mieux cet appareil au toit circulaire.

Les portes se composaient de deux compartiments; nous couvrîmes la partie inférieure avec de l'écorce pliante et souple de jeunes arbres, étendue et clouée à plat. La partie supérieure fut occupée par un carreau; entendons-nous, par un morceau de toile neuve et blanche, dont nous avions des ballots à revendre. Nous avions aussi en profusion des gonds, des verrous et des barres; mais les portes ouvraient en dehors pour ménager l'espace en dedans. Quant aux matelas, nous cueillîmes de l'herbe douce et moelleuse, des plantes séchées au soleil, et nous en remplîmes l'intérieur de nos huttes, comme bon nous sembla; puis nous couvrîmes le tout avec du drap et des canevas, dont nous ne manquions pas, ainsi que vous le savez; non plus que de couvertures, quand leur chaleur nous paraissait nécessaire.

Autant que je m'en souviens, la construction de l'enceinte et des douze cabanes nous prit trois ou quatre mois. Nous avancions avec tant de régularité qu'elles se trouvèrent toutes au même point à la même époque; elles furent toutes finies et bonnes à servir dans la même soirée. J'avoue que l'idée d'en faire l'essai cette nuit-là même, et d'y pouvoir dormir à notre aise, nous transporta tellement que, pour mieux juger du bien-être qu'elles nous devaient procurer, nous désirions positivement de la pluie, nonobstant que Prout et Melton, ces deux chers braves amis, fussent nos sentinelles, et se fussent fort peu amusés d'un orage. Nous eûmes néanmoins la satisfaction de voir, sur le matin, les bords de notre chaume distillant la rosée abondante qui était tombée pendant la nuit, et qui tant de fois, à notre grand détriment, nous avait trempés jusqu'aux os sous nos rochers et dans nos broussailles.

Nous ressentîmes aussi l'avantage d'être en sûreté contre toute intrusion d'hommes ou de bêtes, à cause des palissades que nous avions construites autour de notre petite ville, et nous eûmes de plus la satisfaction d'observer que ces jalons, formés principalement d'une espèce de saule, poussèrent librement en tous sens, de telle sorte que notre muraille ou rempart devint de jour en jour plus épaisse et plus solide, sous les beaux cieux de ce climat luxuriant. Nous entrelaçâmes ces rejetons, comme une claie, et dans l'espace de douze mois c'est à peine si nous pouvions découvrir le moindre interstice; aussi fûmes-nous dans la nécessité de pratiquer à travers cette haie des jours en forme de meurtrières, afin que nos sentinelles pussent promener leurs regards aux alentours de notre citadelle.

Les cabanes que nous avions élevées n'occupaient que les deux tiers de la circonférence de l'enclos, ce qui fit que pour le quart d'heure nous permîmes à

nos cochons et à notre volaille, espèces d'animaux qui
abondaient dans cette île, d'occuper les appentis
construits dans la partie vacante.

Cependant nous n'avions pas encore d'endroit couvert où nous pussions nous assembler le jour, si bien
que quand un orage survenait nous étions obligés de
courir chacun à notre logement et d'y rêver en silence. C'est pourquoi Prout dressa le plan d'un bâtiment central, ressemblant beaucoup, quant à la forme
et à la structure, à nos petites cabanes, mais les sur-
passant beaucoup en étendue et en hauteur. A cet
effet, nous plantâmes au milieu de notre parc une
perche d'environ vingt pieds d'élévation, et nous traçâmes autour d'elle un cercle d'environ autant de
pieds de diamètre. Nous enfonçâmes dans ce cercle
de forts pieux, comme nous avions fait pour la palissade, lesquels pieux s'élevaient de terre d'environ
cinq pieds. Ils étaient à une distance de trois pieds
les uns des autres et se trouvaient réunis au sommet
par ce que les architectes appellent une poutre à assiette, qui, à la vérité, se composait d'autant de pièces
qu'il y avait de pieux, mais qui étaient très-fortement
clouées ensemble au sommet de chacun d'eux.

Il s'agissait maintenant de trouver des soliveaux
longs et droits au nombre de soixante-douze qui de
la poutre horizontale devaient presque gagner le sommet de la perche centrale. Ce fut une rude et longue
tâche. Nous fîmes de lointaines excursions pour cela,
et nous nous trouvâmes bien des fois dans l'embar-

ras. Il nous fallut six mois, je crois, avant d'avoir
pu nous procurer ce bois de charpente en quantité
suffisante, et il se passa un mois ou deux avant qu'il
ne fût placé; car, de temps en temps, nos forces et
notre habileté se trouvaient en défaut en face du
poids et de la rugosité des soliveaux.

Nous poussâmes trois *vivat* de bon cœur, je me
le rappelle, quand nous fixâmes le dernier à sa place,
et nous nous postâmes bien au delà des limites de
notre enclos pour juger de la figure que faisait notre
édifice. De loin, il ressemblait à une grande araignée,
voilà tout! dont les pattes cependant étaient hors de
vue. Nous fîmes projeter les extrémités des perches
d'un pied ou deux, pour qu'elles pussent vider à une
certaine distance toute l'eau qui pleuverait sur elles
quand nous aurions posé un toit; et nous étant convaincus que le tout était ferme et solide, nous procédâmes au placement des lattes. Le nombre de bâtons
droits qu'il nous fallut trouver pour cette besogne
excéda de beaucoup nos calculs, mais nous obtînmes
enfin la quantité nécessaire.

Et ensuite nous eûmes, en vérité! besoin de faire
appel à toute notre énergie, à notre habileté et à notre
persévérance pour mettre le chaume. Plus d'un pauvre
garçon en grimpant sur cet échafaudage avec son faisceau de roseaux sous le bras, glissa à travers les lattes
et éprouva une dure secousse sur le sein de notre mère
nourrice à tous, la terre, qui cependant ne manqua pas
de l'accueillir et de le recevoir. Je m'étonne que nous

n'eûmes ni membres ni têtes cassés. Pour des blessures et des écorchures, nous en récoltâmes en veux-
tu, en voilà ; mais nous étions déterminés à conduire
à fin notre *hôtel-de-ville*, et conséquemment, les
choses étant ainsi, plaies et bosses, balafres et égratignures ne devaient être que de petites douceurs qu'il
nous fallait accepter à tout prix.

Nous eûmes ainsi un grand toit, de forme conique,
couvert de chaume, surmonté d'un pinacle de bois,
sur lequel nous fixâmes une girouette ; il ne nous restait plus maintenant que les poteaux, distancés d'un
mètre, sur lesquels tout l'édifice reposait. La première question était de savoir comment remplir les
espaces entre eux, de manière à former une muraille
continue. Voici notre méthode : elle est telle que celle
dont pourraient se servir les ouvriers les plus malhabiles, quand tous les matériaux leur manquent, si
l'on en excepte de petits pieux, des clous et de la
paille. Nous coupâmes les premiers en les réduisant
à un mètre de longueur, et les clouâmes horizontalement, de pieu en pieu, à l'extérieur, à une distance
d'environ un pied des bords du toit ; quand nous
eûmes ainsi terminé une rangée circulaire, nous en
recommençâmes une autre au-dessous et à la même
distance, et nous continuâmes ainsi jusqu'à terre.
Nous procédâmes de la même façon à l'intérieur,
ayant toujours soin que les tringles intérieures fissent
exactement face à celles placées à l'extérieur, mais en
laissant toujours un pouce ou deux de l'une à l'autre.

Nous nous procurâmes alors des roseaux et de la paille le mieux séchés que nous pûmes trouver, et nous les agençâmes avec soin, en faisceaux minces et convenables, que nous plaçâmes côte à côte. Nous fîmes ainsi un tissu aussi compacte que possible, en ayant soin de le racler pour le rendre uni, et bientôt notre persévérance fut récompensée par une clôture plate et solide de roseaux ou muraille, si serrée en vérité, que quand notre travail arriva sur la fin nous nous trouvâmes dans une obscurité presque complète en voulant pénétrer dans l'intérieur du bâtiment. Nous avions tous oublié, Prout comme les autres, de laisser des ouvertures pour les fenêtres!

Nous eûmes donc l'amusement d'enlever les roseaux et les tringles de bois de dix-huit espaces entre les piliers, pratiquant ainsi une fenêtre à chaque quatrième côté de notre édifice polygone. Vous n'ignorez pas que nous manquions de verre; mais, ainsi que je l'ai déjà dit, nous avions beaucoup de toile blanche mais grossière; nous en fîmes des espèces de rideaux que nous attachâmes assez coquettement à ces croisées; sans doute nous ne pouvions voir à travers, mais nous nous arrangeâmes de manière à les faire ouvrir, et de là nous avions toujours en perspective notre clôture qui bornait la vue. Quant à la porte, nous la fîmes du mieux qu'il nous fut possible, avec des planches de caisses. Il s'en fallait que ce fût un chef-d'œuvre.

Il y avait maintenant dans ce clos circulaire de

soixante-dix pieds de diamètre : 1° un sentier d'environ trois pieds de largeur, qui s'étendait tout autour ; 2° nos cabanes, qui occupaient un autre espace circulaire de six pieds de diamètre ; 3° un autre espace assez grand pour nous servir à différents exercices et aux jeux ; 4° et enfin, au centre, notre salle publique, de vingt pieds de diamètre, comme je l'ai déjà dit. Nous n'osâmes pas retirer le pilier du milieu ; nous le laissâmes donc et nous construisîmes autour de lui une table avec des bancs à notre usage, pour quand nous serons là rassemblés.

Mais, de cheminée, rien n'a été dit. Il faut observer que la chaleur nous était rarement nécessaire ; car, au contraire, ceux qui, à tour de rôle, remplissaient les fonctions de cuisiniers, se plaignaient en général que la chaleur était étouffante. De plus, nous manquions complétement, pour la construction d'une cheminée, de matériaux qui ne deviendraient pas eux-mêmes matière inflammable et ne brûleraient pas. Tout notre édifice était de bois et de paille, et nous ne pouvions pas y apporter sans danger du feu, pas même dans l'enceinte, sauf des chandelles, dont il ne nous restait qu'une très-faible quantité et dont la lumière nous était rarement nécessaire. Nous étions, en conséquence, forcés de faire la cuisine en dehors de l'enceinte, comme autrefois. Nous avions pour cela creusé, à la distance de quelques pas de tous nos bâtiments, un trou en terre, où nous jetions du bois de chauffage autant qu'il en pouvait contenir.

Cette masse de combustible brûlait rapidement et formait un tas énorme de braise, au-dessus de laquelle nous mettions nos chaudières à trois pieds, conduisant de front, quand bon nous semblait, la *grande affaire du rôti et du bouilli.*

Et maintenant, deux mots au sujet de notre dôme rustique, qui formait notre hôtel-de-ville, comme nous résolûmes de l'appeler. D'abord nous y prenions nos repas, et cela avec tout le confortable et le décorum de rigueur, mettant le couvert et ne mangeant plus comme des sauvages et des brutes, mais dînant comme des jeunes gens bien élevés, si vous voulez bien nous permettre de nous réapproprier ce titre depuis si long-temps perdu. Ces usages renouvelés de la vie domestique nous étaient du plus grand avantage. Nous redevînmes civilisés dans nos manières, nous nous adressions la parole les uns aux autres avec politesse, employant un langage convenable dans nos conversations. En un mot, notre esprit reprit toute sa vigueur, et nous commençâmes à trouver de l'intérêt dans la considération d'autres objets que les besoins du corps.

Oh! c'est une chose désespérante que de se voir l'égal des brutes (au moins celles-là ne sont-elles pas cause de leur vie végétative ou de leur voracité instinctive et *fatale,* comme bêtes de proie!). Manger, boire, dormir, mener une existence inutile, n'est-ce pas faire de soi-même des machines d'une espèce que nul ouvrier n'aurait pu songer à construire?—comme une horloge sans cadran ou sans aiguilles, — un moulin sans meules, — un navire sans équipage ou cargaison, les voiles roulées et tombant en lambeaux, à l'ancre ou dans le port. Le plus grand malheur qui résulte des périls naissants et des privations continuelles, c'est que cet état de choses force l'esprit à concentrer et épuiser toute son énergie, toutes ses ressources, sur des matières pour lesquelles, dans les circonstances ordinaires, l'intelligence d'un singe ou d'un veau suffit ; je veux parler des besoins du corps. Or, si cette misérable condition de l'individu augmente et dure, l'esprit se laisse complétement abattre ; il tombe dans la dégradation et se traîne comme un ver, qui trouve son bonheur à chercher et à trouver sa nourriture et son abri même dans la fange.

Il fut un moment où il sembla que la terrible calamité qui pesait sur nous avait presque anéanti les meilleures facultés intellectuelles et morales de plusieurs de nos compagnons. En effet, il n'existait plus en eux assez de sens ou d'instinct pour rien dire de raisonnable et les rendre capables de s'entretenir et se nourrir même comme les brutes. — Nous étions douze qui avions pu pourvoir à notre nourriture et à notre demeure, c'est vrai, mais je doute fort que nous y fussions parvenus, si nous n'avions pas été stimulés, poussés par un esprit d'une vigueur peu ordinaire ; et nonobstant cela, il y avait déjà plusieurs mois que nous aurions mené la vie sauvage (et nous aurions probablement succombé en dernier lieu), si nous n'avions pas trouvé fort à propos, dans la caverne, les moyens de nous livrer à un genre d'occupations en rapport avec le monde civilisé.

. Somme toute, le principal bienfait que nous retirâmes de notre salle commune fut l'occasion qu'elle nous donna d'observer les devoirs du dimanche, auxquels cependant, je le crains bien, nous n'aurions jamais pensé, sans celui qui, dans toutes choses, était notre guide et notre exemple. Ce que je sais, c'est que notre santé, nos forces et notre prospérité croissaient tous les jours, depuis que nous vivions en bons chrétiens. Nous espérions toujours que les dix aventuriers qui s'étaient séparés de nous nous rejoindraient un jour et pourraient partager avec nous ces avantages.

CHAPITRE X.

Un mot, maintenant, sur notre ferme et notre jardin. Le blé que nous avions semé n'était protégé ni par haies ni par clôtures ; nous l'avions mis, outre cela, dans une terre fort mal remuée, aussi la récolte fut-elle à peine équivalente à la semaille. Le brin qui poussait était exposé aux attaques des troupeaux qui traversaient les plaines ; quant au peu d'épis qui vinrent à maturité, messieurs les oiseaux jetaient souvent sur eux leur dévolu pour leur déjeûner. Il nous fallait travailler encore, c'était évident. Il fallait braver de nouvelles fatigues, et enclore notre champ, comme nous avions déjà fait pour notre ville, planter alentour des pieux ou palissades, et entreprendre ensuite de le bêcher, en considérant cette affaire comme un travail d'où dépendait probablement notre subsistance.

Notre maladresse première nous avait servi à quelque chose ; nous savions mieux à quoi nous en tenir sur les saisons. Grâce aux trésors précieux que nous avions découverts, les outils d'agriculture et de jardinage ne manquaient pas. De ceux-ci, cependant, les seuls dont nous pussions faire usage étaient des bêches et des râteaux. Toutefois, cela nous suffit; nous nous mîmes à l'œuvre avec ardeur, et nous nous trouvâmes avoir bêché assez convenablement un grand espace de terrain, avant que le temps des semailles fût arrivé. Celles-ci faites, nous les entourâmes de pieux et de barrières; nous creusâmes ensuite un fossé dont nous élevâmes les bords en forme de parapet, et qui fut dû à notre persévérance sinon à notre habileté dans la science rustique. Grâce à des efforts inouïs, nous réussîmes à terminer notre clôture avant que la récolte poussât.

Parmi les gros meubles ou ustensiles de la caverne, était une machine dont nous restâmes long-temps sans pouvoir deviner l'usage; mais lorsqu'il nous fut connu, notre désir d'obtenir une bonne moisson s'accrut merveilleusement. C'était un moulin à blé à bras. Ce qui nous en fit découvrir l'usage, furent quelques restes de farine qui s'y trouvaient encore. Pour le moment, cependant, nous n'avions pas la moindre poignée de blé pour éprouver ce dont il était capable, ou notre talent dans l'art du pâtissier ou du boulanger. Je suis convaincu qu'un sac de son eût été dévoré par nous, à cette heure, avec avidité, pour le peu qu'il eût été changé en pâte ou cuit en bouillie.

Ce qui, après la ferme, attira notre attention, fut la construction d'un jardin, pour lequel nous préparâmes un espace de terrain, près de notre village,

Nous y transportâmes quelques arbrisseaux ou arbres que nous transplantâmes du jardin qu'avaient occupé nos prédécesseurs. Mais les arbres ne profitèrent pas de ce changement ; c'est à peine s'ils y survécurent, à l'exception toutefois des vignes et d'une espèce de poires aigres ; mais les semences de pois, de fèves et autres légumes de jardin, nous récompensèrent largement de nos peines et remplacèrent le pain pour manger avec notre viande. Nous visitions rarement l'endroit où les premiers occupants de l'île étaient, nous le savions, ensevelis sous le rocher qui les avait autrefois abrités.

Il y avait environ un mois que nous n'y étions allés, quand un beau matin nous nous y rendîmes pour cueillir de l'herbe. Nous errions ainsi à l'aventure depuis quelques instants, quand l'un de nous tomba en heurtant un objet quelconque caché parmi les plantes sauvages. Tout aussitôt un faible cri attira notre attention. — Nous fîmes immédiatement une conjecture qui fut vérifiée. — Ici se trouvaient deux de nos compagnons perdus !

Nous les reconnûmes pour tels, à cause des vêtements qui les couvraient, vêtements dont nous n'avions pas oublié la forme, étant ceux qu'ils portaient au moment où ils nous avaient quittés ; mais tel était l'état affreux d'amaigrissement dans lequel ils nous apparurent, qu'il nous eût été presque impossible de les reconnaître à leur visage. Ils étaient bien trop exténués pour remarquer notre présence ou proférer d'autres sons que des gémissements si faibles qu'à peine pouvions-nous les entendre. C'étaient Moseby et Johnson. Pauvres garçons! la misère avait dit avec eux son dernier mot. Noircis, difformes, usés par le besoin et la souffrance, on ne peut pas dire que leurs visages ressemblaient à ceux des morts, mais bien à des faces de cadavres depuis long-temps déjà renfermés dans la tombe. Nous les tirâmes de leur tanière, mais nous essayâmes en vain de les mettre sur leurs pieds. Nous fîmes donc une litière avec des rameaux entrelacés, et nous les portâmes sans délai à notre demeure.

Faibles et frêles que nous sommes au sein du bien-être, c'est une chose merveilleuse combien dure est l'étincelle de la vie dans un corps accablé par toutes les calamités, et privé de nourriture et d'abri! L'herbe avait poussé à travers les cheveux de ces infortunés, et les vers les avaient presque réclamés comme leur proie! Nous fîmes à la hâte des lits dans la maison centrale; nous leur ôtâmes leurs habits sales et dé-goûtants, et leur administrâmes des cordiaux, qui nous étaient abondamment fournis par la caverne aux munitions.

Nous cumulions maintenant les fonctions de mé-decins, de fournisseurs de vivres et de domestiques à tout faire. Ah! c'était pour nous une douce occu-pation, une occupation qui nous remplissait de joie, nous délassait de toutes nos fatigues, que celle de pourvoir aux besoins de nos amis! Jusqu'ici notre premier objet avait été de veiller à nos propres besoins ; maintenant nous les négligions. N'avions-nous pas là des individus, des camarades plus à plaindre que nous ? Nous avions oublié toutes leurs fautes ; leur détresse, le danger que courait leur vie les avaient effacées ! Que n'aurions-nous pas donné pour leur conserver l'existence ! S'ils allaient mourir ! — C'était pour nous une inquiétude poignante, une crainte qui ne nous quittait pas. L'excès du bien même est un mal ; nous faillîmes les tuer en voulant les soulager trop efficacement ; le pauvre Moseby, surtout, fut presque étouffé par le vin que l'un de nous lui versa dans la bouche et qu'il ne put pas tout avaler. L'œil rapide de Prout vit tout de suite le mal ; en un tour de main il le souleva, et le moribond se trouva soulagé. Il s'en fallait toutefois que nous fussions complétement rassurés, car il tomba dans un sommeil si profond durant plusieurs heures que nous tremblions qu'il ne se réveillât pas et s'en allât ainsi tout doucement dans l'autre monde. Johnson avait, lui, avalé convenablement le vin qui lui avait été administré, et pendant tout un jour et toute une nuit il se roula en délire sur sa couche.

La nature, et non les médecins dans cette conjoncture comme en bien d'autres, eut le mérite de leur guérison. En dépit de nos potions étouffantes, les pauvres garçons vécurent et peu à peu récupérèrent leurs forces et la mémoire. Ils appelaient constamment leurs amis, les conjurant de venir écouter

le récit de leurs horribles rêves; mais enfin ces aber-
rations d'esprit cessèrent, et ils regardèrent autour
d'eux en silence et avec étonnement. Leur chambre
à coucher était certes remarquable, avec son toit
creusé en entonnoir, ses murailles circulaires de
paille et les dix-huit blanches fenêtres qui l'entouraient. Ils nous reconnurent enfin, et purent comprendre leur position; ils virent qu'ils venaient, pour
ainsi dire, de passer de la mort à la vie; mais nous eûmes toutes les peines du monde à leur persuader que
c'était nous qui avions construit le bâtiment dans lequel
ils se trouvaient. Nous les aidâmes à sortir quand leurs
jambes le leur permirent, et leur montrâmes notre
rangée de cabanes et les lits confortables qu'elles contenaient. Nous leur indiquâmes aussi les endroits ré-
servés pour eux et les autres dans le cas où nous
parviendrions à les rejoindre, et nous promîmes de
bâtir leurs cabanes s'ils consentaient à rester; les
pauvres garçons avaient laissé, je pense, toutes leurs
contrariétés et leur mécontentement derrière eux; ils
nous considéraient comme leurs sauveurs et leurs
protecteurs, et ce fut avec des larmes de reconnaissance dans les yeux qu'ils nous remercièrent, pro-
mettant de faire tout ce que nous leur dirions.

Nous nous aperçûmes qu'ils avaient éprouvé une
grande souffrance de corps et d'esprit depuis qu'ils
nous avaient quittés, souffrances dont le souvenir les
faisait frémir, et nous fûmes long-temps avant de leur
proposer de nous raconter leurs aventures. Enfin

Prout leur demanda s'ils regrettaient de s'être séparés de nous ?

— O Prout, répondit Moseby en se couvrant la figure de ses mains, ç'a été pour nous une chose terrible !

— Qu'est-ce qui a été terrible ? Où avez-vous été, et où sont Dolman, Jermyn et Moody ?

— O Moseby, est-ce que vous allez le dire maintenant ? s'écria Johnson en se cachant la figure entre ses bras sur la table.

— Je préfère attendre jusqu'à demain matin, répondit Moseby ; je suis ce soir si triste, et mon cœur est plein de si noires pensées !

Nous attendîmes presque un mois avant que la vérité fût dévoilée.

— Vous ne les reverrez jamais, dit enfin Moseby. Vous rappelez-vous la grande caverne, avec son gouffre plein d'eau dans le fond ?

— Oui, oui ! O mon Dieu ! Eh bien ! quoi donc ?

— Cet endroit est un grand temple des sauvages qui vivent dans une autre île, bien loin d'ici, sur la mer ; ils ont des plumes passées dans le nez, les joues fendues si profondément qu'on peut voir le jour à travers ces trous. Ils portent autour de leur cou des colliers faits avec les dents des morts ; des mâchoires pendent sur leur estomac, et ils boivent du sang dans des crânes.

— Maintenant, Moseby, finissez, je vous prie.

— Ce que je vous dis est vrai, John Rouse, et il

est bon que vous le sachiez tous, ou vous pourrez tous être traités de même.

— De même que qui?

— De même que Dolman, Jermyn et Moody. Il existe une autre route qui conduit à ce terrible endroit, toute différente de celle que nous découvrîmes, et il y a dans le rocher une grande cavité dans laquelle ils pénètrent, et qui est aussi noire qu'une cheminée pleine de suie. C'est là que les sauvages font leur feu.

— Ah! dit Prout, sans doute ils y rôtissent les gens et les mangent; j'ai souvent entendu parler des cannibales. O Moseby, est-ce qu'ils ont ainsi massacré et dévoré ces pauvres garçons?

— Non, répliqua Moseby, je ne crois pas que ce soient des cannibales; mais quand ils ont perdu une bataille et qu'ils désirent se rendre leurs dieux favorables, ils viennent laisser tomber quelque pauvre malheureux dans cet abîme, et lorsqu'ils entendent le bruit de l'eau, ils se mettent à pousser un éclat de rire semblable à celui qui nous a épouvantés; mais ils semblent craindre leurs dieux par-dessus tout.

— Et les avez-vous vus traiter ainsi nos infortunés compagnons? demanda Prout, se dressant tout à coup sur ses pieds, l'œil et les joues en feu.

— C'est inutile, Prout, vous ne pouvez pas l'empêcher, fit observer Moseby; je n'ai pas vu tomber nos amis dans le gouffre, mais je les ai vu emmener de force à travers une fente du rocher; les sauvages

leur serraient la gorge avec leurs mains pour les empêcher de crier, tandis que nous demeurions liés,
prêts à subir un sort pareil.

— Et qui vous a sauvés? Oh! qui vous a sauvés?

— Les flibustiers qui débarquèrent au moment
même, venant chercher des tortues et faire de l'eau
et qui virent les sauvages ; ils connaissaient, je m'i-
magine, leur dessein, car quelques-uns d'entre eux
ont péri de cette manière ; ils gravirent alors les rochers, leurs longs fusils à la main ; aussitôt que les
sauvages les aperçurent, ils coururent au rivage avec
tant de précipitation qu'ils se jetèrent presque dans
la mer. Cependant les flibustiers firent feu ; ils en
tuèrent quatorze et firent trois prisonniers qu'ils em-
menèrent à la caverne pour les jeter dans le même
gouffre ; c'est alors qu'ils nous virent. Quand ils se
furent ainsi débarrassés de ces pauvres diables, et
cela ne prit pas grand temps, car ils revinrent aussitôt
en poussant des éclats de rire, ils se mirent à nous
considérer, et nous demandèrent en français et en
anglais qui nous étions. Nous le leur dîmes, aussi
bien que notre terreur nous permit de le faire ; mais
ils semblèrent ne pas nous croire, bien que l'un d'entre eux déclarât avoir entendu parler d'une histoire
de la sorte. Ils détachèrent nos liens, et nous con-
seillèrent d'éviter à l'avenir les sauvages. L'un de ces
flibustiers nous en dit beaucoup sur leurs coutumes
et sur leur manière d'apaiser leurs dieux. Nous les
suppliâmes de nous emmener avec eux ; mais ils ré-

pondirent qu'ils n'avaient pas le temps ; puis ils chargèrent leurs fusils et rentrèrent immédiatement dans leurs chaloupes. Nous les suivîmes des yeux jusqu'à ce qu'ils fussent hors de vue ; et la marée s'élevant emporta les corps morts. Nous nous traînâmes alors çà et là, je ne sais pas où, et succombant enfin nous nous endormîmes. Dormions-nous lorsque vous nous avez rencontrés ? Oui, je crois. O Prout ! voyons, n'est-ce pas terrible ?

Prout réfléchissait profondément et ne fit pour le moment aucune réponse.

— Oui, c'est terrible, reprit-il enfin, oui, et il faut veiller sur nous plus que jamais. Quelques-uns des sauvages ont-ils échappé ?

— Oh ! j'ai oublié cela, répondit Moseby, cinq ou six d'entre eux se sauvèrent dans leurs petites pirogues blanches ; mais les flibustiers nous dirent que nous n'aurions de long-temps rien à craindre de leur part. Ce sont des poltrons que les sauvages, s'écriaient-ils, ils ont une peur horrible des fusils.

— Dieu soit loué, dit Prout, nous pouvons les effrayer alors. Je commence maintenant à croire que nous n'entendions pas que des échos sous la voûte ; vous souvenez-vous de l'espèce de ricanement qui nous frappa et des voix aussi ?

— Oh ! oui, certes nous nous en souvenons, répliquèrent plusieurs d'entre nous tous à la fois. O la maudite montagne creuse ! je voudrais ne l'avoir jamais vue.

— La montagne est innocente de ces atrocités, dit Prout, il ne faut s'en prendre qu'aux créatures horribles qui la souillent. Je crains bien que nos autres malheureux camarades n'aient aussi péri. Moseby, les flibustiers ont-ils dit qu'ils reviendraient?

— Pas d'ici sept ans peut-être; c'est tout à fait hors de leur route, et ils prétendent qu'on chercherait vainement un vaisseau dans ces eaux, et que nous pourrions user nos yeux avant de découvrir une voile.

— Ils savaient donc bien où ils nous mettaient, fis-je observer, quand ils nous ont débarqués dans cette île; ils nous savaient là hors de leur route, et presque hors du monde. Toutefois nous leur devons de la reconnaissance tant que nous vivrons, pour s'être donné cette peine en notre faveur, au lieu de nous avoir jetés à la mer.

— Ou dans ce gouffre terrible, ajouta Prout. Je pense que nous devrions lui rendre une visite pour voir si nos pauvres camarades sont morts ou vivants.

Ces paroles furent accueillies par un frémissement général. Tous se serrèrent convulsivement les uns contre les autres, et plus d'une langue se délia pour dire qu'ils ne le pouvaient pas.

— Qu'est-ce que vous ne pouvez pas? répliqua Prout.

— Aller à la caverne chercher quoi que ce soit.

— Eh bien! moi, je vais vous dire *ce que* je ne puis pas; je ne puis pas m'endormir sans savoir si mes compagnons sont morts ou vivants. Moseby et Johnson, avez-vous vu jeter ces garçons dans le gouffre? L'avez-vous vu, Johnson? l'avez-vous vu, Moseby?

— Non, mais nous les avons vu emmener de force presque étranglés. Prout, nous ne pouvons, en vérité, pas y aller! s'écrièrent les deux enfants, en se cachant toujours le visage avec leurs mains.

— Je le sais, répondit Prout avec bienveillance; *vous*, sans doute, vous avez eu assez de l'endroit; mais vous, venez donc, ajouta-t-il en s'adressant à nous; *trois de vous* veulent-ils m'accompagner aux rochers? sinon Prout ira seul.

Les sentiments qui s'agitaient au fond de son cœur se trahissaient par la vive coloration de son visage; ses lèvres respiraient le mépris qu'excitait en lui le silence que nous firent garder un moment notre timidité et notre hésitation.

— Alors Prout ira *seul!* répéta-t-il en bondissant sur ses pieds; et son œil étincelait d'indignation. Puis d'un ton lent, et qui laissait à peine percer l'émotion dont il était agité, il ajouta : — Si vous ne me revoyez plus, ne vous en mettez pas en peine, je....

Une demi-douzaine d'entre nous étaient déjà à ses côtés; les six autres se levèrent aussi, mais ils flageolaient sur leurs jambes.

— Nous ne pouvons pas *tous* y aller, dit Prout, anticipant sur leur excuse. Restez, vous, pour veiller sur les deux malades; restez derrière les retran-

chements et gardez les portes fermées ; beaucoup de
bons soldats font de même.

Puis se retournant vers nous et nous regardant avec
un sourire tant soit peu ironique, il nous conduisit à
l'endroit qu'il jugea le plus convenable de visiter en
premier lieu : c'était la caverne des marins, qui ne
se trouvait éloignée que d'une heure de promenade.

Chemin faisant, il nous dit :

— Je ne trouve pas étonnant que ces garçons re-
doutent une pareille commission qui ne nous plaît
guère à nous-mêmes. Nous préférerions tous combattre en plein jour pour défendre notre existence,
plutôt que de tâtonner dans une sombre voûte pour
tâcher de découvrir, au milieu de l'obscurité, des
corps morts ou vivants ; mais il vaut mieux faire cela
cependant et courir tous les risques, que d'avoir à
nous éveiller la nuit, rêvant que nos camarades nous
appellent à leur aide et que nous refusons de leur
répondre. Selwyn, j'aimerais mieux être boiteux
comme le pauvre Phylipp Aymler, pour saisir au
moins avec mes dents, que d'être un poltron, que
de ressentir les coupables angoisses du misérable et
lâche égoïste qui permet au danger de le faire dévier
de son devoir.

— Ce que vous dites là est fort bien, Nathan
Prout, dit John Rouse, mais où nous faudra-t-il
sauter quand nous serons arrivés sur le bord de
l'abîme ? Combien de temps nous faudra-t-il pour
gagner le fond ? Aurons-nous au moins des chan-

delles à la main pour nous éclairer pendant notre
vol en bas, afin de bien voir notre route vers l'eau !

— Nathan Prout ne vous accompagnera pas si vous
êtes résolu de faire ce saut, répondit-il, ce ne serait
pas courage, mais folie. Écoutez bien maintenant
comment je comprends notre tâche. De tout ce que
je puis conclure du récit de Moseby, il résulte que
les sauvages furent interrompus avant d'avoir pu
achever leur sacrifice, que les flibustiers prétendent
être précédé et accompagné d'une certaine cérémonie. Nos compagnons peuvent donc être sur le
bord du gouffre, morts, ou peut-être *pas encore
tout à fait* morts : ainsi pénétrons dans la caverne,
par le chemin qui nous l'a d'abord fait découvrir, en
nous munissant d'autant de chandelles que nous en
pourrons trouver. Une fois là, arrêtons-nous, écou-
tons, et retenons bien notre haleine afin d'entendre
la leur si c'est possible ; si même nous n'entendons
rien, il n'en faudra pas conclure que tout est fini ;
mais si nous entendons un cri, cela nous guidera
quant à la direction à suivre.

Notre sang ne laissa pas que de couler moins vite
et de se glacer dans nos veines quand nous arrivâmes
près de l'ouverture du rocher ; et nos cheveux, les
miens au moins, autant que je sache, se hérissèrent
sur nos têtes quand nous débarrâmes la porte long-
temps fermée avec laquelle nous avions clos notre
magasin. Les munitions fouillées, les tonnes et les
coffres vides étaient où nous les avions laissés ; là

aussi étaient les caisses d'armes et les barils de poudre et de plomb auxquels nous n'avions pas encore
touché. Nous nous procurâmes bientôt une lumière,
et nous trouvâmes assez de chandelles pour que chacun eût la sienne, et même quelques autres de surcroît en cas de besoin. Qu'on pût communiquer avec
cette caverne par quelques passages situés dans une
direction opposée répondant à des ouvertures donnant en dehors, c'est ce dont nous fûmes appelés à
juger par une subite bouffée d'air qui éteignit subitement, et en un clin d'œil, nos lumières, et fut cause
que la porte, que nous avions laissée derrière nous,
se ferma. Nous fûmes plongés dans une obscurité profonde, et la froide bouffée passa avec un sifflement
étrange. Nous nous serrâmes les uns contre les autres, prêts à succomber à notre terreur. Un seul, dont
vous pouvez deviner le nom, eut assez de bon sens
pour retrouver l'entrée et ouvrir la porte. Avec le
jour nous recouvrâmes nos esprits, et Prout, ayant
étayé la porte de manière à ce qu'elle restât ouverte,
fit la remarque que c'était une porte beaucoup plus
obligeante que celle qui s'était jadis fermée sur nous.

Nous rallumâmes nos lumières, qui à mesure que
nous avancions trémoussaient dans nos mains. Le
double son de nos pas nous rappela que nous approchions de la grande salle voûtée de la montagne.
Elle étincelait devant nous. Nous lançâmes quelques
pierres dans l'abîme et retînmes notre haleine tandis
qu'elles descendaient. Nous n'entendîmes rien ; au-

cun bruit n'annonça leur arrivée dans l'eau, qui au
milieu d'une épaisse obscurité poursuivait sa route à
travers les fondations profondes de ce vaste amas de
rochers caverneux.

— Et maintenant, Prout, que devons-nous faire?
demandâmes-nous avec des sifflements d'impatience.

— Attendez! attendez! Écoutez! écoutez! disait-il.

Nous obéîmes, et la légère brise qui balayait les
parois rocailleuses et le dôme étincelant parut aussi
retenir son haleine. Nous écoutions le nez en l'air,
la bouche béante : rien. Le vent semblait éteint et
nous pûmes entendre comme le faible murmure d'un
courant d'eau au fond du gouffre. Nous reprîmes
courage, et unissant nos voix nous appelâmes, de
toute la force de nos poumons, trois fois par leurs
noms, nos compagnons absents. Les sons produits
par nos cris bourdonnaient étrangement dans nos
oreilles; les intonations graves répondaient aux intonations graves, et les mots que nous avions prononcés finirent par s'éteindre en des espèces de chuchotements; puis un silence profond s'établit, que
rien ne troublait, sauf un léger gémissement, sourd
et saccadé, que nous crûmes encore pouvoir être un
des fantastiques murmures du vent; mais tout à coup
un plongeon, qui fit résonner les échos de l'abîme
comme un tonnerre, se fit entendre au loin dans l'eau,
et bientôt après lui succéda un petit cri aigu semblable au ricanement d'un individu qui respire avec
effort.

En beaucoup moins de temps qu'il n'en faut d'ordinaire à des gens qui retournent sur leurs pas par un sentier obscur et raboteux, nous nous trouvâmes hors de ces cavernes, humant avec des aspirations profondes l'air frais, tandis que nos yeux savouraient la lumière d'un jour resplendissant.

Quand nous eûmes retrouvé la voix : Les sauvages! les sauvages! tels furent presque les seuls mots que nous pûmes articuler. Oh! n'avez-vous pas entendu leur rire terrible?

— Cela n'était par le rire d'un sauvage ni d'un homme, fit observer Prout, c'était la voix de Jermyn! J'en suis aussi sûr que si j'avais été avec lui. N'avez-vous pas entendu son cri à la fin?

— Eh bien! Prout, s'il peut *rire,* nous pouvons certes le laisser seul, dit Rouse.

— Mais que pensez-vous du plongeon, M. Rouse?

— C'est un fragment de rocher, j'ose le dire ; il y en a qui roulent continuellement ; ça doit être vivant, je pense.

— Prout! Prout! allons-nous-en! Oh! la maudite montagne avec ses cavernes! Allons-nous-en! Allons-nous-en!

Ces exclamations partaient de plusieurs bouches.

— Mais pourquoi devons-nous interrompre ses rires? reprit en insistant Rouse. Peut-être nous regardait-il avec nos chandelles à la main, bâillant aux corneilles et ne voyant rien. S'il rit, c'est qu'il y a quelque chose qui le rend gai.

— J'ai entendu rire des gens que la terreur avait rendus fous, répliqua Prout. Je vais faire une excursion autour des rochers avant souper.

Nous n'osâmes pas affronter une seconde fois la censure de son regard, et nous suivîmes, le mieux que nous pûmes, son pas rapide. Il semblait avoir l'instinct de la direction qu'il fallait prendre pour arriver au but de ses recherches. Nous fîmes le tour du rocher, et au bout d'une demi-heure nous parvînmes à un angle des rochers, en face de la mer. L'entrée de la sombre caverne était maintenant devant nous. Prout y entra, nous le suivîmes. Il leva le doigt et nous retînmes notre haleine. Point de hurlements de sauvages ; mais les sinuosités du rocher nous apportaient clairement le faible rire étouffé, accompagné d'une sorte de babil annonçant l'imbécillité.

La prévoyance de notre chef avait pourvu aux moyens de nous procurer de la lumière ; nous traînant alors sur les mains et sur les genoux dans la direction des sons, nous gagnâmes une salle intérieure du labyrinthe. Des stalactites pendaient de tous les coins de la grotte et reflétaient la lumière ; mais leur éclat ne brilla pas plus tôt, qu'un cri sauvage, mais faible, retentit, et fut suivi d'un rire aussi faible et sauvage ; en même temps nous crûmes apercevoir les mouvements d'un objet grisâtre sur une saillie de rocher, qui pour la plupart d'entre nous était invisible.

— Le voilà! dit Prout; c'est Jermyn! — Jermyn, est-ce vous?

— Oui, oui, ma mère; je descends bien vite les escaliers!

O mes chers lecteurs, l'auriez-vous pensé? nous entendîmes le bruit de quelqu'un qui grimpe, une chute, un cri, un plongeon, et tout fut fini!

Nous pûmes distinguer le clapotement de l'eau rejaillissant de tous côtés, retombant goutte à goutte dans le gouffre tranquille avec un son plaintif. On aurait dit que le rocher trouvait des larmes pour les malheurs des jeunes insulaires.

Il n'y avait plus de doute que les pauvres garçons, délivrés par les flibustiers, avaient, dans les angoisses de leur épouvante, pris le mauvais chemin, s'enfuyant dans les retraites des rochers; et que là, renfermés dans ces labyrinthes comme dans une prison, ils avaient perdu la raison et avaient péri misérablement dans le précipice.

Nous fûmes bien long-temps avant de nous remettre de ce nouveau choc; le nom seul de la caverne des marins et la pensée des terribles voûtes qui existaient au delà nous glaçaient d'horreur. Je n'ai jamais vu Prout aussi abattu qu'il le fut durant plusieurs mois. Son affliction prit même une tournure si sérieuse qu'il devint bientôt de notre devoir de combattre la mélancolie qui le minait. Tout languit tant que dura cette crise, et ce fut, je vous assure, une bien triste époque, une époque mémo-

rable de nos aventures, que celle-là : aussi son souvenir excite-t-il toujours en moi une douleur toute
particulière.

De nombreuses semaines ne s'écoulèrent pas avant
d'acquérir une preuve évidente de la commodité et
de l'imperfection tout à la fois des toits d'herbes que
nous avions construits. La première ondée arriva, je
me le rappelle bien, tandis que nous étions en train
de prendre notre repas du midi. Notre jubilation fut
grande de nous trouver assis, la tête et les épaules
sèches, regardant l'eau qui coulait des abords autour
de notre pavillon si bien garni de fenêtres. Mais si
de ce côté notre satisfaction était vive, elle était tem-
pérée par la vue et le bruit de l'eau qui filtrait sur
notre table centrale; tandis que vingt autres ruisseaux coulaient à travers l'amas informe de paille, de
roseaux, de glayeul et d'autres herbages entassés sur
le sommet de l'édifice et lui servant de couverture.
Mais ce n'était pas là le pire de l'affaire; le vent se mit
bientôt de la partie, et enlevant le dessus des soliveaux
faisceau après faisceau, il n'acheva son œuvre de destruction que quand ce toit ne ressembla bientôt plus
qu'aux bâtons d'un parapluie dont l'ouragan a tout à
coup enlevé la toile. Le seul parti que nous eûmes à
prendre fut de nous enfuir à nos cabanes, qui se soutinrent mieux, ayant été plus faciles à arranger quand
nous les couvrîmes de chaume, et pour cette raison
mieux construites.

Là, se couchèrent les jeunes insulaires, séparément, chacun dans son logis, et sans pouvoir se faire entendre de son voisin, à cause du bruit étourdissant de la pluie et de la rage hurlante du vent; de plus, chatouillés quelquefois par les traîtreuses caresses d'un ou deux ruisseaux qui savaient bien se frayer sans permission une route jusqu'à nos corps. De temps à autre nous nous levions, nous amusant à regarder à travers les trous de nos fenêtres en toile les ruines du bâtiment qui nous avait abrités, sinon des orages, du moins des rayons brûlants d'un so-seil ardent durant bien des journées de chaleur étouf-fante.

Ce ne fut pas tout : j'ai encore à mentionner une autre circonstance sur laquelle nous n'avions pas compté en plantant les nombreux poteaux de nos murailles et de ce que je puis appeler nos meubles. Ces poteaux étaient verts. Ne bourgeonnèrent-ils pas tous, tant et tant qu'il nous fallut tailler, non-seu-lement notre hôtel-de-ville, mais encore élaguer nos bois de lits même, tant à l'intérieur qu'à l'extérieur, et cela d'une manière aussi libérale qu'active. Dans ces îles chaudes et bien arrosées, la nature est prompte, et si vive et si puissante est la vie végétale, qu'un bâ-ton enfoncé par hasard dans la terre devient, dans l'espace d'une seule saison, un arbre qui jette de profondes racines dans le sol, et étale une cime om-breuse et touffue. Rien ne pouvait arriver de mieux pour la solidité et la force de notre mur extérieur que la forêt de rejetons qui poussèrent dans toutes les

directions. Nous entrelaçâmes ceux qui se trouvaient
à l'intérieur comme des claies, les entremêlant et
les entortillant en tel nombre et si serrés qu'ils formèrent une surface que l'œil ne pouvait percer.
Quant aux rejetons extérieurs, nous les laissâmes
croître en liberté, et ils composèrent bientôt un
rempart de berceaux d'une profondeur et d'une épaisseur impénétrables. Il n'en fut pas de même dans
l'enceinte; nous étions sans cesse taillant et émondant,
afin de conserver une surface unie qui laissât le sentier libre pour les sentinelles de la nuit.

La saison des pluies continua presque sans inter-
mission de beaux jours pendant environ deux mois.
Ce fut en vérité un temps désagréable et triste à l'extrême, car nous ne pouvions que bien rarement nous
réunir. Nos occupations étaient presque toutes en
suspens, et nos approvisionnements très-peu en rapport avec notre appétit, qui, pour se satisfaire, n'a-
vait que des aliments cuits à peine. Fort heureusement l'eau qui coulait dans nos cabanes en sortait
avec autant de facilité qu'elle y entrait; autrement
nous aurions été inondés dans nos lits. Quoi qu'il en
soit, nos demeures devinrent, même avant la fin de
l'hiver (ainsi appelions-nous ce temps), fort peu
confortables; aussi prîmes-nous la ferme résolution
de réparer toutes leurs avaries, et de suppléer à tout
ce qui leur manquait, en appliquant à cette œuvre
tous les raffinements de notre habileté et toute notre
énergie aussitôt que le temps le permettrait.

Cette occupation ainsi créée nous fut d'une grande utilité, et nous aida merveilleusement à chasser les idées noires qui s'étaient fixées dans nos esprits depuis la fatale catastrophe arrivée dans les rochers. Prout se rétablit, et chaque jour il regardait les cieux pour tâcher d'y lire l'ouverture de la belle saison.

Elle vint enfin, et nous résolûmes de commencer nos réparations avec autant d'ardeur que quand nous préludâmes à nos constructions. Nous contemplions notre salle avec complaisance quand nous voyions que pas une perche ou traverse n'avait sauté. Nous avions une nouvelle couverture à poser, voilà tout.

Nous avions cent choses à nous procurer à la fois, mais nous avions quatorze bonnes têtes et autant de paires de bras pour y pourvoir, et nous avions parmi nous une seule tête et une seule paire de bras, oui-dà, et un cœur qui les valaient tous ensemble. Cher Nat Prout! Nous ne pouvions pas le persuader de s'absoudre d'un manque de précautions dont il se prétendait coupable dans la recherche qu'il fit des pauvres garçons au milieu des rochers !

— Je n'aurais pas dû proférer une seule parole, disait-il, jusqu'à ce que j'eusse pu saisir Jermyn; nous l'avons effrayé, et c'est pour cela qu'il s'est précipité dans le gouffre. Je crains bien que l'autre pauvre garçon n'ait perdu la vie de la même manière. O Selwyn! demandons pardon à Dieu de nos fautes, négligence et ignorance. Et il tomba à genoux et moi aussi.

21,

Sa prière ne fut que des gémissements que je ne pus entendre; mais si sa langue ne pouvait parler, son esprit priait, et sa prière fut exaucée. Il se leva gaiement et dit :

— Maintenant je suis mieux ; travaillons, et nous pourrons encore être heureux. Mais non, vous ne pouvez pas être heureux ici, vous; vous avez des amis en Angleterre qui vous regrettent et que vous regrettez. Moi, je n'en ai plus actuellement, pas même le docteur Poynders. Selwyn, me dit-il en parlant tout bas, je suis presque sûr qu'il est mort. Je suis sûr, oui, je suis sûr qu'il n'a pu survivre à notre disparition. Mais, allons, trêve à ces réflexions, qui ne peuvent nous faire que du mal. Occupons-nous.

La première chose qu'il y eut à faire, c'était de restaurer le toit de notre maison centrale. Pour assurer le succès de l'entreprise, nous réunîmes toute la communauté en conseil de famille; Prout déclara que, n'ayant vu de sa vie couvrir une maison de chaume, il ne pouvait avoir la prétention de rien décider sur la manière exacte de le faire, mais qu'il croyait qu'on devait attacher la paille par un bout au moins, comme les cheveux de la tête.

— Oui, c'est bien cela, ajouta un autre; quand on couvrit la grange de mon père, je me rappelle qu'on ne commença pas par le sommet, mais bien par c bord du toit.

— Vous dites donc, reprit Prout, que l'on couvrit d'abord les extrémités inférieures du toit?

— Oui, j'en suis sûr.

— J'y suis, s'écria Prout, j'y suis, il est évident maintenant que ce qu'il y avait de mieux à faire était de poser les faisceaux les uns sur les autres, au lieu de les pousser en dessous; cela nous aurait, en outre, permis d'attacher solidement chacun d'eux.

Nous nous mîmes immédiatement à l'œuvre; ce qu'il fallait avant tout, c'étaient des matériaux; nous rassemblâmes à cet effet un tas d'herbes composé de toutes les espèces que nous pûmes trouver; tas qui aurait été beaucoup plus propre à faire un fumier qu'un toit, c'est un aveu que je dois faire. Les roseaux valaient mieux, cela est hors de doute, mais ils étaient rares et difficiles à se procurer; nous aurions pu toutefois, avec de la persévérance, en obtenir une quantité suffisante. Il fallait, pour les cueillir, s'enfoncer, avec une véritable abnégation et un mépris déterminé de tout danger, dans les marais. Une fois là, nous coupions, hachions et déracinions résolument les maudites plantes; mais cela n'était pas sans barboter dans la boue, circonstance qui entraîna des suites risibles souvent, sérieuses quelquefois, presque fatales un jour. Un pauvre diable qui avait une ardeur toute particulière à la besogne, et semblait prendre plaisir à se hasarder dans les endroits creux, s'enfonça jusqu'aux aisselles; vite il empoigna son voisin, qui lui-même saisit le sien, et ainsi de suite.

Chacun se débattait comme il pouvait, s'embarbouillant toujours de plus en plus. La position était vraiment critique; plusieurs d'entre nous craignirent de laisser là leurs os. Cependant comme nous nous tenions tous par la main, il arriva fort heureusement que le dernier de la chaîne, c'est-à-dire, celui qui était le plus près du bord, parvint à saisir une branche d'arbre, et put ainsi délivrer ses compagnons en les attirant à lui.

Nous nous procurâmes enfin la quantité de roseaux nécessaire, et nous eûmes la patience d'attendre quelques jours, jusqu'à ce que le soleil les eût séchés, avant de les agencer sur la charpente. Ce temps venu, et les premiers essais faits, il se trouva que parmi nous deux seulement avaient de véritables droits à la *palme du génie* dans l'art magnifique de la toiture : c'étaient Holt et Frampton. Nous nous inclinâmes devant leur travail, qui nous parut irréprochable. Il était si beau, si ferme, si propre, en comparaison de celui des autres, qu'il fut décidé à l'unanimité que l'honneur d'achever cette besogne leur serait réservé à l'exclusion de tous les autres. Le reste de la troupe dut se contenter de remplir les fonctions de manœuvres, en leur apportant les matériaux. A mesure que la couverture s'étendait sur la carcasse du bâtiment et rendait par conséquent son intérieur plus sombre, notre joie devenait plus vive. C'est là qu'avant les dégâts causés par les pluies nous nous rassemblions; c'est là que nous prenions

Celui qui était le plus près du bord parvint à saisir une
branche d'arbre, et put ainsi délivrer ses compagnons en
les attirant à lui.

nos repas en commun, que se tenaient nos délibéra-
tions, que s'agitaient toutes les questions intéressant
la communauté ; c'est là que nous nous livrions à ces
amicales causeries qui consolent et rendent à l'esprit
sa vigueur ébranlée ; c'est là que nous parlions du
passé, que nous discutions nos projets pour l'avenir.
Tous ces avantages, tout ce bonheur, c'est le mot,
s'étaient enfuis avec le toit qui nous avait abrités ; ils
allaient revenir avec celui qui le remplaçait.

Aussi le jour et l'heure qui furent témoins de sa
complète restauration furent comptés parmi les plus
heureux que nous goûtâmes dans l'île.

Le plancher de notre *hôtel-de-ville* s'était, durant le peu de semaines qui venaient de s'écouler, couvert d'une végétation rampante, qui, jointe aux piliers
bourgeonnants qui la soutenaient, faisait un véritable bosquet de tout l'espace enclos. Nous fîmes, autant que possible, place nette, arrachant, déracinant
chaque fibre d'herbe sauvage que nous parvenions à
découvrir. Nous nous rappelâmes alors l'allée du jardin de Château-Seaward, tapissée du sable luisant de
la mer et de coquillages réduits en poudre. Il ne nous
fut pas difficile de nous procurer un matériel semblable, et nous recouvrîmes toute la surface de l'aire
de notre bâtiment d'une couche de cette sorte à
une profondeur de six pouces : c'était une immense
amélioration ; car nous obtînmes ainsi un plancher
sec et bien sablé, au lieu des herbes sauvages et du
gazon qui y étaient auparavant,

La première opération que nous entreprîmes ensuite fut la construction de deux autres cabanes pour les nouveaux venus, Moseby et Johnson. Leur tristesse et leur faiblesse étaient toujours trop grandes pour leur permettre de faire ce travail d'eux-mêmes ; et dans un jour ou deux nous les leur couvrîmes assez confortablement. Un autre besoin, celui d'un approvisionnement de bouche régulier, vint alors chasser bien loin toutes idées ultérieures de bâtir. Les porcs que nous avions pris à la chasse, et emprisonnés dans une clôture très-imparfaite, s'enfuirent tous simultanément une nuit, et nous en fûmes pour les peines que nous nous étions données et les privations que nous étions maintes fois imposées pour leur nourriture. Ils partirent tous, les ingrats ! ne laissant pas même derrière un malheureux traînard, dont la chair nous aurait servi de récompense !

Nous avions remarqué dans l'île la plupart des animaux domestiques de l'Europe, lesquels s'étaient évidemment augmentés de quelques-uns apportés par les pauvres colons qui avaient péri ; mais ces bêtes étaient devenues aussi sauvages que celles qui avaient toujours été à la seule école de la nature. Les cochons et la volaille, les moutons et les chèvres, les chevaux et les bêtes à cornes s'associaient ensemble, paissaient et broutaient sur les collines et dans les plaines, et parcouraient le pays à leur guise, mais nous évitaient toujours, et témoignaient une parfaite indifférence pour les avantages, quels qu'ils soient,

que nous pouvions leur offrir en échange de leurs
vies et de leur liberté. Pour réussir à nous en em-
parer, trois partis seuls se présentaient à notre esprit : 1º les chasser, ou autrement dit établir avec eux
une lutte de vitesse, lutte dans laquelle il semblait
que nous ne pourrions pas l'emporter sur d'autres
compétiteurs que les cochons ; 2º épier la retraite de
ces animaux ; de cette manière, nous parviendrions
peut-être à attraper les jeunes ; 3º faire usage des
fusils, de la poudre, auxquels nous n'avions pas jusqu'ici touché dans la caverne. Pourrions-nous tirer
sur un oiseau, un bouvart, ou un cochon ?

Nous essayâmes successivement des trois mé-
thodes. Je n'oublierai de ma vie la chasse de la première journée ; s'agissait-il de tout un troupeau ou
d'un individu isolé de quelqu'une des espèces sus-
mentionnées, nous aurions, certes, pu faire quelques prisonniers en plaine ; mais dans les bois, va-
t'en voir s'ils viennent ! les moutons eux-mêmes,
tout embarrassés qu'ils étaient de leur toison, traversaient plus rapidement que nous les labyrinthes de la
forêt, si bien que nous avions beau nous rapprocher
d'eux, la seule récompense qui en résultait pour nous
était une poignée de laine que le fugitif nous aban-
donnait, composant à ce prix pour son évasion. Nous
étions on ne peut plus mal chaussés, il y avait long-
temps que nos souliers étaient usés, et ceux qui se
trouvaient parmi les munitions étaient beaucoup trop
longs et trop larges pour que nous pussions courir

vite avec. Une tentative que nous fîmes d'aller pieds
nus ne réussit pas. On aurait dit qu'une sympathie générale liait tous les quadrupèdes entre eux ;
c'était chose comique et fort ennuyeuse en même
temps, de voir les ânes sauvages, dont nous n'avions
pas la velléité de troubler la quiétude, s'unir à la
fuite des autres troupeaux, et mettre un véritable
embargo sur nos projets en chassant devant eux les
autres races que nous cherchions. Notre souper ce-
soir-là ne se composa que d'ignames rôtis, dont le
goût fade ne nous plaisait pas trop.

Sur ce, nous nous rassemblâmes en conseil dans
l'hôtel-de-ville, pour délibérer sur les mesures à
prendre. Une grande partie des discours prononcés
à cette occasion se composa d'exclamations de fatigue
et de désappointement. Prout prit la parole : il ex-
pliqua comme quoi un troupeau de bœufs ou de moutons, renfermé dans notre enclos, ne pourrait nous
être d'une grande utilité, à moins d'avoir une provision abondante de nourriture appropriée à leur
nature. « Nos récoltes, dit-il en terminant, promet-
tent beaucoup, c'est vrai, mais elles ne seront prêtes
que dans quelques semaines ; d'ici là contentons-nous
de la pêche et de la chasse au fusil. »

De tous tant que nous étions, il n'y en avait que
deux, Prout et Boyce, qui se fussent jamais servis d'un
fusil de leur vie, et l'usage des armes à feu ne laissait pas que de présenter beaucoup de dangers dans
des mains aussi inexpérimentées : il y avait cent à

parier pour un que les fusils agiraient d'une manière plus effective sur ceux qui s'en serviraient que
sur le gibier. Mais la nécessité est la mère non-seu-
lement de l'invention, mais du courage, de l'habileté
et du succès dans l'emploi des outils, des matériaux
et des armes. Nous fîmes, au nombre de six, une
excursion au magasin des rochers, où nous ne nous
arrêtâmes que le temps nécessaire pour ouvrir une
caisse d'armes, un baril de poudre, et deux ou trois
sacs de plomb. La poudre était dans des tonnes gou-
dronnées et bien assurées contre l'humidité. Si notre
métier de pillards nous avait souvent inspiré des
craintes, jamais il ne nous sembla plus environné de
périls que quand nous enlevâmes le fond d'un de ces
barils remplis jusqu'aux bords de cette masse sombre, qui était là tranquille et prête à nous faire sauter,
nous et les rochers, si l'on y eût mis l'étincelle :
nous prîmes des gobelets à bière dont il y avait un
grand nombre, et nous les remplîmes de poudre ;
puis, ouvrant une boîte à fusils, nous nous en plaçâmes
chacun un sur l'épaule. Ainsi équipés, et après avoir
soigneusement fermé la porte sur nous, nous regagnâmes notre *capitale* en toute hâte.

Que la poudre et le plomb dussent *sur-le-champ*
faire connaissance avec les corps des animaux timides
que nous poursuivions, cela n'était certes pas une
conséquence nécessaire.

Le premier coup de fusil que tira Prout était probablement trop chargé ; le garçon chancela et fut

presque jeté par terre ; mais l'air fut aussitôt rempli des murmures des escadrons volants ; le ciel en fut réellement obscurci.

Ce coup de fusil eut encore un autre résultat ; nous nous étions emparés d'un cochon et l'avions conservé ; ce malheureux vivait, comme un ermite, de la vie la plus solitaire ; à cette détonation, l'instinct de sa liberté s'éveilla et triompha de toutes les considérations secondaires. Le prisonnier s'élança par-dessus les barrières comme un jeune chevreau, témoignant de sa joie, ou si vous le préférez, de ses terreurs par ses cris réitérés, et se dirigea en toute hâte vers les bois.

Il y eut donc beaucoup de bruit, mais de souper point, à l'exception pourtant des racines terreuses, notre pis-aller ordinaire. Il se passa plusieurs mois avant que nous devinssions assez habiles pour rapporter avec nous, après toute une journée de fatigue, de quoi composer le menu d'un repas. Notre principal gibier consistait en oiseaux, en lièvres et en lapins. Nous tuâmes une fois un âne par erreur ; mais nous ne fîmes usage d'aucune partie de son corps, pas même de son cerveau.

CHAPITRE X.

Mes lecteurs seront curieux peut-être de savoir comment notre garde-robe était montée, et quel était le costume habituel des jeunes insulaires. Avant la découverte des munitions laissées par les expatriés, notre condition était des plus déplorables ; car nos vêtements qui, dans des circonstances ordinaires, auraient pu durer une année encore, étaient presque pourris sur notre dos, par suite de leur exposition constante aux intempéries de l'air, surtout aux rosées de la nuit ; de plus, notre vie sauvage dans les bois, la nécessité où nous étions de traverser des bosquets, de grimper à chaque instant sur les arbres, les réduisirent en lambeaux bien avant qu'ils eussent fait leur temps.

Parmi les munitions se trouvaient des ballots d'étoffe ; mais cette étoffe avait sans doute été destinée à une colonie située sous une latitude plus froide que la nôtre. Il y avait une grande quantité de drap bleu, gros et lourd, de l'espèce dont se servent les matelots, ainsi qu'une forte partie de couvertures qui auraient

pu sans doute chatouiller agréablement la peau glacée
d'une tribu de Lapons ou d'Esquimaux, mais qui,
sous les tropiques, n'étaient rien moins qu'étouffantes. Il y avait toutefois aussi une quantité assez
considérable de marchandises en toile grossière de
tissus de chanvre, et bon nombre de chemises
d'hommes rayées, comme celles en usage parmi les
matelots. Mais on concevra sans peine qu'avant
d'avoir l'abri d'un *toit*, nous ne pouvions guère pri-
ser l'avantage et l'agrément d'avoir des habits neufs;
et lors même que nous en eûmes un, nous fûmes
peu disposés à songer au renouvellement de notre
toilette, tant que nous manquèrent les déjeuners et
les soupers.

Mais quand les choses eurent changé de face, quand
nous vîmes que nous pouvions tenir séance dans
notre hôtel-de-ville, nous coucher dans nos cabanes
propres et sèches, et que nous n'avions plus d'inquiétudes à avoir relativement aux vivres, l'idée d'*ha-
billements neufs* commença à se faire jour; et une
fois née, elle fut accueillie avec transport. En cette
circonstance se manifestèrent tous les avantages ré-
sultant de la communauté de l'association; ce qui
embarrassait l'un n'était qu'un jeu pour l'autre.
Prompts et habiles, Jennings et Boyce furent bientôt
constitués tailleurs, l'un ayant le pouce le plus heureux pour les ciseaux, l'autre le meilleur coup d'œil
pour l'aiguille; pas un de la bande n'avait à leur en
remontrer sur ce chapitre.

Nous nous rendîmes de nouveau au magasin de la caverne. Là, chacun prit sous le bras, selon sa fantaisie et ses besoins, un morceau d'étoffe quelconque. Nous avions d'abord professé une estime profonde pour les uniformes et les habits épais des marins; mais ils n'avaient pas tardé à sembler si chauds et si insupportables à chacun de nous, que nous résolûmes de frapper d'étonnement les *naturels du pays* en étalant à leurs regards des costumes complets de toile bleue ou rayée, accommodés à notre taille.

Nous ne fûmes pas sans gaspiller beaucoup d'étoffe, je dois le confesser, avant de devenir *passés maîtres* pique-chiffes. Tant que chacun crut devoir couper et coudre pour lui-même, les résultats furent les moins satisfaisants et les plus grotesques qu'on puisse imaginer; et il y eut plus de coups (de ciseaux s'entend) donnés pour nos dos, que n'en entraîna jamais (de coups de canne) la plus forte punition à Château-Seaward. Nous avions, toujours grâce à la munificence des expatriés défunts, tous les ustensiles et fournitures de tailleur nécessaires, et nos deux grands *génies*, je vous assure, prirent si bien leur mesure, que, chose merveilleuse! ils ne se trompèrent pas, pour la première fois, de plus d'une demi-verge, soit en plus, soit en moins; ils eurent bien soin, lorsqu'ils assemblèrent les différentes pièces de leur défroque, de se rappeler que bras n'étaient pas jambes; en un mot, ils parvinrent à confectionner un assortiment d'habits propres, tels que nous le désirions, et tels aussi qu'ils établissaient une ligne de démarcation bien tranchée entre nous et les autres jeunes insulaires à face grimaçante qui nous avaient si bien pelotés du haut des arbres.

C'étaient de fort aimables garçons de prendre cette peine, direz-vous maintenant; sans doute, et nous les remerciâmes, et nous les louâmes et nous les remerciâmes encore; mais si nous leur étions redevables, ils ne l'étaient pas moins également aux autres à leur tour; car s'ils n'avaient eu pour abriter leurs têtes que les toits qu'ils se seraient construits eux-mêmes, ils auraient couru grand risque de coucher à la belle étoile jusque *ad vitam æternam;* et s'ils n'avaient pas goûté d'autre viande que celle qu'ils auraient chassée et accommodée, ils auraient dîné *par cœur* durant toute la même période. Pour le maniement du fusil, Prout, Bosworth, et je puis bien ajouter Selwyn, l'emportaient sur tous les autres en habileté. Aussi était-ce une occupation qui leur était presque exclusivement réservée, et si adroits étions-nous, qu'il nous suffisait d'ordinaire d'une chasse de deux heures avant déjeuner pour satisfaire aux besoins de toute la journée.

Quant aux opérations agricoles, ce n'était pas de trop que les efforts réunis et l'activité de toute la bande; et je vous réponds qu'il en fallait employer un peu plus que quelques-uns ne le faisaient, pour sarcler, nettoyer et fouiller la terre, ainsi que pour ramasser les diverses récoltes, chacune en leur sai-

son. Ce ne fut que la troisième année de notre résidence dans l'île, que nous réussîmes à recueillir et
mettre à l'abri une quantité de blé suffisante pour
notre usage; il nous fallut, à cet effet, bâtir une
grange, ce qui ne nous offrit pas de grandes difficultés, étant devenus passablement habiles à manier la
scie, la hache et le marteau. Nous la construisîmes
à une petite distance de notre enclos, en ayant soin
de réserver autour d'elle un certain espace de terrain,
que nous protégeâmes avec un treillage serré, pour
former une espèce de cour de métairie, où nous
parvînmes enfin à établir une colonie de porcs et
de volailles.

Notre approvisionnement de blé ne nous aurait
guère profité personnellement, si nous n'avions pas
trouvé le moulin à bras déjà mentionné. Il nous
fallut déployer toute la sagacité, tout le génie dont
la nature nous avait doués, pour le mettre en état
de service; et alors même il n'exigeait rien moins
que le travail d'une paire de bras pour subvenir
à l'entretien d'une seule bouche durant une seule
journée.

Cela ne faisait pas notre compte, aussi commen-
çâmes-nous à en rabattre furieusement sur l'utilité
de cette machine qui pouvait bien, après tout, n'être
pas la meilleure invention du monde et courait grand
risque de demeurer un meuble de peu de valeur entre nos mains. Une idée sublime vint illuminer tout
d'un coup le cerveau de John Upjohn dans cette affaire.

— Au sommet de notre maison centrale, s'écria-
t-il, il n'y a qu'une girouette inutile, à sa place met-
tons-y le moulin, auquel il nous faudra seulement
ajouter des ailes; une auge insérée dans le toit rece-
vra la farine.

La proposition de John Upjohn fut saluée par les
vivat de toute l'assemblée.

Mais voyez! n'avions-nous pas travaillé avec ardeur à la réalisation de ce projet? N'avions-nous pas
étouffé de chaleur pendant trois longs mois à faire
les ailes, l'échafaudage, tout l'appareil nécessaire?
N'avions-nous pas porté jusqu'au sommet sur nos
épaules la pesante machine, et cela au grand dommage
de notre chaume? Enfin, n'y avait-il pas assez de
vent? — Si, vraiment, si! — Mais, ô instabilité des
choses humaines! qu'elles soient le produit d'intelli-
gences vulgaires ou supérieures, comme les nôtres,
par exemple; à peine les ailes eurent-elles fait un
tour sur elles-mêmes, qu'elles attrapèrent le pauvre
Johanny, le culbutèrent et le firent dégringoler jusqu'à terre. Il ne s'était pas remis encore sur ses pieds
et n'avait pas encore gagné, souffrant et boitant, les
escabelles de l'intérieur de notre grande salle, qu'une
autre bouffée prit les ailes par derrière et renversa
également le moulin dans la même direction. Si au
lieu de se retirer clopin-clopant dans la maison circulaire, le pauvre garçon fût resté pour regarder la
cause de sa chute, il eût été écrasé, aplati comme
un vermisseau!

Il était meurtri, brisé, sérieusement blessé ? non, mais il était en colère contre tout le monde, et bourru à l'extrême ; s'en allant répétant à qui voulait l'entendre que de sa vie il ne suggérerait le moindre expédient qui pût nous être utile. De cela, nous tombâmes tous d'accord, bien convaincus qu'il ferait beaucoup mieux de garder pour lui-même à l'avenir ses brillantes imaginations.

Cet accident fut pour nous une véritable calamité ; notre chaume était abîmé, déchiré, horriblement troué ; deux des soliveaux étaient cassés, et le moulin était ruiné de fond en comble. Quelle maligne et pétulante bouffée de vent ! Le malheur de notre jeune expérience est d'attribuer généralement les fautes à des circonstances extérieures sur lesquelles nous n'avons aucun contrôle, et non à l'ignorance ou à des erreurs qu'il nous appartient de redresser.

Nous mîmes de côté la machine grossière, le cœur gros de soupirs ; mais ces soupirs se frayèrent un libre passage et sortirent profonds, douloureux, de notre poitrine, lorsque nous contemplâmes le dommage qu'elle avait occasionné. Johanny restait toujours assis à l'intérieur, se plaignant, maugréant contre nous, et fort peu disposé à recevoir des paroles de blâme ou de consolation même. Nous connaissions la faiblesse d'esprit du garçon ; nous l'abandonnâmes donc à lui-même, le laissant seul pendant un jour ou deux jusqu'à ce qu'il eût oublié l'affaire.

Notre blé maintenant était assez mal moulu. Tout ce que nous pouvions faire était de le broyer dans un chaudron en fer avec une grosse pierre ronde, et de le mettre en pâte; graine, son et gravois, tout ensemble; mais ce grossier mélange, que nous décorions encore du nom pompeux de pain ou de gâteau, nous le préférions pour manger avec notre viande à tous les ignames et à toutes les pommes de terre que nous pouvions cultiver. Les pourceaux ne voulaient pas même des dernières.

Toute notre attention se dirigea pour lors sur un point unique : la réparation de notre édifice central. C'était bien la besogne la plus ennuyeuse qui nous pût tomber sur les épaules, car, raccommoder est certes pire que de construire, pour des mains en général malhabiles. Nous fîmes et redéfîmes une demi-douzaine de fois au moins, et malgré tout et après tout le toit n'était rien moins qu'un objet d'aspect agréable. Le trou que nous avions pratiqué au sommet pour recevoir la maudite machine ouvrait orgueilleusement sa gueule béante, il fallait le boucher. Ce fut long-temps pour nous une difficulté invincible; elle fut enfin surmontée. Nous prîmes un très-fort faisceau des plus longs roseaux que nous pûmes trouver; puis nous les attachâmes par un bout et les ouvrîmes en les étalant par l'autre bout. Cet appareil forma une sorte de parapluie que nous posâmes au-dessus de l'orifice; nous le fixâmes là d'une manière très-ferme et très-solide, et notre *palais* se trouva ainsi couronné d'un assez tolérable *bonnet*, non pas de *coton*, mais d'*herbes*.

Cette opération n'avait pas pris notre journée tout entière ; nous eûmes quelque temps de libre avant que le soir arrivât, nous résolûmes d'en profiter pour voir si les premiers colons s'étaient précautionnés en vue d'une condition semblable à la nôtre. J'ai déjà dit que nous avions trouvé des livres, des papiers et des instruments ; nous sentîmes pour la première fois le désir de les examiner. Parmi les munitions était une grande caisse en chêne, avec des garnitures de cuivre. Placée dans la caverne, au milieu d'autres emballages, destinés sans doute à la protéger, il était évident qu'on la considérait comme étant d'une importance toute particulière. Quand nous voulûmes l'ouvrir, la serrure résista à tous nos efforts ; mais le couvercle, fendu, mis en pièces, à coups de hache et avec les coins, céda enfin. Cette opération remontait déjà à une époque éloignée ; quand nous l'exécutâmes, la curiosité ne nous prit pas de pousser nos recherches plus avant et de visiter tous les objets que renfermait cette caisse ; nous nous contentâmes d'une inspection très-superficielle. Le contenu, selon toute apparence, se composait de livres et de rames de papier avec divers instruments nautiques, articles pour lesquels nous nous sentions fort peu d'inclination, et dont nous ne songions guère à nous servir, alors que nous manquions des premières nécessités de la vie.

Mais il n'en était plus de même aujourd'hui, nous

avions un abri, des vivres, des vêtements ; aussi nous étonnions-nous d'avoir pu rester si long-temps indifférents à cette caisse. Nous la tirâmes à grand renfort de bras, de dessous la voûte, en plein air. Là, se trouvaient des rames de papier, des plumes, des bouteilles d'encre, des sextants, des quarts, des télescopes, deux boussoles et un chronomètre soigneusement enfermé et suspendu dans une boîte d'acajou. La vue de cette pendule nous reporta au temps où nos jours et nos heures étaient réglées comme un papier de musique, où nous pouvions nous rendre compte de chacun des instants de notre vie. Aussi ce fut à qui posséderait le précieux instrument. Deux partis se formèrent encore, et une lutte opiniâtre s'engagea. Mais Prout émit l'opinion, et son avis fut soutenu par la majorité, que tant que nous resterions ensemble, tout ce qui serait *trouvé* serait déclaré propriété commune, et que tout ce que l'on se procurerait par le *travail* pourrait être, si on le *désirait*, propriété personnelle ; mais cela même, ajouta-t-il, aurait un inconvénient grave, car cela aurait pour effet de nous priver de cette mutualité de services si nécessaire toujours, mais surtout dans une société telle que la nôtre : ainsi, l'un devrait rendre ses habits, l'autre restituer ses vivres, les autres les cabanes qui les protègent et ainsi de suite.

— Maintenant, monsieur Frampton, continua-t-il, voulez-vous rendre votre habit à Jennings, abandonner les toits que d'autres que vous ont couverts, et prenant votre fusil, dont vous ne savez pas vous servir, vous retirer encore dans les bois? s'il en est ainsi vous pouvez emporter la pendule.

La discussion en resta là; Frampton sourit, et renonça à ses prétentions sur la pendule. La caisse était lourde et remplie jusqu'aux bords, nous résolûmes de l'emporter à notre demeure; nous nous munîmes à cet effet de longues perches, et la posâmes dessus en travers; mais avant d'arriver au but de notre voyage, elle mit toute la bande sur les dents. Quand nous eûmes enfin atteint notre habitation, nous déballâmes le coffre, et nous en étalâmes le contenu sur notre table circulaire qui en fut couverte. Les livres que nous trouvâmes s'occupaient principalement de géographie, de navigation et d'astronomie; c'étaient en outre des histoires des établissements européens en Amérique, des ouvrages d'agriculture, telle qu'elle se pratique dans les colonies, et des traités sur les travaux et les soins en général auxquels se livrent ou doivent se livrer les émigrants. Il y avait, de plus, des mappemondes et des cartes du monde occidental en grande quantité; mais de tout cela ne ressortait aucun indice qui pût nous mettre sur la voie de la destination et des projets primitifs des infortunés qui avaient échoué sur ces bords, ni de l'accident qui les avait contraints de se réfugier dans cette île solitaire et montagneuse. Parmi les livres toutefois, se rencontra un volume manuscrit renfermant le récit détaillé, en langage maritime, du voyage d'un

navire; ce récit, poursuivi jusqu'à un certain point,
s'arrêtait inachevé en se terminant brusquement;
mais, sur ce qu'il advint ensuite, pas un mot qui
pût jeter quelque lumière. Nous nous mîmes à examiner les livres imprimés; nous les feuilletâmes, et
j'en ouvris un intitulé: *Navigation des Maures*,
et j'y trouvai un nom écrit à la main, qui nous surprit tous; ce nom était : AUGUSTE PROUT.

— O Nat, lui dis-je, voyez! voici votre nom!

Prout prit le volume, le regarda un moment d'un
œil fixe, puis devint pâle comme la mort, et s'écriant :
« Mon père! Mon père » ! il tomba de son siége sans
connaissance.

Frappés de stupeur, nous l'entourâmes saisis de
crainte; on aurait dit que le souffle l'avait quitté, et
que la vie l'avait véritablement abandonné; nous essayâmes de le ranimer; nous baignâmes ses joues
pâles et ses mains glacées avec de l'eau fraîche, prenant en même temps grand soin d'écarter de sa vue
le livre fatal, et nous gardant bien d'en parler en sa
présence. Nous ne savions que faire et restions confondus, nous interrogeant les uns les autres du regard; mais, hélas! nul ne pouvait répondre! Ah! si
ç'eût été lui qui eût été dans notre position et nous
dans la sienne, il aurait avisé à bien des choses ; il
aurait mis en œuvre bien des moyens auxquels nous
ne songions pas, pour nous sauver ; car son seul cerveau contenait plus de bon sens que tous les nôtres
réunis. Nous avions pourtant déjà eu à exercer notre

science en pareille circonstance ; mais cette même
science s'usa en pure perte autour de notre cher
malade, qu'à la fin nous transportâmes dehors, tout
en lui baignant, sans discontinuer, le visage, et en
agitant l'air devant lui. Mais, hélas! tous nos efforts
étaient vains! son mal n'était point le résultat d'un
affaiblissement physique : c'était une douleur grande,
profonde, qui l'avait, pour ainsi dire, foudroyé ; ce
qui avait ravivé les autres demeurait sans effet ; il
fallait un autre remède. O Prout! qui vous réveil-
lera de cette funeste léthargie dans laquelle vous êtes
plongé? Chacun de nous l'appela séparément par son
nom, en appliquant la bouche à son oreille, d'une
voix peu élevée, mais claire et lentement accentuée.
O bonheur! il ouvrit les yeux, et les promena d'un
air hagard autour de lui ; puis, avec sa douceur habituelle, il m'adressa d'un ton plein de mélancolie les
paroles suivantes :

— Oui, Selwin, oui, c'est moi ; la mort ne veut
pas de moi encore. Allons lever cette pierre qui recouvre mon père.

Il fit en conséquence un effort pour se lever ; mais
il retomba immédiatement à la renverse et perdit
une seconde fois connaissance. De cet état de défail-
lance, il passa dans un sommeil agité, délirant, pendant lequel j'appris les détails de l'histoire de son
père et de la sienne, détails qui, je le sais, auraient
sans cela été ensevelis avec lui dans la tombe : et ils
seront ensevelis dans la mienne.

Je restai près du lit que nous lui avions préparé; et, ayant renvoyé tous les autres à leurs cabanes, je veillai à la lueur d'une chandelle qui éclairait son visage rouge et pâle tour à tour. Le matin lui rendit sa raison, mais il renouvela plus poignantes et plus profondes les impressions de sa détresse. Il regarda autour de lui, et me voyant seul, il dit :

— Selwin, j'ai été toute la nuit avec mon père; de quoi ai-je parlé?

— De pas grand'chose que l'on pût comprendre, répondis-je; et ce peu que j'ai entendu est un secret aussi sûr à ma garde qu'à la vôtre, Prout; vous le savez.

— Je le sais, et je le crois, répliqua-t-il, et je vous aurais, il y a long-temps, raconté une partie de la triste histoire de notre famille, si elle avait pu vous être de quelque utilité. Selwin, ajouta-t-il, le malheur s'est appesanti sur moi dès ma naissance, et, d'aussi loin que je me souvienne, notre race a toujours eu pour lot et pour partage la persécution, la persécution implacable, incessante jusqu'au tombeau. Mais je ne dois rien en dire; je dois garder le silence, et ne pas troubler les cendres de ceux d'entre mes proches, et ils sont nombreux! qui n'ont jamais eu pour dernier asile un tombeau creusé par la main des hommes. Sachez donc seulement que nous avons tous été chassés du monde, et avons succombé misérablement les uns après les autres. Et parce qu'il faut à une histoire fatale une fin signalée, moi, le dernier

de ma race, j'ai dû être porté sur ces bords pour
que je pusse me coucher près des os de mon père.
Des montagnes devaient tomber pour l'écraser, et
cinquante familles être déchirées, torturées par l'angoisse, pour que je pusse périr d'une manière plus
étrange encore, plus merveilleuse que lui!

— Prout, répondis-je, votre esprit a soutenu un
choc violent, autrement vous ne vous exprimeriez
pas ainsi. La religion ne connaît rien de cette espèce
de destin inévitable : la foi et la prière peuvent remuer les montagnes, voilà ce qu'elle nous dit.

— Je sais que tout est bien, répliqua-t-il; et je
n'oublie pas combien j'ai péché contre Dieu, contre
les hommes et contre ma propre conscience de chré-
tien, quand, avec une si coupable obstination, j'ai
quitté les jardins de Seaward, et suis monté à bord
du *Rapide*, où rien ne me forçait à rester, sinon la
perversité de mon cœur, jusqu'au moment où l'onde
irritée rendit tout retour impossible. Dans d'autres
circonstances je vous ai empêchés de faire le mal;
mais alors, je crois, je vous y menais.

J'intervins ici, et dis que moi aussi j'avais une
conscience, et que cette conscience me condamnait
en mon particulier pour ma propre désobéissance;
que pour ce qui me concernait, nul autre que moi
n'était coupable; que j'avais failli en dépit de toutes
les exhortations contraires, malgré les larmes et les
craintes du pauvre petit Philippe Aylmer.

— Eh bien! soit, reprit-il, nous étions tous à

cette heure sous l'influence de l'esprit du mal qui nous lançait dans une voie fatale, une voie qui aboutissait inévitablement à l'abîme. Notre ruine était la conséquence directe de notre iniquité. — Selwin, continua-t-il avec mélancolie, quand je mourrai, et ce ne sera pas long, vous m'ensevelirez, n'est-ce-pas, aussi près que possible de ce rocher, à l'endroit même où nous arrachions les plantes et les racines, et alors vous mettrez cette bague à mon doigt.

Il tira de sa poche la bague en argent.

— Je la croyais digne d'être conservée, ajouta-t-il, mais j'étais loin de m'imaginer ce que les lettres A. P. gravées sur le cachet voulaient dire; jamais je ne l'aurais deviné, certes, si vous ne m'aviez pas montré le *nom dans le livre.*

Son regard commençait à se troubler de nouveau; je me hâtai de mettre fin à la conversation en employant une certaine autorité qu'il me permettait quelquefois de prendre. Je réunis notre petite troupe et l'engageai à s'abstenir, par bienveillance pour notre ami, de jamais causer devant lui de la découverte qui avait été faite. Chers et braves amis! ils auraient mangé ce livre, si cela avait pu en chasser le souvenir de l'esprit de Prout. Nous préparâmes le déjeuner, et il nous rejoignit avec plus de sérénité que je ne m'y attendais.

Pour nous distraire de ce pénible incident, je proposai un nouveau plan d'opérations; à cet effet, nous nous procurâmes, avec l'aide de plusieurs d'entre

nous, et cela à l'insu de Prout, une certaine quantité de munitions, des toiles d'emballage, des canevas et du drap grossier, pour dresser une tente sur
la partie la plus agréable du rivage. Nous travaillions
à cette construction durant le temps qu'il croyait
consacré à la chasse dans les bois; il en fut ainsi
jusqu'à ce qu'elle fût entièrement terminée. Là et sur
les rochers voisins, nous passâmes bien des semaines ;
quand la nuit venait, nous nous retirions dans notre
ville fortifiée où nous nous renfermions en sûreté.
Sur la cime d'un immense rocher, nous trouvâmes
un lieu propre à servir d'observatoire. Grâce à un
bon télescope, nous pûmes contempler au loin l'onde
blanche d'écume qui formait comme un vaste cercle
dont nous étions le centre. Nous crûmes distinguer
à l'horizon une bande obscure que quelques-uns
d'entre nous prirent pour la terre.

Nous nous livrâmes aussi en cet endroit à l'exercice
de la pêche, que faute d'appareils nous avions long-
temps négligé. Il y avait tout ce qu'il faut parmi les
munitions du navire, destiné sans doute à la pêche
de la morue. De poissons de cette dernière espèce
nous n'en vîmes cependant pas un; mais, en revanche, nous attrapâmes un grand nombre d'autres
monstres de la mer, dont le nom et le genre nous
étaient complétement inconnus; ce qui ne les empê-
chait pas de nous paraître un manger délicieux, quand
l'onde bouillonnante de notre chaudron les avait accommodés à notre usage. Comme nous n'avions point

de chaloupe pour nous écarter du rivage, nous posions, la nuit, à la marée basse, des lignes dûment
amorcées, et que nous attâchions à des pieux enfon-
cés dans le sable. Très-souvent nous eûmes à déplo-
rer la perte de la ligne, de l'amorce, du poteau, de
tout enfin, emporté par le poisson fugitif ; mais généralement nous faisions ample capture. Quant aux tortues, le dégoût qu'elles nous avaient inspiré la première
fois que nous les vîmes, à cause de leur apparence de
reptiles, fut leur sauvegarde ; nous ne pûmes jamais
nous résoudre à essayer de leur chair ; aussi se traî-
naient-elles impunément en nombre prodigieux le
long des sables ; le seul parti molesté, qui était-ce ?
nous.

Prout n'était plus le joyeux, l'actif compagnon que
nous avions connu. Il prenait encore, à la vérité,
plus que sa part de toutes les pensées et de tous les
travaux de notre situation ; mais le vif intérêt, mais
l'intelligence brillante qui autrefois présidaient à
toutes ses déterminations et mettaient tout en mouvement, manquaient ; et cette tristesse profonde qui
l'accablait avait gagné ses autres compagnons.

Nous apprîmes enfin de Moseby et de Johnson,
bien qu'à contre-cœur, les détails de leur découverte
et de leur capture par les Indiens de la tribu des
Skulkyls. Les garçons, comme je l'ai déjà raconté,
étaient partis, sac et bagage sur le dos, selon leur
bon plaisir, et en société de trois autres, savoir :
Dolman, Moody et Jermyn. Pas un des cinq n'était

disposé à travailler ni à se soumettre à des règles qui auraient pu gêner en quoi que ce fût leur caprice ou leur paresse. Ils rejetèrent bientôt les outils, et même les provisions non cuites dont ils s'étaient chargés, comme les embarrassant dans leur marche ; aussi se trouvèrent-ils, au bout de quelques jours, dans la plus extrême détresse, privés de toute nourriture. Ils vécurent misérablement de fruits cueillis dans les bois avant leur maturité.

Aussi tombèrent-ils bientôt dans un état de faiblesse étonnante, à laquelle succédèrent de cruelles maladies. Ils seraient volontiers revenus sur leurs pas ; mais ils ne purent retrouver leur chemin à travers les bois ; ils auraient été d'ailleurs incapables d'accomplir ce voyage. Pour comble d'affliction, ils ne purent rester d'accord ; sans cesse en dispute, en querelles, en récriminations les uns contre les autres, ils refusaient de s'entr'aider : c'est tout du moins ce que prétendait Moseby, et Johnson ne le niait pas, quoiqu'à toutes les questions il persistât à garder le silence. Ils restèrent ensemble plutôt par crainte que par tout autre motif, je crois, car pour le meilleur abri, le meilleur ombrage, étaient-ils continuellement prêts à en venir aux mains. Ils se mirent enfin en quête du rivage ; et là, errant le long des sables, ou grimpant parmi les rochers, ils parvinrent à la caverne même, comme ils se l'imaginèrent, où ils s'étaient réfugiés d'abord et où la tortue avait emporté Moody sur son dos.

Ils résolurent d'y rester jusqu'au lendemain matin; mais, à leur épouvante, ils furent découverts et attaqués par un parti de sauvages, qui, non sans raison peut-être, regardaient tous les Européens ou blancs comme leurs ennemis mortels, et considérèrent la capture fortuite d'individus de notre couleur comme la plus grande faveur que pussent leur octroyer leurs dieux. Que leurs victimes fussent, dans cette rencontre, des enfants sans armes, sans défense, innocents de tout méfait par rapport à eux, que leur importait? N'étaient-ils pas d'une race odieuse, abhorrée? Leurs cris de désespoir n'excitaient en eux que des cris d'allégresse, tandis que deux de ces barbares liaient les pauvres créatures avec des cordes faites avec des faisceaux de mousse marine entortillés, sorte de liens qu'il fabriquent avec une force, une adresse et une rapidité merveilleuses. Ils portèrent alors leurs captifs, en longeant les rochers, vers la caverne obscure dont il a déjà été fait mention. Une fois là, ils allumèrent au centre un grand feu, devant lequel ils placèrent une idole noire et hideuse, à laquelle ils montrèrent leurs victimes l'une après l'autre. Les pauvres garçons, devenus presque fous de terreur, ne virent plus ce qui se passait à la suite de cette cérémonie, jusqu'à ce qu'une décharge d'armes à feu s'étant fait entendre, les flibustiers parurent, les flibustiers qui ne brûlaient pas moins de se venger des sauvages que ceux-ci n'étaient altérés du sang des blancs. Les barbares poussèrent des cris de désespoir et d'effroi, et laissèrent, comme nous l'avons vu, échapper leur proie, rendue par ce fait à la liberté, mais non au bonheur.

Tel fut le récit de Moseby ; restait encore à expliquer le mystère qui couvrait la disparition et la destinée des cinq autres membres de notre troupe, dont nous n'avions rien vu ni rien entendu depuis le jour de leur fuite, il y avait de cela trois ans. Comme nous ils approchaient de l'âge de la virilité ; ils devaient posséder un peu plus d'expérience, d'esprit de conduite et de discrétion que lorsqu'ils débarquèrent pour la première fois sur ces rochers solitaires. Leurs dispositions naturelles devaient être fort différentes. Coble était doué au plus haut degré du don de la parole ; Inman et Ibboston étaient intelligents mais timides, d'un caractère faible, et se laissant aller avec une déplorable facilité au découragement ; ils avaient pleuré, presque sans interruption, leur patrie et leurs amis absents : Brett avait de l'énergie et de l'esprit, mais despote et ne supportant aucun contrôle ; il avait coutume de dire qu'il serait un jour un grand homme ; Hackett.... mais de lui nous parlerons plus longuement tout à l'heure.

La saison approchait où nous devions ramasser notre récolte ; durant cette occupation, Prout, à notre grande satisfaction, reprit beaucoup de sa force d'esprit et de corps. Nos champs de blé, de maïs et de pois nous donnèrent une ample moisson en échange de nos peines et de notre travail, qui, il

faut le dire, avait été plus habilement dirigé
peut-être que précédemment. Nos doigts cependant
n'en furent pas quittes sans égratignures ou sans
coupures; mais ces accidents n'eurent pas le don de
nous effrayer, et nous continuâmes bravement la besogne jusqu'à ce que pas un épi ne restât debout, et
que nous eussions devant nous assez de blé à notre
usage pour une année au moins. Nous n'avions pas
de bon plancher de grange, aussi ne pûmes-nous pas
nous servir de fléaux pour égréner nos semailles.
Pour arriver à ce but, nous prenions des poignées
d'épis et les frottions dans nos mains jusqu'à ce qu'il
ne demeurât pas un grain ; nous obtînmes de cette
façon une grande quantité de belle paille jaune,
droite et propre, dont nous remplîmes nos lits au
lieu de feuilles et d'herbes sauvages.

Quand nous avions posé les fondations de nos cabanes, il y avait une chose sur laquelle nous n'avions
pas compté; je veux parler de la crue de notre
taille, qui de quatre pieds neuf à dix pouces s'était
élevée à cinq pieds trois ou quatre pouces, plus ou
moins. Qu'en résulta-t-il? c'est que nous étions forcés
de laisser les portes ouvertes, si bien que nos pieds
étaient non-seulement hors du lit, mais hors des
portes souvent. Pour remédier à cet inconvénient, et
aux plaintes que nous arrachait cette position incom-
mode, nous agrandîmes nos cabanes, qui de rondes
devinrent ovales, et que nous recouvrîmes toutes de
nouveau avec de la paille fraîche. Notre palissade

extérieure ou barrière ne conservait plus rien de sa
construction originale au dehors. Un massif épais
s'était formé devant elle à la profondeur de trois ou
quatre mètres et avait poussé à proportion en hauteur, si bien que le tout ressemblait de loin à un
bosquet circulaire. Nous regardions ce rempart naturel de notre ville comme une chose fort avantageuse, aussi nous contentâmes-nous de tailler les rejetons en dedans pour conserver notre promenade
intérieure libre et convenable. Nos animaux augmen-
taient en nombre et commençaient à nous être utiles.
Nos cochons et notre volaille agréaient notre blé et
nos ignames sans la moindre hésitation; et nous, à
notre tour, nous daignions recevoir le prix qu'ils
pouvaient nous offrir en échange, en cédant leurs
corps à nos dents et à notre gosier. Le sel était rare.
Nous ne pouvions en obtenir qu'en faisant évaporer
de grandes quantités d'eau salée; lorsque nous nous
en étions ainsi procuré une provision suffisante, nous
préparions la viande que nous voulions conserver
selon le mode des flibustiers, qui est excellent en
vérité, et digne d'être imité en d'autres contrées.

Le moulin! le moulin restait toujours dans le repos
et la disgrâce; le malheureux persistait à ne vouloir
pas fonctionner d'une manière contraire à sa nature,
à sa destination première! Je ne dirai pas les fatigues
que nous occasionnait la tâche pénible de broyer
notre grain. Les opérateurs suaient à grosses gouttes;
on aurait entendu à la distance d'un mille le tinte-

ment des vases sur lesquels nous frappions; et encore la quantité de farine ainsi obtenue n'était-elle,
comme je l'ai déjà dit, qu'un misérable mélange de
cosses, de limailles et de petits morceaux de pierre;
pour surcroît de bonheur, nous brisâmes deux très-
bons chaudrons en les martelant.

Et durant tout ce temps le moulin était négligé.

Cependant un matin que pour déjeuner nous
n'avions que de la viande sèche, on tint conseil, et il
fut décidé que tous les efforts de la communauté devaient tendre à ce but : la restauration de cette utile
machine. S'agissait-il de la replacer sur son trône
aérien? Non pas, s'il vous plaît, nous étions plus
modestes; pour le quart d'heure notre ambition se
bornait à la rendre à sa condition première, c'est-à-
dire à celle de moulin *terrestre*, de moulin à bras.
N'y aurait-il pas trop d'orgueil à écrire ici que Miles
Selwin reçut les remercîments de tous les jeunes
insulaires rassemblés dans l'hôtel-de-ville, pour son
habile rétablissement de ce moulin : il y ajouta, et
par conséquent il fit, un autre vindas. Deux personnes pouvaient le faire aller avec facilité; mais en
graissant les dents et les pignons, idée qui ne vint
qu'après, on trouva que la machine manœuvrait avec
tant d'aisance que le nouveau vindas n'était pas nécessaire! Et pourtant ce nouveau vindas, ainsi mis au
rebut, était, pour le dire en passant, l'œuvre de tout
un mois! Mais n'importe, le grain faisait du bruit,

la poussière volait et la farine passait dans un léger
courant d'air.

Une autre grande amélioration fut la confection
d'un éventail ou crible, que nous fîmes avec du canevas très-mince. Nous agitions cet instrument en
tous sens, jusqu'à ce que la farine passât au travers
en quantité suffisante; ce qui restait formait un mélange très-mangeable encore. Nous fabriquâmes ainsi
deux espèces de pain ou gâteaux, que nous faisions
cuire dans les marmites de fer déjà mentionnées, selon que nous voulions nous régaler plus ou moins.
Grande était notre joie, comme vous le pensez bien !
Manger du pain de fine fleur de farine n'était-ce pas ,
dites-le moi, dans notre état d'isolement et d'abandon, le plus haut degré de félicité auquel nous pussions raisonnablement prétendre?

Excusez cette longue et insipide page au sujet du
moulin ; Miles Selwyn s'est senti porté irrésistible-
ment à se vanter de ce succès, car la restauration de
cette machine est son plus beau titre de gloire, le
service le plus éclatant qu'il ait jamais pu rendre aux
jeunes insulaires, qui, en commémoration de son
adresse et pour lui témoigner leur reconnaissance,
lui décernèrent le surnom de MILES-LE-MEUNIER.

La récolte achevée, nous eûmes encore du temps
à revendre. Nous prîmes alors plaisir à une chose
que nous évitions dans les commencements. Nous
parlâmes de nos aventures ; nous mesurions par la
pensée les distances qui nous séparaient de notre

chère Angleterre ; nous racontions les scènes, flottantes dans nos souvenirs, de notre jeunesse passée au milieu de nos parents et de nos amis. Nous comptions les pères, les mères, les frères, les sœurs, que notre départ avait précipités dans l'agonie d'une douleur sans espérance, et plus souvent qu'autrefois nous prononcions les noms et évoquions les images de nos premiers et joyeux compagnons qui avaient succombé au milieu de nous.

J'ai déjà dit que nos pensées les plus douces de la journée et nos rêves de la nuit nous ramenaient aux demeures que nous avions souvent si peu appréciées, aux tours de Château-Seaward, dont les ombres même nous inspiraient jadis et la haine et l'effroi.

Nous fatiguions, en particulier, notre mémoire pour ressaisir les impressions diverses de notre séjour à l'ancienne école publique, en les retraçant ligne par ligne, comme elles nous arrivaient, sans oublier les rimes curieuses que nous y avions composées et qui contenaient nos plaintes en des vers aussi *tristes à tous égards* que le sujet. Assis un soir autour de la table de notre maison centrale, nous prîmes tout ce qu'il fallait pour écrire, et à force de persévérance, à l'aide des souvenirs de chacun, nous nous rappelâmes, je crois, en entier, tous les termes de cette chansonnette inimitable dont nous avions l'intention de couvrir les boiseries de notre principale chambre à coucher. La remembrance de cette relique précieuse, résultat et expression naïve de notre

puéril mécontentement, occupa nos cerveaux autant
qu'une composition nouvelle. Beaucoup de ceux qui
y avaient contribué n'étaient plus là ; mais je crois
pouvoir garantir l'exactitude de la copie suivante, qui,
mes lecteurs l'avoueront sans peine, porte les marques de la jeunesse et de l'absurde. Le premier cou-
plet était de Philippe Aylmer ; le second était de lui
et de moi ; la troisième stance, de Nathan Prout ; la
quatrième, de John Rouse, qui composa la suivante avec Prout ; je pense avoir mis la dernière main
à la fin de l'œuvre qui ne se terminait pas trop au
gré d'Aylmer. Mais c'est assez tenir mes lecteurs en
suspens ; le tout pourrait être très-bien mis en musique par un âne mourant.

LES PETITES MISÈRES DE CHATEAU-SEAWARD.

Nous chantons les tours solitaires
Qui s'inclinent sous l'ouragan.
Là roulent les ondes amères ;
Là, parmi les soupirs du vent,
Nous entendons la voix plaintive
Du naufragé qui, vers la rive,
Jette éperdu son cri mourant.

La rafale bat le navire....
Comme il s'agite !... il va sombrer !...
— Oh ! le mur penche et se déchire....
Prenons bien garde, il va tomber.
A travers la large fissure
Le vent nous coupe la figure
Sans que rien puisse l'arrêter !

24.

Voyez-vous la sombre salle
Où nous sommes tous assis?
Où de force chacun avale
Son clair potage et son pain bis?
Tandis que la bourrasque gronde
Et fait danser comme une ronde
Aux fenêtres sur leurs châssis?

Mais tout cela n'est rien encore;
Les maîtres se sont rassemblés,
Le coupable en vain les implore,
La joue en feu, les yeux gonflés.
D'un pied chaque mine s'allonge....
Au supplice le bourreau songe....
Malheureux écoliers, tremblez!

Ces verges, terribles emblèmes,
Ces cannes et ces panneaux tors,
Ces faces grimaçantes, blêmes,
Sont, hélas! les sombres décors
Du trône où se tient notre juge,
Qui toujours sans pitié nous juge
Et nous prouve *en latin* nos torts.

Nous dormons tous...., C'est la clochette!...
Adieu beau rêve! Adieu sommeil!...
La pompe joue et nous répète
Que voici l'heure du réveil!
Dans la cour épandant son onde,
Elle nous glace et nous inonde....
Encor!... si brillait le soleil....

Hélas! hélas! la fosse est proche
Où le vieux Grimsby disparut,
Avec nos lettres dans sa poche!

Et les crabes (nous l'avons vu),
Les crabes, nation maudite,
Ont dévoré dans son orbite
Le seul œil que vivant il eût!

Nous chantons les tours solitaires
Qui s'inclinent sous l'ouragan.
Là roulent les ondes amères;
Là, parmi les soupirs du vent,
Nous entendons la voix plaintive
Du naufragé qui, vers la rive,
Jette éperdu son cri mourant.

Ces vers étonnants, production burlesque d'une confédération de poètes, ne furent pas composés d'une seule haleine, ni même dans un jour, ni une semaine, ni un mois; six mois entiers tous les cerveaux de l'école furent en travail pour trouver les rimes les plus difficiles. La patience et le hasard nous les fournirent enfin, et ce chef-d'œuvre vit le jour.

—Eh bien! dit Prout, quand ce magnifique poème fut ressuscité, dûment écrit et lu, que pensez-vous de nos misères d'alors? Nous avons aujourd'hui un peu plus d'expérience. Quel est celui d'entre nous qui ne bondirait pas de joie s'il savait devoir un jour remettre le pied à Château-Seaward?—Mais non, cela ne nous arrivera jamais.

Personne ne répondit. Des larmes seules brillèrent dans tous les yeux; nous étions tous sous le poids d'une impression craintive; nous trouvions au fond de nos cœurs la certitude que notre exil ne finirait qu'avec notre vie, et que jamais nous ne reverrions les côtes d'Angleterre, que dans nos rêves !

Ces idées si tristes furent chassées par un incident burlesque, dont je dois compte à me lecteurs. Tandis que Boyce et Frampton s'amusaient à réciter pour la centième fois la complainte ci-dessus, un immense braiement se fit entendre : c'était un âne sauvage, qui s'étant approché pour brouter les rejetons de notre palissade, s'amusait à faire chorus. Un immense éclat de rire partit de toutes les bouches, et la journée se termina plus gaiement que nous ne l'avions espéré.

CHAPITRE XI.

Le chronomètre ou, si vous le préférez, la pendule, qui était magnifique et portait le nom de *Dutton, Londres*, était à la vérité considéré comme propriété commune, ainsi que nous l'avons déjà dit; mais il n'en fut pas moins inutile, tant que nous ne sûmes pas l'heure pour le régler. Nous avions beau le remonter, nous en étions quittes pour la seule et stérile satisfaction d'entendre son tic-tac, qui nous rappelait notre logis et nous faisait l'effet d'un autre individu ajouté à notre bande, individu parlant un langage que nous comprenions. Mais il était évident que, sans être réglé à l'heure, il avait beau marcher, ce chronomètre n'avait pas le mérite qu'a toute pendule d'indiquer chaque heure précise du jour jusqu'à ce qu'elle s'arrête. Cependant, Prout qui avait des idées plus exactes sur la mesure du temps qu'aucun de nous, et qui, depuis que nous possédions tous les matériaux pour écrire, avait tenu une espèce de journal, trouva enfin un moyen, aussi sûr que possible, de fixer le point de départ auquel devaient être ajustées les aiguilles. Il planta une perche toute droite dans le sable ; et plaçant un morceau de bois horizontalement au pied de cette perche, il remarqua le point où le soleil projetait son ombre la plus courte, ce moment fut évidemment midi pour nous, à qui d'ailleurs il importait fort peu que midi eût lieu plus tôt ou plus tard à Greenwich.

La connaissance de l'heure, le « Quelle heure est-il ? » règle une foule de choses qui autrement errent à tort et à travers dans l'esprit. Il nous sembla dès lors que nous renouvelions connaissance avec nous-mêmes et avec les affaires de la vie. Telle chose est faite ou conçue à dix heures du matin, ou doit être rappelée à trois heures de relevée, c'est un compte qu'il faut établir avec la mémoire, c'est une distance qu'il faut conserver entre ses pensées. Or nous avions maintenant un guide chargé de nous aider dans ce calcul.

Notre sentinelle eut l'ordre d'éveiller dorénavant toute la garnison à six heures. Le déjeuner, s'il y en avait, devait avoir lieu à sept heures ; le dîner, si les chasseurs et le cuisinier avaient été heureux, à midi ; et le souper, à six heures du soir. C'étaient les heures de Château-Seaward ; elles furent choisies et adoptées par les jeunes insulaires : pourquoi ? Pour *cette raison* même.

J'ai déjà dit que Prout tenait un journal régulier ; ce fut à sa suggestion que je commençai vers cette époque à écrire le récit de nos aventures, qui, selon toute probabilité, ne verra jamais le jour dans notre vieille Angleterre ; car, enfermés que nous sommes par des eaux inconnues, il est peu vraisemblable qu'aucune autre terre que cette île romanesque et solitaire renfermera nos tombeaux. C'est à peine si jamais vient poindre à l'horizon de nos espérances l'idée de revoir un jour notre patrie ; je suis en outre déterminé à ne jamais quitter Prout, quoi qu'il arrive, et Prout semble résolu à rester ici ; ses mélancoliques affections se sont enracinées sur ce sol qui renferme les cendres de son père, je doute même qu'il voulût monter sur un navire qui l'emporterait vers son pays natal.

Parmi les rares distractions auxquelles nous nous livrions durant nos quelques moments de loisir, il en était une que mes lecteurs (vous voyez que je continue toujours de m'adresser à vous) pourraient difficilement deviner. Nous établîmes un bureau de poste : c'était le tronc d'un arbre creux situé à quelque distance, dans lequel nous jetions nos lettres. Par ce moyen nous entretînmes une correspondance animée, comme si c'était avec nos amis d'Angleterre.

L'idée vint de Prout, comme toujours. Pauvre garçon !... il n'avait point de parents à qui écrire ; mais il entreprit principalement la tâche de représenter nos divers amis ; en conséquence, il fut le receveur général de nos épîtres. Nous les écrivions et les mettions à la poste, selon nos inclinations ; elles étaient dûment cachetées et adressées. Au bout d'un

certain temps, l'auteur de chaque lettre trouvait une
réponse. Cette occupation fut pour nous d'un avantage
inappréciable; elle créait, en quelque sorte, un intérêt semblable à celui de communications véritables.
Elle donnait lieu à l'expansion d'un grand nombre de
bons sentiments mort-nés, hélas! et quelquefois aussi
produisait un peu de gaieté. Toutes les lettres étaient
lues en public une fois par mois, et cela, le plus
souvent au milieu des sourires et des larmes. Cependant il arrivait que nous allions à la poste en vain.
Point de lettres! Point de lettres! Une autre fois nous
étions plus heureux; alors ce n'était qu'un cri de
joie : six, huit, dix, douze lettres! et nous les ou-
vrions, et nous les lisions, et nous étions bien souvent frappés d'étonnement.

J'ai la permission de tous les correspondants de
copier celles de ces lettres que je voudrai pour mon
histoire. La première qui me tombe sous la main n'est
rien moins que prolixe; elle est de John Rouse à son
oncle; le jeune homme n'avait pas d'autres parents
en vie. La réponse ne sera pas ennuyeuse.

« Août (je le suppose), Mosco (je pense).
» Cher oncle Rob,
» Je suis ici, et je ne le puis empêcher.
» Votre neveu, JOHN ROUSE. »

La réponse était :

« Neveu John Rouse,
» Vous y pouvez rester, ça m'est bien égal.
» Votre oncle, ROB ROUSE. »

Toutefois je pense que plusieurs écrivaient avec la persuasion qu'un jour ou l'autre, et par un moyen quelconque, leurs lettres ou des copies de leurs lettres pourraient être expédiées en Angleterre; c'est ce qui explique le style sérieux de quelques-unes d'entre elles. Georges Holt entreprit plusieurs épîtres sur le ton badin, mais il les déchira les unes après les autres, et finit par commencer la suivante assez sérieusement, comme vous le verrez.

De la terre inconnue, août 1758.

« Mon père et ma mère vivent-ils encore, ainsi que la petite Sally? Songent-ils jamais au pauvre Georges? A-t-on pris le deuil pour nous? Croit-on que nous sommes tous morts? A-t-on expédié un navire à notre recherche? Oh! non, nous n'étions pas dignes qu'on prît cette peine. Comment sommes-nous arrivés ici? je ne puis guère le dire. Où sommes-nous réellement? j'ai beau chercher, je ne le puis découvrir. C'est une île chaude et boisée, ayant une vaste montagne caverneuse et semée de rochers sur l'un de ses côtés. Nous avons mené une existence de sauvages, vivant dans les bois et mangeant des racines crues que les cochons avaient laissées. Je suppose que nous sommes à bien des milliers de milles de l'Angleterre, à travers l'océan Atlantique. Mais écoutez bien : savez-vous que la nuit, quand je ferme les yeux, je suis à Harold-Grange (1). La nuit

(1) On comprend sans peine que ce nom est celui de l'endroit où demeuraient les parents de Georges Holt. Ceux qui vont suivre désigneront des lieux circonvoisins.

dernière, lorsque tout était plongé dans les ténèbres,
il me sembla que je traversais véritablement le village de Hutton, près des Cheequers. Je franchis alors
la barrière comme un oiseau, et glissai le long de la
ruelle de Chase. Il me sembla ensuite que je volti-
geais à travers la prairie et que j'entrais dans la cour
de la ferme par la porte de la Bride. Elle craquait et
bruissait derrière moi comme elle faisait jadis; le
vieux chien se dressa sur ses pattes, mais il ne me
reconnaissait pas; ses yeux étincelaient; il avait la
gueule et la crinière d'un lion ! Je voulus alors tirer
le cordon de la sonnette, mais je ne pus pas trouver
la poignée; je voulus appeler, mais la voix et l'haleine me manquèrent, et je ne pus que proférer
quelques murmures inarticulés. Tout à coup je me
vis dans l'intérieur de la maison, dans le petit salon;
les volets étaient fermés et je ne pus rencontrer personne. Puis je me trouvai de retour ici, et je rêvai
que vous étiez tous en noir devant moi; ma mère
me fit un signe, mais personne ne disait mot. Alors
je tâchai d'aller à elle; je tombai dans un puits et je
m'éveillai. Il est inutile d'en écrire davantage. Souvent, durant le jour, je crois que je rêve, et je désire que le matin arrive. J'ai tout lieu de penser que
nous ne sommes plus maintenant que quatorze en
vie : il est étrange qu'un seul de nous ait été sauvé.

                              « GEORGES HOLT. »

Le récit de nos aventures et de notre manière de
vivre formait naturellement une partie considérable

de toutes les lettres, qu'il est par conséquent inutile de répéter. A la fin d'une longue épître, Arthur Murdoch envoyait à une *ancienne connaissance* un message qui prouvait que la séparation n'avait pas le moins du monde amené l'oubli.

« Dites à Jacob Crawley que nous le désirons beaucoup ici ; nous souhaitons vivement lui montrer *une porte, et au delà un endroit sauvage, et un puits, et de l'eau, et une immense quantité de marchandises pour navires ;* dites-lui bien aussi que nous lui préparons accueil de bon cœur ; nous voulons le remercier pour *nous* avoir procuré tant de choses romanesques et utiles ; nous voulons le prier d'en accepter sa part. Il pourrait même au besoin les posséder toutes à lui tout seul, car nous pouvons lui promettre qu'il ne s'y trouvera pas un seul Hollandais pour le troubler, qu'il pourra descendre *en bas* à sa guise, sans qu'on lève un seul doigt pour l'en empêcher. C'est bien l'endroit qui convient à Crabe Crawley ; une fois là je suis bien certain qu'il ne pourra pas se plaindre ni demander jamais de s'en retourner. »

Le dernier morceau que je transcrirai est le suivant : je soupçonne fort qu'il est de Prout, bien qu'il fût contenu, sans nom d'auteur, dans une lettre au docteur Poynders. Je ne suppose pas qu'il s'en trouve un seul parmi nous autre que lui, capable de composer jamais des stances aussi mélancoliques. Comme cette pièce de poésie renferme les princi-

paux incidents de mon histoire, lesquels incidents
j'ai déjà racontés, les allusions seront aisément com-
prises par ceux que je pourrais nommer mes lecteurs,
s'il s'en trouve jamais.

HISTOIRE DES ÉCOLIERS VAGABONDS.

L'an mourant envoyait son haleine frileuse,
De ses brouillards novembre avait couvert la mer,
Nos vieilles tours perçaient cette ombre vaporeuse,
« Partons! amis, partons! l'obscurité nous seit. »

La porte du jardin, ô prodige! est ouverte....
« Voyez-vous cet espace et ces champs inconnus!
» Pourquoi donc hésiter? » Hélas! pour notre perte
L'enfer nous entraîna parmi ces rochers nus.

« Il vaut mieux retourner! » — Du devoir la voix sainte
A nos cœurs repentants vient résonner *trop tard !*
La porte était fermée, et devant nous l'enceinte
N'offrait à nos efforts qu'un solide rempart.

Et nos larmes coulaient.... Triomphant dans son âme,
Crabe Crawley nous dit : « Bannissez votre effroi,
» Car de votre foyer vous reverrez la flamme,
» Jusque chez vous je vais vous guider, suivez-moi. »

Il ne nous trompait pas; voilà bien le rivage,
Et le sable luisant, la mer et les rochers!
« Merci, Crawley, merci! Traversons le village,
» Nous sommes maintenant libres de tous dangers.

» Dix minutes encor!... Nous serons à l'école,
» Une douce censure est ce qui nous attend. »

— « Arrêtez !... d'un vaisseau voyez la banderole
» Qui doucement s'agite et se balance au vent.

» La vague, en murmurant, vient caresser la proue,
» Le pavillon languit et retombe affaissé.
» Entendez-vous au loin l'équipage qui joue,
» L'équipage ivre-mort du vaisseau délaissé ?

» Venez ! oh ! venez tous ! La planche est préparée !
» Grimpons dans les agrès ! allons danser à bord,
» Descendons à la cale.... » Et notre âme égarée
Se livre au tentateur, qui nous mène à la mort.

Pour tant de maux soufferts la belle récompense,
De voir l'eau clapoter, sentir les puanteurs
Des cordes, du goudron, de la rouille et du rance,
De ramper sur le pont comme de vrais voleurs !

« Il vaut mieux retourner ! » Hélas ! *trop tard* encore
Nous avons voulu fuir... Notre tête se perd,
Chacun de nous chancelle et vers Dieu qu'il implore
Élève ses deux bras.... « *Oh ! nous sommes en mer !* »

Sur la vague en courroux se penche le Rapide,
Qui se trace un chemin dans les brouillards flottants ;
Nous crions ; notre voix rencontre un écho vide
Et se perd au milieu des haubans mugissants.

La houle, du pilote en tout temps redoutée,
Courait sur les bas-fonds et se précipitait :
Le vaisseau ballotté par la mer agitée
Tourbillonne inondé ! Qu'est-ce ! — Hélas ! c'en est fait !

Treize sont disparus, enlevés du Rapide
Par le flot qui sur eux se referme en grondant ;
Le voilà qui revient, pareil au tigre avide...
Il en dévore encor... Comptons-nous maintenant !

Nous allons tous périr !.. Le vaisseau tourne et plonge.....
Mais non !... il se relève et vole jusqu'aux cieux !...
— « Serions-nous donc, amis, sous l'empire d'un songe?
— « Non, la réalité seule est devant nos yeux. »

Oh ! comment raconter ces accidents tragiques ?
A l'unisson des cris comment mettre mes vers?
Quand la nature même, en ces moments critiques,
Restait muette et sourde à nos regrets amers!

Comment peindre l'horreur de la troupe éperdue?
— « Mais voilà les forbans ! » — « Les vagabonds à l'eau ! »
— « Non, » répond seul leur chef; et bientôt du vaisseau
Il nous fait transporter dans une île inconnue.

La rive nous reçut sur son sein rocailleux....
— Où dormir? — sur le sol, sous la voûte étoilée;
Ah ! dormons bien long-temps, notre âme consolée
De Château-Scaward croit voir les toits brumeux.

Ces vers ont des sanglots emprunté l'harmonie;
Ces vers... tristes échos de poignantes douleurs! —
C'est le chant du banni, qui, loin de sa patrie,
Rappelle à ses amis leurs fautes, leurs malheurs!

Assez pour ce griffonnage. Passons à une autre
série de faits.

Nous arrêtâmes d'entreprendre un voyage et d'explorer, d'une manière plus régulière que nous ne
l'avions fait jusqu'ici, le territoire de notre île. A cet
effet, nous nous munîmes d'un équipement entièrement neuf de bottes rustiques. Nous les confection-
nâmes avec des peaux de cochon, espèce de cuir; le

meilleur dont on puisse se servir sans être tanné. Si
on le sèche à l'ombre, il durcit et devient passablement souple. Nous en fîmes des chaussures qui montaient au-dessus des genoux. Les semelles, doublées
et cousues aussi solidement que possible avec une
assez modique quantité de ficelle, étaient faites de la
même étoffe, si l'on peut s'exprimer ainsi. La ficelle
nous manquant, nous fûmes obligés de déchirer en
bandes minces comme des lanières plusieurs pièces
de toile, et cela à notre grand regret. Nous ne portions pas de provisions avec nous, nous fiant aux fusils
dont deux ou trois membres actifs de notre société
pouvaient se servir utilement. Nous ne manquions
pas de feu ni de combustible ; partant nous avions peu
d'inquiétude, certains de nous procurer un repas confortable toutes les fois que le besoin s'en ferait sentir.

Ce fut moi qui projetai cette expédition, principalement à cause de Prout, dont l'esprit s'affaissait
considérablement en même temps que sa santé dé-
clinait d'une manière sensible. Il nous donnait son
avis et nous prêtait son assistance, quand cela
nous était nécessaire, avec autant d'énergie que
jamais, mais non plus avec cet intérêt vif et
soutenu qui autrefois animait son œil, sa main,
toutes ses facultés. Je mis en avant, comme raison
déterminante de ce voyage, le devoir qui résultait pour nous, maintenant que l'abondance régnait
en quelque sorte au milieu de nous, de faire un
effort pour découvrir nos compagnons absents, qui

pouvaient mener une vie errante et dépérir faute des choses dont nous étions amplement pourvus.

L'idée de ce secours à porter à nos compagnons malheureux était plus que suffisante, je le savais, pour déterminer Prout. Son visage s'anima encore et réfléta ses espérances de nouveau ravivées. Sa propre espérance à lui, de revoir jamais les fugitifs, était éteinte depuis long-temps; j'avoue que les miennes étaient bien faibles; car nous avions traversé, parcouru les rochers et les plaines dans presque tous les sens, lorsque nous étions à la piste du gibier, et jusqu'ici nous n'avions pas rencontré le moindre indice qui annonçât leur présence en quelque endroit que ce fût.

Nous avions calculé que notre absence se prolongerait durant la période d'une semaine. Nous fermâmes les portes ou barrières de notre ville avec une simple claie d'osier. Vous pouvez très-facilement vous former une idée de notre aspect et vous figurant quatorze garçons, dont les plus âgés avaient de quatorze à dix-huit et dix-neuf ans, habillés de vestes et de pantalons en bleu rayé, la tête couverte de chapeaux de paille à larges bords, tressés par eux-mêmes. Nos bottes étaient à coup sûr la partie la plus grotesque de notre accoutrement, mais elles étaient indispensables à notre commodité et même à notre salut, obligés que nous étions de traverser des broussailles entrelacées et qui recélaient parfois, quoiqu'en petit nombre, des serpents venimeux.

Ce fut par une fraîche matinée que nous nous mîmes en route. Le bourdonnement de nos voix me rappelait des temps passés et des scènes bien plus heureuses. Je ne veux pas nier cependant que nous ressentîmes en ce moment plus de joie que nous n'en faisions éclater d'ordinaire en nous promenant sur les sables, dans la société de nos maîtres, aux alentours de Château-Scaward, non; mais, je le déclare ici, si nous avions pu échanger notre position de jeunes insulaires, avec tous les avantages y attachés, autant que nous les pouvions connaître, joints à la propriété absolue d'un pays de quelques milles d'étendue; oh! oui, si nous avions pu échanger tout cela et notre liberté en outre, contre une place tranquille sur les bancs de l'école, nous aurions ressenti une joie, un bonheur, une félicité, tels que nous n'en avons jamais connu de semblables ni avant ni depuis.

La circonférence de l'île présentait, pour ainsi dire, les formes générales de la terre; elle pouvait mesurer trente milles, un peu plus peut-être. Une chaîne de rochers, creusée en certains endroits par l'ardeur volcanique sans doute, occupait la côte méridionale; les mêmes inégalités de terrain couraient de l'est à l'ouest pendant un mille ou deux, et formaient un rivage d'un aspect hardi non moins que pittoresque. Cette masse alpestre et romantique s'élevait en des rochers confus et renversés, semés de veines et de morceaux de terre, où croissaient des arbres et des plantes qui s'étageaient à une hauteur telle, qu'ils rendaient cette masse visible à l'œil dans toutes les directions; du côté de la mer, elle n'était pas moins visible avec ses flancs boisés et verdoyants, à une distance de plusieurs milles. C'était un des plus magnifiques points de vue sur lesquels l'œil pût s'arrêter, un endroit vraiment délicieux, une île charmante à occuper pour des gens dont les affections n'auraient pas été enracinées dans une autre contrée lointaine, et dont le cœur n'aurait pas été déchiré, comme les nôtres, par les plus affreuses tempêtes de la calamité. Où se terminaient les rochers commençait un rivage brillant de sable jaune qui reluisait comme des paillettes d'or, et sur lequel nous gambadions comme de jeunes fous, harcelant, tourmentant les tortues, que nous chassions devant nous à notre guise l'espace de trois ou quatre milles.

Nous résolûmes de faire cette fois complétement le tour de l'île avec une connaissance plus ample de sa nature, et possédant de meilleurs moyens d'observation que nous n'en avions autrefois. Nous pénétrâmes donc tout de suite dans les bois qui se trouvaient situés entre notre lieu de campement et la mer. Nous arrivâmes ainsi sur les sables avec un appétit qui fut fatal aux coquillages que nous y rencontrâmes. Ces sables aboutissaient à un rivage marécageux dont le sol mou et peu consistant s'étendait au loin dans l'intérieur, et formait le vaste marais déjà mentionné.

Nous prîmes la liberté de nous servir des tortues pour le traverser. Voici la méthode que nous employâmes à cet effet : deux ou trois d'entre nous prenaient un de ces patients animaux, le portaient et le plaçaient poliment dans les endroits où cela était nécessaire ; une rangée de vingt-huit de ces modèles parfaits d'obéissance passive composa une espèce de pont à travers le marais ; et quand nous fûmes passés, que nous fûmes commodément assis sur le côté opposé tapissé d'un moelleux gazon, nous eûmes là satisfaction de voir ces pauvres bêtes se débarrasser les unes après les autres, et se retirer presque dans l'ordre et de place et de temps où nous les avions mises : ajoutons qu'elles exploraient parfois ces marais pour leur propre compte.

Avançant toujours le long du rivage, aussi près que nous pouvions tenir pied, nous arrivâmes à une langue étroite d'eau qui n'était que le courant qui coulait vers l'intérieur. Nous aurions pu supposer l'embouchure d'une rivière. Comme nous n'avions point là de tortues qui pussent nous servir de monture, nous fûmes contraints de côtoyer les rives de ce ruisseau vers l'intérieur jusqu'à ce que nous en trouvions le bout. Le courant, qui avait beaucoup de force, disparut enfin dans une fente de terre ou plutôt de rocher, vers un point tellement recouvert par le feuillage, que celui-ci aurait entièrement dissimulé son cours ultérieur, s'il n'avait pas été réellement souterrain comme il l'était. Je ne doute nullement que cecourant ne s'achemine parmi les fondations de la montagne, et que le torrent qui glissait à travers l'abîme de la grande caverne, ne soit ce même ruisseau qui sortait à quelque endroit inaccessible, et se perdait dans les marais déjà mentionnés.

Nous nous enfonçâmes de nouveau dans les bois qui s'étendaient presque jusqu'au bord de la mer, où se penchaient de dessus les rochers qui formaient le rivage. Nous étions véritablement ici sous un toit impénétrable de feuillage, le plus épais que j'aie jamais vu. L'air sombre de cette forêt primordiale, à l'heure même de midi, ne peut être mieux comparé qu'à cette demi-obscurité d'un vaste temple sans fenêtres, où le jour ne pénètre confusément que par quelque lucarne invisible. La forêt se composait principalement d'arbres énormes, d'une espèce appelée chênes-verts, dont les rameaux, pendant l'automne, semblent avoir été trempés dans du sang. Le tronc d'un de ces arbres était si gros, que c'est à peine si huit d'entre nous, en se tenant par la main, pouvaient en embrasser le contour ; ses bras de géant, étendus horizontalement dans toutes les directions, paraissaient comme l'immense charpente de quelque vaste fabrique suspendue sur nos têtes. Ils projetaient au loin leur luxuriant feuillage, le mêlant aux ombrages d'alentour, tandis que le sommet, fendu en plusieurs morceaux qui s'écartaient du tronc, perçait l'obscurité supérieure, et offrait un témoignage irrécusable de l'orage qui avait maltraité et incendié la crête superbe qui

jadis flottait comme une couronne royale au-dessus
des autres arbres de la forêt.

Il y a quelque chose d'aussi sublime dans le calme
fortuit de ces antiques ombrages que dans le mugissement de la tempête qui courbe les troncs les plus
robustes jusqu'à terre. Tandis que nous étions là,
c'est à peine si l'on entendait frémir les feuilles de
ce chêne majestueux. Nous retenions jusqu'à notre
haleine pour écouter ce frémissement, et ce frémissement même cessa ! La grandeur de la scène s'aug-
mentait encore de l'étendue infinie qui régnait de
chaque côté : car tout se perdait dans la distance
sombre, où l'ombre ajoutait à l'ombre, jusqu'à ce
que tout rayon de lumière fût intercepté. Là, nous
n'étions jamais venus auparavant ; jamais aussi, jusqu'à ce jour, nous n'avions été témoins d'une scène
si imposante au milieu de la forêt. Nous nous assîmes
un instant sur les racines pleines de nœuds qui ser-
pentaient à nos pieds, osant à peine ouvrir la bouche
pour parler ou même respirer.

Mais enfin notre attention fut attirée par un mouvement brusque qui se fit dans un bosquet voisin,
et nous aperçûmes deux formes qui glissaient à travers un étroit espace, et grimpaient sur un arbre avec
la célérité qui distingue d'ordinaire le poursuivant
et le poursuivi. Elles furent un instant cachées par
les branches, puis elles nous apparurent du milieu
des branches supérieures. Ces deux individus, dont
l'un était plus grand que l'autre, offraient l'image

26

de deux masses noires que John Rouse prit immédiatement pour des singes; ses mains se portèrent
aussitôt sympathiquement à son crâne; c'était un
souvenir. La lunette d'approche fut braquée à chaque
œil; mais les feuilles ondoyantes se trémoussaient
devant nos visages, et nous empêchaient de rien
décider de positif sur la nature de ces deux objets.

— Ah! voyez, disait l'un, changeant la direction
de la lunette, la plus grande bête a donné à l'autre
un coup sur la tête; tiens, voilà qu'elle lui vole ses
noix de coco. Oh! quelle grimace fait la petite!

Tous, nous prîmes tour à tour la lunette; le plus
petit individu était un singe; tout, du moins, l'annonçait.

— Le voilà qui se blottit sur une branche de
l'arbre.

— Ce n'est pas un cocotier que cet arbre.

— Il se tient coi, les mains sur les genoux, regardant d'un air soumis quoique impatient l'autre qui
s'est emparé du fruit et le mange.

— Prout, dit Melton, tirons sur eux.

— Pourquoi? répliqua Prout.

— Pour les faire descendre afin de les mieux voir.

— Attendez, répondit Prout en abaissant le canon
du fusil, attendez; un mot auparavant. Voulez-vous
promettre de manger la chair de ces bêtes dégoûtantes ou bien d'en porter la peau?

Mais avant qu'aucune réponse pût être faite, l'un
d'entre nous, intrépide chasseur, s'était enfoncé dans

" La plus grande (bête) saignant aussi avait la face
contre le sol et gémissait ; nous la retournâmes : c'était
Hackett !... "

les broussailles, et d'un endroit d'où nous ne pou=
vions l'apercevoir il avait lâché la détente de son
fusil; le coup partit.

Un cri, ou plutôt un hurlement qui provenait assurément d'une brute se fit entendre, en même temps
qu'un autre cri, mais d'une autre espèce. Nous nous
précipitâmes vers les broussailles, tandis que les deux
créatures frappées par le plomb mortel tombaient de
branche en branche. Elles gisent maintenant à terre,
haletant et râlant; la plus petite jetant du sang par
la bouche et la gorge; la plus grande, saignant aussi,
avait la face contre le sol, et gémissait; nous la re=
tournâmes : c'était Hackett!...

Quelques lambeaux de vêtement ceignaient encore
ses reins; mais son visage, mince et décharné, recouvert presque en entier par ses cheveux affreusement
mêlés, sa peau noircie par le soleil, ses ongles non
coupés et ses regards sauvages nous auraient à peine
permis de croire que nous avions là sous nos yeux
un ancien camarade; sans les haillons d'un costume
bien connu qui le couvraient encore et sans l'absence
d'une phalange, que nous remarquâmes à son petit
doigt, qu'il perdit dans son enfance. J'omets le nom
du pauvre garçon qui, dans un moment d'étourderie,
avait lâché son coup de fusil. Quand il vit ce qu'il
avait fait, il poussa un cri d'horreur, et, jetant bas
son arme, il aurait dans son désespoir pris la fuite si
Prout ne l'eût pas arrêté.

— Nous savons tous que c'est un accident, dit-il;

mais je suis certain d'une chose, c'est que vous nous aiderez à panser ses blessures.

En un clin d'œil le jeune homme fut aux côtés du patient. Les blessures n'étaient pas mortelles, mais plusieurs grains de plomb avaient rudement lacéré le visage; un œil même était complétement perdu. Nous déchirâmes les manches de nos vestes, et nous en ligaturâmes sa tête aussi bien que possible; pour de l'eau il n'y en avait pas, aussi résolûmes-nous de retourner chez nous sans délai.

N'ayant pas les outils nécessaires pour couper des bâtons et des rameaux afin de former une litière pour notre camarade, six d'entre nous croisèrent leurs bras, tandis que les autres posèrent et soutinrent sur cette espèce de brancard l'infortuné Hackett. C'était une tâche difficile de s'avancer ainsi à travers la partie la plus épaisse d'un bois, où n'avait été frayé aucun sentier; la fatigue nous obligeait bien souvent de nous arrêter, malgré l'envie que nous avions de continuer notre marche, en voyant que notre fardeau gémissait de plus en plus et s'affaiblissait à chaque instant par suite de la perte du sang qui coulait encore de ses blessures. En vain nous essayâmes de le faire parler, il se tut, et le cortège s'avança dorénavant silencieux et plongé dans une morne tristesse. Si nous n'avions eu pour guide à travers le bois que le hasard ou notre propre connaissance des lieux, nous aurions couru grand risque d'y errer jusqu'à ce que notre malade fût mort; mais nous ne nous engagions jamais dans les forêts sans être munis d'une boussole, dans l'usage de laquelle nous devînmes si habiles qu'il ne nous arrivait jamais de nous tromper de direction, même parmi les plus inextricables labyrinthes de la forêt.

Nous n'arrivâmes pas à notre habitation avant la soirée. Nous retrouvâmes toutes choses, comme nous les avions laissées. Nous dressâmes un lit, comme nous l'avions fait précédemment, dans notre maison centrale, où nous couchâmes notre moribond, dont nous bandâmes de nouveau les blessures après avoir eu soin de les laver et de les refermer. Puis nous lui administrâmes quelques rafraîchissements avec mesure, comme l'expérience nous avait démontré qu'il fallait faire, en lui prodiguant toutes les consolations que notre cœur nous suggérait. Plusieurs semaines s'écoulèrent avant qu'il commençât à se rétablir et à reprendre l'aspect d'un être humain appartenant à une race civilisée ; et quand il en fut ainsi, il sembla avoir perdu l'usage de la parole, ne proférant que quelques mots que nous lui arrachâmes, pour ainsi dire, par morceaux. Ce ne fut qu'au bout de plusieurs mois que nous apprîmes de lui les événements suivants, dont le récit fut par lui plutôt effleuré que raconté en des phrases brèves et décousues. Grâce à des questions réitérées et en comparant les divers renseignements que nous avions pu tirer de lui à différentes époques, nous parvînmes à comprendre qu'un parti d'Indiens amis, qu'il appelait Kimbos,

306 LES JEUNES INSULAIRES.

avaient un jour abordé dans l'île, qu'ayant aperçu
pour la première fois Hackett et ses compagnons, ils
avaient pris la fuite et étaient rentrés dans leurs chaloupes, mais qu'ils étaient ensuite revenus en agitant
des branches d'arbre dans leurs mains. Ils avaient
apporté avec eux une grande quantité de fruits délicieux, desquels ils se régalèrent sur le rivage en y
ajoutant du poisson grillé. Leur repas fini, ces Indiens, munis d'arcs et de flèches, entrèrent dans
les bois, où ils tuèrent du gibier en abondance et
avec une merveilleuse rapidité. Ils transportèrent
alors tout leur butin dans leurs pirogues, en faisant
signe à Hackett et à ses camarades de les accompagner. Il paraît que quatre d'entre eux les suivirent,
mais que Hackett, éprouvant des craintes, resta en
arrière. Les chaloupes quittèrent le rivage et il ne les
revit plus.

Nous ne pûmes obtenir de lui un compte exact de
la période qui s'était écoulée depuis qu'ils s'étaient
enfuis de la cabane de leurs compagnons mourants,
dans les bois jusqu'à la descente des Indiens. La vérité est que dans toutes les questions qui avaient rapport au temps Hackett était complétement perdu ;
cela n'avait rien qui dût nous surprendre, n'en avait-
il pas été d'abord ainsi de nous? Quant à ce qui le
concernait personnellement, il paraît qu'il avait fait
de son mieux, mais en vain, pour nous retrouver ; il
fut réduit à la dernière extrémité par le manque de
nourriture. Ayant enfin observé avec quelle facilité

et dans quelle abondance vivaient les singes, il en
attrapa un qui était tout jeune, et le dressa si bien
à l'obéissance qu'il le faisait grimper sur les arbres
les plus élevés de la forêt pour lui cueillir des fruits
et les lui apporter. Parfois l'animal devenait revêche
et avare; était-il descendu de l'arbre avec le fruit
qu'il avait remis à son maître, il le lui arrachait soudain et s'enfuyait sur un arbre pour le manger lui-
même; c'est ce qui était arrivé quand nous les découvrîmes ensemble, comme je l'ai déjà raconté.
Hackett, qui avait appris à grimper sur les arbres et
qui égalait presque le singe en agilité, s'était mis,
dans cette occasion, à sa poursuite; il l'avait rat-
trapé, corrigé, et avait commencé à croquer sa noix,
quand le malheureux coup de feu partit. Pauvre
Hackett! combien de fois, assis sous un buisson, il
pleura son ami Ringle !

Ayant ainsi obtenu des nouvelles de nos compagnons absents, l'objet que nous nous proposions en
commençant notre voyage de découverte n'existait
plus. Ils étaient partis, et les faits que nous avions
recueillis donnèrent un nouveau tour aux idées et
aux sentiments de plusieurs d'entre nous. Dès que la
raison et la faculté de parler furent revenues à Hackett,
il ne cessa d'exprimer son regret de n'avoir pas accompagné ses camarades.

Il disait que les Kimbos étaient les gens les plus
bienveillants et les plus familiers qu'il eût jamais vus;

une chose seulement l'effrayait, c'est qu'ils avaient des plumes passées à travers le nez. Il croyait alors qu'ils voudraient emplumer son nez de la même manière, et par conséquent il refusa de faire leur connaissance : « Mais, disait-il, maintenant je souffrirais plutôt être entièrement couvert de plumes comme un volant, que de subir les tortures que j'ai éprouvées dans les bois. »

De tout ce que nous apprîmes de Hackett et de ce que nous savions déjà, la conclusion probable était que notre île n'était point aussi complétement inconnue que nous nous l'étions imaginé d'abord, bien que nous ignorassions son nom et sa position, et que l'idée romanesque de posséder seuls, sans conteste, cette propriété fût une de ces prétentions qu'il fallait reléguer dans le royaume des utopies. Car, 1° les flibustiers la connaissaient ; 2° nous avions la certitude qu'une colonie éteinte avait passé par là quelques années avant notre débarquement. Les Skulkyls indiens y avaient en outre un temple dédié à leur divinité infernale qu'ils visitaient de temps à autre ; et ce n'était certes pas une bien consolante expectative que l'attente de leur arrivée ; car nous n'ignorions pas le but de leur visite à la grande caverne. L'idée cependant que les flibustiers débarquaient quelquefois sur cette plage nous rassurait, car les flibustiers s'étaient fait craindre de cette horde impitoyable. Quant aux Kimbos, le mieux que nous pussions en croire était qu'ils n'avaient pas fait de mal à nos amis et qu'ils les avaient emmenés avec eux de leur plein gré.

Ainsi donc, adviendrait-il un jour que l'un ou l'autre de ces partis débarquerait dans des vues hostiles ou intéressées pour nous déposséder ou nous détruire? c'est sur quoi il était impossible de se prononcer. Voilà pourtant ce qui faisait le sujet des craintes des uns et des espérances des autres. Notre communauté retomba dans sa première inconstance. Plus de projets unanimement et fermement arrêtés ! Une négligence déplorable s'ensuivit, les travaux des champs furent délaissés ; la chose publique en souffrit ; une fatale nonchalance s'empara d'une grande partie des esprits volages de notre troupe, qui déchut bientôt de notre prospérité si chèrement acquise; nous manquâmes de vivres.

Cette décadence n'échappa point à Prout, qui me conjura de penser à moi-même. — Si les ennemis viennent, dit-il, nous nous défendrons jusqu'au dernier moment; mais si des tribus amies arrivent et que vous sentiez la moindre espérance d'échapper par leur moyen à cet exil, faites-le, et ne prenez pas souci de moi. Vous pourrez rencontrer quelque navire européen, ou, passant dans une autre contrée, trouver quelque rivage connu d'où vous pourrez vous embarquer pour l'Angleterre. Je vois clairement, ajouta-t-il, que la vie, en quelque sorte tranquille et heureuse que nous avons menée en dernier lieu, ne durera pas long-temps, lors même que personne ne viendrait nous troubler. La famine ne tardera pas à nous gagner, Selwin ; nous serons bientôt encore sans abri, à moins que le bon sens de ces jeunes gens ne leur revienne.

Je fixais, avec un sentiment profond de crainte, les joues hâves et l'œil rempli de larmes de ce jeune homme admirable et doué d'un véritable génie.

— Selwin, reprit-il, qu'est-ce à dire ? est-ce que j'ai l'air malade ?

— Prout, vous *êtes* malade, lui répliquai-je ; un triste abattement, des pensées plus tristes encore à notre sujet, vous ont ainsi rendu. Croyez-vous, en vérité, qu'il s'en trouve un seul parmi nous capable d'abandonner l'île et de vous laisser seul ici ? Non. Pensez-vous aussi que Miles Selwin, se rendrait coupable d'une telle lâcheté ?

— Selwin, répondit-il, je désire que vous sauviez vos existences, tous tant que vous êtes ; quant à moi, la mienne ne peut être sauvée. Le climat, les chagrins me consument, et ma mort arriverait plus vite si je pensais devoir vous retenir auprès de moi et que vous ne voulussiez pas partir dans le but de partager mon sort. Je sais que vous, Miles Selwin, vous passeriez à travers le feu ou l'eau pour me sauver, et je ne doute nullement que nos pauvres amis ne fissent de leur mieux pour Nathan Prout ; mais, voyez-vous, je vous le dis, je mourrai ici ; et plutôt que de vous voir perdre une occasion qui se présenterait de vous sauver, en attendant ma mort je

préférerais me retirer tout de suite dans la profondeur des bois et y attendre la volonté de Dieu.

— Vous n'avez pas ce choix, dis-je; et tandis
qu'il est clairement de notre devoir de prendre soin
de vous, ce doit être aussi la volonté de Dieu que
nous ayons soin de votre conservation. Prout, vous
ne nous quitterez pas. Vous pourrez toujours nous
aider de vos sages avis et de vos conseils; mais toute
espèce de travail et d'effort de votre part est hors
de question. Allons! nous allons vous faire un lit
dans la maison centrale, et je serai votre garde et
votre médecin. Il y a une caisse de pharmacie et un
livre de dispensaire qui lui est propre, et de plus
une caisse de cordiaux à laquelle on n'a pas encore
touché. Nous nous rassemblerons ce soir dans la salle
commune, comme nous faisions auparavant, et nous
discuterons ensemble les questions à l'ordre du jour;
ou bien, si cela ne vous convient pas, nous essaie-
rons de la lecture; un de nous lira. J'ai trouvé une
histoire des flibustiers.

— Vous avez une histoire des flibustiers? demanda
Prout avec une animation subite.

— Oui, répliquai-je, je l'ai trouvée dans un vieux
bouquin, contenant un récit de voyages, placé au
fond d'une des caisses appartenant aux officiers. Nous
ferons un bon et joyeux repas, puis nous lirons après;
c'est entendu.

Nos chasseurs furent envoyés dans la forêt, et nos
pêcheurs attrapèrent un monstre marin, de l'espèce

du turbot, je crois. Prout se ranima quelque peu ;
il mangea avec plus d'appétit et de plaisir que cela
n'avait lieu d'ordinaire dans ces derniers temps. Il
causa, et sa conversation fut aussi plus vive et plus
instructive ; mais apercevant qu'il gardait de nouveau un silence obstiné, je produisis mon livre, et
lus la narration suivante :

CHAPITRE XII.

HISTOIRE DES BOUCANIERS.

« C'est une plaisante absurdité, c'est quelque chose de pire encore, écrit Alexandre-Olivier OExe-malia, que de donner le nom de boucaniers à des gens faisant profession de sentiments humains : car nous soutenons hardiment que ce mot vient des sauvages depuis si long-temps connus sous le nom de Caraïbes, dans les Indes-Occidentales : monstres horribles dont l'amusement barbare et friand tout à la fois était de couper par morceaux leurs prison-niers de guerre, et de les placer en cet état sur une claie sous laquelle était un brasier, ce qu'ils appe-laient *boucaner* (mot qui signifie rôtir et fumer ensemble). Voici comment le fidèle et véridique au-teur Alonzo-Choco Quito décrit cette pratique : « Quand la victoire s'est déclarée, le prisonnier est amené, et la cérémonie commence. Les angoisses du malheureux sont horribles. L'un des vainqueurs prend un gourdin d'une grosseur convenable et lui en assène un coup sur la tête qui est ainsi brisée.

27

Ce faisant, d'autres s'agenouillent tout autour de la victime et lui arrachent la peau, puis ils dissèquent sa chair, n'en laissant pas une-bribe sur les os, avec un petit instrument tranchant. Cette opération achevée, ils salent ladite chair, et le jour suivant ils l'étendent au-dessus d'un brasier, sur le *boucan* ou claie faite en manière de treillage, composé de barres à une distance d'un demi-pied l'une de l'autre. »

Alonzo-Choco Quito ne dit rien de plus.

Cependant on a donné plus récemment le nom de boucaniers à certains hommes; or, tenez pour certain que ces individus sont de véritables écumeurs de mer, des pirates de race française, hollandaise et anglaise. Ces individus se divisent principalement en quatre classes, rangs ou degrés; c'est-à-dire: 1° les *boucaniers* proprement dits, dont le véritable métier consiste dans la chasse aux taureaux sauvages et aux sangliers, et qui conséquemment rôdent sans cesse à travers les bois et les forêts; 2° les flibustiers, ou négociants à mousqueton, qui écument les mers en pirates; 3° les *laboureurs*, qui arrosent la terre de leurs sueurs en conduisant la charrue; 4° et enfin les *esclaves*, qui accomplissent tous les travaux et tous les devoirs de la plus fâcheuse domesticité; dans cette basse condition se rencontre un grand nombre de gens sortis des meilleures familles de la vieille Espagne.

Voilà tout ce qu'en dit Alexandre-Olivier OExemalia.

Un écrivain postérieur donne les détails suivants : L'objet primitif des boucaniers ou flibustiers français et anglais était de commettre des déprédations sur les établissements des Espagnols en Amérique, pour venger les horribles cruautés exercées par ces mêmes Espagnols, qui tâchaient de les exterminer ainsi que tous les autres colons à leur portée, à l'exception de ceux qui appartenaient à leur propre nation. Ces fugitifs poussés au désespoir se firent boucaniers, et possédèrent bientôt un vaste territoire situé dans la partie septentrionale d'Hispaniola ou Saint-Domingue, contrée jusqu'alors inhabitée et remplie de sangliers ainsi que de gros bétail.

Les Hollandais promirent de leur fournir tout ce dont ils auraient besoin, en échange de la viande *boucanée*, des peaux et du suif qu'ils pourraient se procurer par la chasse.

Cependant quelques-uns de ces boucaniers se lassèrent de ce genre de vie, et formèrent des établissements en défrichant les terres, tandis que d'autres préférèrent se faire pirates, dans l'espoir de trouver des débouchés avantageux pour le butin fait sur mer. Ce nouveau corps d'aventuriers fut appelé *flibustiers*, parce qu'ils faisaient main-basse sur tout ce qu'ils rencontraient.

Ainsi la colonie commença à prospérer, car les richesses gagnées par l'épée ou le pistolet arrivent plus vite quelquefois que celles que l'on acquiert à prix d'argent ou à force de travail. Les flibustiers distribuaient leur butin avec la plus grande largesse parmi leurs vieux compagnons, recevant en échange les plus simples bagatelles. Cette circonstance leur amena d'Europe beaucoup d'aventuriers qui d'abord se joignirent à eux en qualité de domestiques, mais qui obtinrent ensuite l'égalité des droits, comme membres de la République. Les boucaniers vivaient dans de petites cabanes appelées *ajoupas*, mot emprunté des naturels du pays. Ces cabanes ne se composaient que d'un toit et étaient ouvertes sur tous les côtés, ce genre de construction étant le plus sain et le plus agréable dans un climat où les chaleurs étaient insupportables, et l'air frais le plus grand bienfait et le plus grand luxe que l'on pût concevoir. »

— C'est la vérité, fit observer Prout; et pourquoi ne profiterions-nous pas de l'idée? Nous avons enclos les nôtres comme les Lapons: il faut que j'abatte les côtés de la mienne ou que j'en retire le toit; j'y suis presque étouffé; j'imagine que si notre saule était taillé et éclairci, cela ne serait pas un mal.

Nous fûmes sur-le-champ frappés de la valeur de cette suggestion; car nos habitations étaient devenues épouvantablement chaudes et malsaines, surtout pendant l'ardeur de l'été. Nous avions tracé le plan d'une ville de boucaniers comme nous l'avions compris, mais nous nous étions enfermés beaucoup trop hermétiquement, eu égard à la haute température qui existait d'ordinaire.

Je continuai :

« Quant aux lois, les boucaniers n'en reconnais-
saient aucune, à l'exception d'un vieil amas d'anciens
traités passés entre eux, lesquels traités cependant
ils comprenaient, sans qu'il fût besoin d'avoir recours aux lumières d'un avocat ou d'un chancelier, et
auxquels ils obéissaient comme à la règle suprême,
sans que l'intervention d'un constable fût jamais nécessaire. On imposait silence à toutes les objections
avec cette seule et froide réponse : « *Ce n'est pas
la coutume de la côte.* » On ne peut pas s'attendre à ce que des hommes menant une telle vie, vie
sauvage et toute de rapine, puissent conserver en
aucune façon l'exercice du culte religieux toutefois
ils s'intitulaient toujours chrétiens, bien qu'on ne
puisse guère se rendre compte de cette singulière
prétention. Qu'est-ce que la religion d'un Dieu qu'on
n'adore pas ?

Les boucaniers quittaient leurs noms de famille
pour adopter des noms de guerre ou sobriquets à
leur fantaisie. Néanmoins, lorsqu'ils devenaient planteurs et se mariaient, ils avaient soin de reprendre
leurs noms propres. Quand ils allaient en chasse, ils
partaient dès l'aube du jour avec leurs chiens dont
ils avaient toujours des meutes nombreuses de l'espèce la plus convenable au but qu'ils se proposaient.
Ces chiens de chasse étaient toujours devancés par
des bassets d'un courage à toute épreuve ; et comme
leurs maîtres se gardaient bien de les jamais dépis-

ter, ces bassets les conduisaient souvent à travers
des précipices affreux et des lieux escarpés ; que tous
autres hommes que les boucaniers auraient regardés
comme impraticables. Dès que les bassets avaient
lancé le gibier, le reste des chiens arrivait et environnait la bête, lui coupant la retraite et aboyant
continuellement jusqu'à ce que les chasseurs fussent
assez près pour tirer sur elle. Il est arrivé quelquefois que l'animal blessé, mais non mortellement,
s'est précipité furieux sur celui qui le poursuivait,
et l'a éventré ; mais ces sortes d'accidents sont fort
rares, car il n'existe pas dans le monde de tireurs
plus adroits que ces boucaniers.

A leur retour, ils trouvaient leurs tables déjà préparées et servies par leurs domestiques : chaque
boucanier a une cabane et une table à lui. Point de
nappe, point de serviette ; point de pain ou de vin
sur cette table ; on n'y voyait pas même, sauf par
hasard, des pommes de terre ou des bananes ; le
gras et le maigre de leur viande, pris alternativement, formaient toute la variété des mets ; un peu
de piment et de jus de citron étaient leur seul assai-
sonnement, et cela, aiguisé d'un bon appétit, était
tout ce que demandait le frugal boucanier. Ainsi
vivaient ces hommes, ainsi passaient-ils leur temps
jusqu'à ce qu'ils eussent complété la quantité de
viande *boucanée* et le nombre de peaux convenus
avec les commerçants.

Avant que les Anglais eussent fondé un établisse-

ment à la Jamaïque et les Français à Saint-Domingue, quelques pirates de ces deux nations, qui se
sont depuis tant distingués sous le nom de flibustiers,
avaient chassé les Espagnols de la petite île de Tortuga : ils s'y étaient fortifiés, et de là avaient fait des
excursions contre l'ennemi commun avec une intré-
pidité prodigieuse. Ils se formèrent en compagnie de
cinquante ou cent hommes, et n'avaient pour tout
navire qu'une chaloupe. Montés sur cette frêle embarcation, ils s'exposaient nuit et jour à toutes les
intempéries de l'air et des saisons, ayant à peine
assez de place pour se coucher. Empruntant même
à leurs privations et à leurs souffrances un courage
supérieur à tous les dangers, la vue seule d'un navire les mettait en fureur. Ils ne délibéraient jamais
sur l'attaque, mais ils abordaient le vaisseau aussitôt que possible. Le plus fort navire leur échappait
rarement.

En cas de nécessité, ils attaquaient indistincte-
ment les citoyens de toutes les nations, mais ils tombaient toujours sur les Espagnols ; car ils croyaient
que les cruautés commises par ces derniers sur les
indigènes de l'Amérique justifiaient toutes les re-
présailles et toutes les violences de leur part. Ils ne
bornaient pas leurs expéditions à la mer, ils dévas-
taient encore les contrées les plus riches et les plus
peuplées, occupées par les Espagnols.

C'est ainsi qu'ils s'emparèrent des opulentes cités
de Panama, de Vera-Cruz, de Guayaquil et de Car-

thagène, d'où ils tirèrent un butin immense, et dont ils imposèrent les habitants, les forçant de racheter leur liberté et leur vie par d'énormes sommes d'argent. Les noms les plus célèbres parmi ces conquérants sont : Montbar, Michel-le-Basque, l'Olònais, Morgan, Van-Horn et Grammont.

Le pouvoir des flibustiers a cependant décliné graduellement; ils furent presque tous chassés, sur terre et sur mer, quand la paix eut été rétablie entre les Anglais, les Hollandais et les Espagnols, et que ces trois puissances les poursuivirent conjointement. Il existe toujours néanmoins des hommes de leur espèce qui parcourent les mers, mais on leur donne plus fréquemment de nos jours le nom de *pirates* que celui de *flibustiers* ou *boucaniers.* »

— Eh bien ! dit Prout lorsque je fermai le livre, quels que soient ces hommes, nous avons à les remercier pour bien des choses.

— Les remercier !—Et pourquoi? demanda John Rouse.

— Pour ne nous avoir pas jetés à l'eau, d'abord, répondit Prout.

— Et secondement, pour nous avoir amenés ici, ajouta Melton.

— Je les remercierais encore davantage s'ils nous remmenaient, répliquai-je; mais j'avoue franchement que, sans eux, nous eussions tous péri; car le

navire où ils nous prirent, ne nous aurait jamais
sauvés, sans leur direction.

— Outre cela, continua Prout, ils auraient fort
bien pu nous débarquer sur un rocher où il n'y
aurait rien eu à avaler que du vent et de l'eau. Ils
nous ont au moins placés dans une île fertile, abondante en animaux propres à notre subsistance. C'est
notre faute si nous n'avons pas su profiter de ces
avantages, et si, depuis que nous sommes ici, nous
avons eu assez peu d'intelligence pour construire nos
cabanes d'une manière aussi absurde que nous l'a-
vons fait.

L'avis ne fut pas perdu pour nous. Nous arrangeâmes les habitations de notre ville d'après le mo-
dèle et sur le plan des flibustiers, donnant ainsi une
libre entrée aux brises salutaires venant du dehors.
Nous *boucanâmes* aussi notre viande, si bien que
nous nous hasardâmes à tirer sur le gros bétail qui
venait brouter dans le voisinage. De cette façon
nous amassâmes des provisions agréables au goût
pour le temps de l'année où le gibier et les fruits
étaient rares. Nous abattîmes la paille avec laquelle
nous avions formé les murailles de tous nos édifices,
et nous eûmes alors un *véritable village* à la manière des flibustiers. Comme eux aussi chacun avait
sa cabane, ne se composant que d'un toit ; et de
plus, nous avions une clôture environnante, assez
forte pour retenir un ennemi au moins jusqu'à ce

que nous pussions nous lever de nos lits pour nous défendre.

Quelques mois se passèrent ainsi; et nous commençâmes à ressentir le besoin d'une plus grande occupation d'esprit et de corps. Nous faisions des visites fréquentes au rivage et surtout aux rochers, dont les cimes permettaient à la vue de s'étendre plus loin sur la vague ondoyante. Là nous voyions à l'horizon le ciel et l'eau se fondant pour ainsi dire, et ne se distinguant l'un de l'autre que par une ligne d'un bleu foncé, quelquefois verdâtre; là erraient involontairement nos yeux; là éclataient les espérances de nos amis, espérances qui s'unissaient sans cesse à l'image possible d'une voile effleurant la surface brillante de la mer. J'ai dit de nos amis, car il y avait à ce désir constant deux exceptions : le pauvre Prout, comme je l'ai déjà dit et répété souvent, regardait cette île comme son tombeau, du moment qu'il savait qu'elle renfermait les os de son père; et quant à moi, il ne peut tomber sous la pensée d'aucun de ceux qui ont lu cette histoire jusqu'à ce point, que l'idée de le laisser vivre ou mourir seul, lors même que l'occasion s'en fût présentée, ait jamais pu entrer un seul instant dans mon esprit.

Aucun navire abordant sur ces rivages et nous offrant un passage en Angleterre ne m'aurait reçu sur son bord à moins que Prout n'eût consenti à s'y embarquer aussi. Cependant nous ne fûmes pas mis à l'essai; il n'était pas poussé encore le bois du navire qui devait transporter Prout de son exil !

Un matin que nous avions, comme à notre ordinaire, grimpé sur les hauteurs, et que nous avions
en vain fatigué nos yeux pour découvrir sur la vague
quelque chose qui tranchât son uniformité, nous nous
assîmes pour prendre notre repas du midi, et durant
une heure peut-être nous restâmes sans considérer
l'eau, lui tournant presque le dos. Nous arrachâmes
des brins d'herbe et les taillâmes de diverses lon-
gueurs, puis nous nous mîmes à interroger le sort,
le consultant sur le plus ou moins de probabilité en
notre faveur de revoir notre pays natal. Le résultat
ne fut pas heureux, et, enfants que nous étions, nous
nous affligeâmes comme si ces brins de paille pouvaient influer en rien sur notre destinée. La chance
avait donc tourné contre nous; nous rabattîmes en
conséquence de nos prétentions; coupant les brins
d'herbe plus courts, nous tirâmes pour savoir si
notre désir bien secondaire de quitter l'île pour un
endroit moins solitaire serait accompli.

— Là, Frampton, voyez, dit Boyce, j'ai neu
brins courts sur quatre de longs; nous verrons les
Kimbos.

— Qu'est-ce donc, Boyce? demandai-je.

— Q'uest-ce? Cela veut dire que je les prierai de
m'emmener avec eux, si toutefois je puis m'en faire
comprendre.

— Hâtez-vous donc d'étudier la grammaire
kimbo, dit Prout, qui avait donné un coup-d'œil

par-dessus l'épaule, car les voilà, je pense ; regardez plutôt, Hackett, ajouta-t-il en braquant la lunette à son œil : ils ont le vent en poupe, et se tiennent les mains sur les hanches ; pourquoi cela ?

— Je crois qu'ils se tiennent toujours dans cette posture devant leur roi, répondit Hackett. Lorsqu'ils seront débarqués, vous les verrez se ranger autour de lui les jambes croisées.

Il y avait alors un assez bon nombre de pirogues blanches clairement visibles à l'œil. Au moyen de nos lunettes d'approche, on pouvait apercevoir des branches d'arbres qui se balançaient à leurs proues. C'était un gai spectacle que celui de ces pirogues blanches et de ces rameaux verts mollement bercés sur les vagues.

— Oh ! j'espère, j'espère que ce n'est pas les Skulkyls ! s'écria un des moins hardis de la bande, et son exclamation fut répétée par plusieurs autres.

— S'il en était ainsi, fit observer Prout, il ne faudrait pas montrer de peur, rien n'est plus dangereux que la poltronnerie ; mais non, soyez tranquilles, je sais que les rameaux verts sont le symbole de la paix chez toutes les tribus sauvages.

Mais l'idée des Skulkyls avait jeté le désarroi dans la plupart des esprits ; les jeunes étourdis effrayés se jetèrent à plat ventre, se contentant de regarder la petite escadre qui avançait toujours, et ne levant leurs visages de terre que d'un ou deux pouces, dans la crainte d'être aperçus. De temps en temps ils posaient les lunettes devant eux.

— Oh! je les vois distinctement à présent, dit Rouse, avec leurs bras faisant le pot à deux anses; ce sont bien eux, ce sont les Kimbos; mais on dirait qu'ils ont la figure coupée en deux.

— C'est vrai, répondit Hackett, mais je pense que ce sont les plumes qu'ils ont dans le nez qui produisent cet effet.

Les garçons portèrent leurs mains instinctivement à leur promontoire nasal, comme pour protéger cet organe d'un malheur imminent, et ils murmurèrent à voix basse leurs craintes.

— O Prout! que ferons-nous tous?

— Restez tranquilles, et voyons ce qu'ils vont faire et où ils vont aller, répondit Prout. Ils paraissent chercher un autre lieu de débarquement et ne nous voient pas, je pense.

— Oh! j'en suis bien aise, répliquèrent une ou deux voix.

— Il n'y a qu'un instant que vous soupiriez tous après l'arrivée de ces Kimbos, dit Prout, et maintenant vous tremblez devant une plume. Qu'en dites-vous actuellement, Hackett?

— Je dis, répondit celui-ci, qu'ils peuvent me couvrir entièrement de plumes comme un porc-épic, s'ils veulent me prendre avec eux et me rendre la vie douce et confortable.

La flottille avait alors considérablement changé de

direction ; elle faisait évidemment route vers les sables situés à quelque distance des rochers, près desquels il eût été complétement impossible de débarquer. Nous quittâmes en conséquence les hauteurs que nous occupions, et cherchâmes un endroit voisin des sables et couvert de broussailles, d'où nous pouvions observer les étrangers sans en être aperçus. Il approchèrent, et avec une précision merveilleuse jointe à une impulsion soudaine, ils lancèrent leurs pirogues en ligne droite vers le rivage, de telle sorte que leurs quilles tracèrent une espèce de sillon sur les sables. En un clin d'œil toutes les pirogues furent vides, à l'exception d'une seule qui portait une sorte de dais couvert de plumes magnifiques et de couleurs variées. Cette pirogue était conduite par deux rameurs, qui firent seulement toucher la terre, et cela avec une infinité de précautions. Six des gens qui montaient les autres pirogues s'avancèrent alors dans l'eau, et amenèrent soigneusement à force de bras cette pirogue sur le rivage, tandis que plusieurs autres individus de leur troupe s'approchèrent et en tirèrent une espèce de palanquin avec son dais. Un homme était dedans. Douze Kimbos placèrent ce palanquin sur leurs épaules et le portèrent sur un petit tertre ; en même temps ceux que ne retenait point cette occupation prenaient soin des pirogues, au nombre d'environ cinquante ; ils les traînèrent tout à fait hors de la portée des vagues.

Les porteurs du palanquin s'avancèrent alors avec

leur fardeau vers les bois. De chaque côté marchaient, rangés sur deux files, le reste de la bande en armes, et les bras recourbés de la façon déjà indiquée. Nous jugeâmes, en ce moment, nécessaire de changer de position afin de surveiller leurs mouvements; à cet effet, nous rampâmes comme des serpents à travers l'herbe et les broussailles, jusqu'à notre arrivée au milieu des bosquets qui pouvaient mieux nous cacher. Nous perdîmes un instant la procession, mais nous la rattrapâmes et nous vîmes enfin les porteurs du palanquin entrer dans une clairière où ils déposèrent leur fardeau. Cela fait, ils enlevèrent le dais du char, et se prosternèrent en signe d'obéissance devant celui qui l'occupait. Durant cette cérémonie ils tenaient, comme toujours, les mains appuyées sur leurs hanches et penchaient le corps en arrière, tandis que le blanc de leurs yeux brillait comme s'ils étaient frappés de l'éclat de quelque divinité descendue du ciel.

L'objet de cette vénération était assis ou plutôt accroupi, les jambes croisées, sur sa litière, les bras aussi croisés sur sa poitrine, et recevait ces hommages avec une dignité royale et silencieuse. Il enfla enfin ses joues et retira sa plume de son nez. C'était le signal. Aussitôt toute l'assemblée se releva de dessus les genoux et fit cercle autour de lui, les jambes croisées et les bras dans la posture déjà mentionnée. Ils étaient amplement tatoués et balafrés; ornés de paillettes d'or et d'argent. Leur teint était d'un cuivre terne; leurs vêtements étaient légers et blancs, afin que leurs ajustements parussent plus brillants.

Il s'en trouvait cependant parmi eux trois ou quatre dont les peaux paraissaient plus blanches et d'un teint bien différent. Il en était ainsi du roi lui-même, dont le visage fixa surtout notre attention quand la plume fut retirée; mais celle-ci, après une pause et quelques murmures que nous ne comprîmes pas, fut dûment remise lorsque quelques-uns de la bande s'éloignèrent, se rendant dans diverses directions, comme à la suite d'ordres reçus.

Nous acquîmes bientôt la conviction que nous ne pourrions rester cachés plus long-temps, car plusieurs individus de la troupe des Kimbos tenaient constamment les yeux fixés sur le bosquet que nous occupions et qui, je l'imagine, laissait deviner notre présence par quelques signes certains; l'agitation des feuilles et des branches, sans doute. Deux ou trois Indiens, en effet, d'un teint moins foncé que les autres, indiquèrent du doigt à notre monarque notre embuscade même. Alors, Prout et moi, d'après son conseil, nous nous avançâmes hardiment jusqu'à ce que nous fussions en présence de SA MAJESTÉ accroupie.

Il nous sembla que sans la plume qui lui traverait le nez et qui était aussi grande pour le moins qu'une de celles que l'on pourrait arracher à la queue d'un coq, nous eussions pu distinguer clairement le royal visage s'épanouir d'un magnifique sourire ; ce qu'il y a de certain, c'est que son front se couvrit tout à coup d'une teinte cramoisie qui toutefois s'effaça bientôt. On nous fit signe d'approcher, et les sons d'un langage qui nous était complétement inconnu vinrent frapper nos oreilles. Mais imaginez-vous notre étonnement, lorsque nous entendîmes nos noms prononcés d'un ton clair, amical et de vieille connaissance, du trône même de SA MAJESTÉ !

— Nathan Prout ! Miles Selwyn ! et où sont donc les autres ?... Venez ici, tout va bien !... Allons, faites déguerpir vos gens de ce buisson-là, autrement mon whampoa le fera. Et en disant ces mots il lorgna du coin de l'œil son ministre d'état, un athlète, qui tout aussitôt lança sur nous un regard effrayant.

Nos compagnons, tapis près de ce buisson et qui pouvaient tout entendre, mais qui ne pouvaient pas si facilement distinguer les traits bien connus du roi des Kimbos, sortirent rampant de leur cachette, les yeux hagards et la bouche ouverte, ne trouvant pas trop la sommation de leur goût. Prout les regarda avec un sourire, et ainsi encouragés ils s'avancèrent jusqu'à l'endroit désigné pour leur donner audience. Une grande partie du mystère fut bientôt éclaircie; mais la surprise n'en était pas moins grande.

—Me reconnaissez-vous maintenant? dit le roi, ou faut-il que Matthew Brett vous saute à la gorge, John Rouse, pour vous convaincre que c'est lui... Ne vous ai-je pas prédit, il y a long-temps, que je

28.

deviendrais un jour un homme célèbre. Mes destins ne se sont-ils pas accomplis ? Voyez, je pourrais, sur un signe, faire agenouiller la moitié de mes sauvages sujets pour leur faire couper la tête par l'autre moitié !

Nos garçons haussèrent les épaules.

— Ah ! vous en doutez ! eh bien ! je vous dis que c'est la vérité ; oui, je pourrais faire sauter leurs têtes et les vôtres aussi.

Prout empoigna son fusil.

— Oui-dà, monsieur Prout, nous nous en soucions bien de votre fusil ! mais, venez là, plus près de nous, je vous l'ai déjà dit, tout va bien ; et nous sommes venus ici pour vous trouver et vous faire du bien. Vous nous croyiez perdus ou morts, sans doute, mais nous voici tous, sains et saufs, en bonne santé, et quelque chose de mieux même ; car je suis Thewma, roi des Kimbos, et ces trois que voici de grands seigneurs de Kimbo. Dickob, Thasin et Musibbo, approchez !

Les trois garçons, minces et fluets, mais d'un aspect tout aussi sauvage que le reste de la compagnie, vinrent alors tout à côté du palanquin royal ; et agençant leurs membres suivant l'étiquette de la cour, ils firent une révérence profonde, et se relevèrent au commandement qui leur en fut fait. Ils tournèrent en même temps les yeux vers nous, en supprimant un sourire qui menaçait d'éclater par-dessous les plumes de leur nez.

— Vous avez des fusils, je le vois, dit Thewma ;

vous avez découvert une des choses dont nous allions vous parler, c'est-à-dire un magasin de munitions dans votre île. Nous en avons pris quelques-uns dans les pirogues à Kimboja; et dans une bataille contre les Skulkils, nous avons chassé toute leur armée avec trois coups d'un seul fusil, chargé seulement de plomb pour tuer les moineaux. Les Kimbos nous ont immédiatement faits princes, et ils en agiront de même avec vous si vous voulez venir demeurer parmi eux.

—N'en déplaise à votre majesté, dit Prout, pourquoi avez-vous besoin de nous ?

—Pour faire de vous des gens distingués, voilà une raison, répliqua Thewma; et ensuite pour aider ces bons Kimbos à faire la guerre aux horribles Skulkils.

—Je croyais que vous les aviez dispersés avec trois coups de votre fusil !

—Oui, c'est vrai; mais nous voulons leur donner la monnaie de leur pièce, à ces misérables, et les remercier de leurs fréquentes visites à Kimboja.

—Et que faites-vous de vos prisonniers de guerre ?

—Oh ! les Kimbos ne nous en ont rien dit. Ils se contentent, je crois, de les mettre dans des cages, car nous avons vu un grand nombre de châssis en bois et de barres croisées comme des claies, qui sont, à ce que l'on prétend, destinés à leurs ennemis, quand ils en attrapent !

—Je crois deviner leur usage, dit Prout en re-

gardant ses compagnons d'une manière significative.
Roi Thewma, je ne m'en irai pas avec vous; mais
il n'est pas nécessaire pour cela que ce soit nous qui
nous en allions; venez plutôt demeurer avec nous,
vous et vos seigneurs. Vous n'en continuerez pas
moins à être roi, et eux seigneurs ici, ce n'est pas
moi du moins qui y mettrai obstacle.

Cependant les Kimbos paraissaient s'impatienter
de la longueur de la conférence qui dura en tout deux
ou trois heures, et dont ils ne comprenaient pas un
mot. En effet, ils s'étaient rangés de chaque côté du
palanquin, en attendant le signe du départ; alors
Hackett se réunit à ses anciens camarades et dit qu'il
s'en irait avec eux. Prout et moi eûmes beau employer tous les arguments et toutes les prières pour
l'en détourner, sa résolution était prise. Les autres
ne firent aucune réponse à nos arguments, mais ils
chuchotèrent entre eux, et communiquèrent avec le
réfractaire ou plutôt avec messieurs les princes de
Kimbo. Enfin Thewma se leva, donna la main à tous
les membres de notre communauté, et adressant à
tous, chacun en particulier, un signe de tête qu'il
ne fit ni à Prout ni à moi, il prit place dans la litière,
et les Kimbos, faisant volte-face, disparurent dans
les bois, en retournant, selon toute apparence, sur
leurs pas.

Notre petite troupe, après un moment d'hésitation, avança dans la même direction pour les voir
partir; mais les Kimbos prirent une autre route que

celle qu'ils avaient suivie en arrivant. Elle conduisait probablement au rivage par un sentier plus court; mais elle était trop difficile et trop rude pour que Prout pût la suivre. Il s'assit agité et épuisé, et je restai avec lui, alarmé et craignant qu'il ne défaillît sur la place. Le reste de la bande se fit jour à travers les broussailles, et fut bientôt hors de vue. Nous les entendions toujours : les branches craquaient sous leurs pas; mais enfin ces sons et le bourdonnement de leurs voix se perdirent tout à fait. Prout jeta un regard abattu et inquiet sur leur chemin, et écouta tant qu'il y eut quelque chose à entendre.

— Selwyn, dit-il, pourrons-nous retrouver la route de nos cabanes?

Nous y arrivâmes plus facilement que je ne m'y attendais; cependant mon compagnon se trouvait exténué de fatigue. Il se jeta sur son lit aussitôt que nous eûmes atteint le but de notre course.

— Ils auraient pu s'en aller plus tôt, dit-il avec mélancolie; mais ils ne sont pas forcés de prendre un autre temps que celui qui leur convient.

Nous souffrions tous les deux, c'était évident, d'une inquiétude mortelle, provenant des événements de la journée, sur lesquels nous ne voulions pas nous appesantir à cette heure de désolante tristesse. Nous fîmes un effort pour prendre, comme à l'ordinaire, notre repas du soir; mais l'incertitude, mais le silence lugubre qui nous environnait, mais notre attention continuelle entretenue par l'espoir de saisir

le bruit des pas de nos compagnons, nous empêchè-
rent de porter aucune nourriture à nos lèvres. Je
suppliai Prout de prendre en considération la faiblesse de sa santé, et de chercher le repos, tandis
que je ferais sentinelle et que j'attendrais nos amis
absents; mais il prétendit que le sommeil n'était pas
fait pour lui, et qu'il ne voudrait pas, au prix de son
repos, ni même de sa santé, perdre en cette occasion
la joie possible d'entendre le premier bourdonnement
de la voix des compagnons chéris, dont nous osions
encore espérer le retour.

Enfin j'allai chercher un livre, et j'essayai par ce
moyen de chasser de notre esprit les pensées qui le
remplissaient. Mais combien c'est chose vaine de
vouloir traiter l'esprit à l'égal du corps! L'ivrogne
peut jeter loin de ses lèvres le gobelet qui l'a enivré,
s'il le veut; l'avare *peut* ouvrir les mains et laisser
tomber son or. Comment donc agiraient-ils si le vin
était du poison, ou l'or du plomb fondu? Mais l'esprit, avec tout son pouvoir tant vanté, reste accablé
sous le poids des misères qui le rongent, misères
qu'il ne peut chasser même pour un instant; la pensée qui consume se fraie un brûlant passage jusqu'à
l'âme, sans que nous puissions nous en défendre.

La nuit vint et le matin aussi; mais les cabanes
vides et les braises refroidies demeurèrent comme
nous les avions laissées le matin précédent. Nul de
nos amis n'était de retour. Un sentiment d'horreur
se peignit sur nos visages altérés par une expression

farouche de souffrance, telles qu'ils n'en avaient pas révélé de semblable depuis bien des années. Prout fit un appel à toute son énergie pour rasséréner sa figure pâle. Nous ne doutions plus du fait, mais il ne voulait point encore y faire allusion ; tout au contraire, faisant un effort pendant le déjeuner, il se mit à discuter tranquillement la possibilité que les jeunes gens s'étaient égarés et perdus dans les bois ou quelque autre endroit désert de l'île. Il proposa néanmoins d'aller ensemble sur les sables où les Kimbos étaient débarqués, pour voir si nous ne pourrions pas découvrir quelque trace ou vestige des absents.

Combien les mêmes scènes apparaissent différentes à l'œil animé par la joie, ou abattu par la tristesse ! Nous contemplâmes notre village désert, en fermant la barrière, mais tout était silencieux et morne. Là, nous avions passé avec nos frères en aventures bien des heures en quelque sorte heureuses, et maintenant nous ne nous en éloignions pas comme autrefois au milieu du bourdonnement d'une demi-douzaine de voix discourant gaiement, discutant les plans et résultats probables de quelque entreprise nouvelle ; nous nous en éloignions e cœur déchiré, l'esprit plein des plus cruelles pensées, et n'osant encore envisager un malheur pour lequel notre désespoir ne trouvait pas de nom. Nous eûmes bientôt atteint le sentier accoutumé conduisant au rivage ; il formait alors un chemin frayé ; nos pieds l'avaient foulé tant de fois quand nous nous rendions sur les hauteurs

rafraîchies par les brises du plus pittoresque rivage !
Nous étions joyeux alors ! mais aujourd'hui, à chaque
pas que nous faisions, il nous semblait voir un précipice menaçant où tout notre bonheur s'était englouti ! Je ne pourrais pas vous dire quel sentiment
vint resserrer notre cœur quand se dessina devant
nous la ligne bleue de la mer ! Cette vue raviva toutes
les plaies de notre âme ! Les vagues ! mais n'étaient-
elles pas les instruments constants de notre ruine ?
n'étaient-ce pas elles qui nous avaient jetés sur ces
côtes solitaires ? elles encore qui entraînaient loin de
nous nos compagnons peut-être destinés à périr ! Oh !
la mer, pas plus que la terre, ne nous offrait de consolations !

Le rivage portait les marques évidentes d'un débarquement et d'un embarquement récents ; les sillons
tracés par les pirogues çà et là et les empreintes de
pieds, parmi lesquelles nous reconnûmes quelques-
unes pour être celles de nos compagnons ! Ainsi se
trouvaient réalisées nos craintes, les plus affreuses
que nous pussions concevoir. C'était bien vrai, le
témoignage était irrécusable, oui, nos douze compagnons étaient partis ! partis en laissant deux d'entre
eux. Ils les avaient abandonnés quand l'un était d'une
santé chancelante ! Vivre ou mourir solitaires, tel
était le sort qu'ils leur avaient fait !

Quand Prout se fut assuré du fait, il se hâta de
gagner un lieu de repos situé sur le bord des rochers,
en face de nous ; mais il fut forcé de s'arrêter plu-

sieurs fois. Il se pencha sur mon épaule et ne put que prononcer mon nom, tant son émotion était grande. Enfin nous atteignîmes l'endroit désiré. Il garda quelque temps le silence, puis il voulut parler. Je fus alarmé du changement de sa voix; elle était basse et creuse, sa prononciation épaisse et interrompue.

— Prout, lui dis-je, vous vous trouvez mal !

Mais il fit un de ces efforts soudains qu'un esprit vigoureux peut quelquefois commander en dernier lieu à un corps qui s'affaisse.

— N'importe, dit-il, j'ai retrouvé, je crois, la parole. Alors me regardant fixement il ajouta : Selwin, pouvez-vous en *aucune façon* dire pourquoi ces garçons-là nous ont ainsi quittés?

— Je répondis que j'étais certain que Brett et Hackett avaient produit sur eux une impression extraordinaire et que j'avais conçu de vives inquiétudes en remarquant leur conférence secrète.

— Mais vous ne dites pas toujours, continua-t-il, pourquoi ils n'ont pas déclaré ouvertement leurs intentions? Pourquoi ils ne nous ont pas fait part de leurs motifs? Pourquoi ils ne nous ont pas fait leurs adieux?

— Prout, répondis-je, il faut leur pardonner; car ç'a été sans doute la crainte de vous affliger qui les a fait hésiter à cet égard. Je suis bien loin de supposer qu'ils fussent déterminés à nous quitter pour toujours quand ils sont partis. Je pense qu'ils n'avaient alors

29

qu'un but, celui d'accompagner les sauvages au rivage avec l'intention d'arranger l'affaire pour une autre époque. Leur départ subit a été sans doute le résultat de la pensée du moment; peut-être sont-ils partis contre leur volonté. Cependant je ne comprends pas, je l'avoue, quel usage les sauvages veulent en faire.

— Ces Indiens sont bien aises de l'assistance des Européens dans leurs guerres, répondit Prout faiblement; c'est ce que les flibustiers m'ont dit; mais n'en parlons plus. Nous voici, et je crois qu'il faut encore, dans ce monde, une ou deux victimes expiatoires de notre faute.

— Ne pourrions-nous prier, dis-je, pour qu'un seul coup nous atteigne tous les deux?

— Non, répondit Prout, je ne le pense pas; nous n'avons pas le droit ni le pouvoir de commander à la mort: elle viendra sans qu'on l'appelle. O Selwyn, mes tempes battent, mon cerveau brûle. Elle vient! elle vient! oui, c'est la mort.

Vingt-cinq ans se sont passés depuis que j'ai entendu et relu ces derniers mots de Nathan Prout. Les maladies ont fait tomber la plume de mes doigts, j'ai souvent perdu l'usage de mes facultés, eh bien! maintenant encore le cœur me manque devant la tâche de mentionner les rares et tristes événements qui ont ultérieurement signalé mon existence : j'ajoute le reste avec le secours d'une main étrangère.

J'enterrai Prout bien avant dans les sables brillants, sous le rocher où il mourut. Je faillis me précipiter dans la même fosse. Mais je dois passer sous silence l'année de farouche distraction que je vécus solitaire dans cette île. Ma raison menace de me quitter quand je réveille la mémoire de ce sujet. Je fus enfin découvert et emmené de l'île par les flibustiers, qui poursuivaient, comme ils l'avaient précédemment fait, un parti d'Indiens. Ils firent sauter, je crois, les rochers, tandis que les sauvages se livraient à leurs horribles rites d'immolation dans la caverne. C'est à peine si nous échappâmes à l'effet de l'explosion, qui eut lieu au moment que nous quittions le rivage. Ce fut comme un tremblement de terre, et l'on aurait dit d'une tempête sur la mer, tempête causée par les masses de rochers qui tombaient.

Je n'ai entendu parler et n'ai jamais eu la moindre espérance de recevoir des nouvelles des garçons qui nous avaient abandonnés. Quant à moi, j'ai servi, en qualité de domestique, les flibustiers anglais de Tortuga, et cela par suite d'un contrat; mais je n'ai jamais en rien participé à leur profession de pirates. J'ai labouré la terre pour les planteurs, et j'ai travaillé dans les boucans des chasseurs; j'ai mis le couvert sur leurs tables, entendu leurs histoires, et leur ai répété et lu la mienne. A ces hommes égarés je dois déclarer mes obligations : ils m'ont conservé la vie; leur conduite envers moi a toujours été honnête. Ils m'encouragent et m'entretiennent toujours dans l'espérance que, par un moyen quelconque, je pourrai accomplir mon retour en Europe; mais, hélas! comme leur unique occupation est de faire la guerre aux hommes, sans cesse aussi la main de ces derniers est levée menaçante contre eux. Leurs pirateries leur ferment toute communication avec les vaisseaux qui passent, autre que celle qui consiste à les couler bas ou les piller; et quand des flottes armées naviguent dans leurs mers, la crainte les fait s'emprisonner chez eux. Je ne veux cependant pas désespérer ni cesser de prier que l'étrange rêve de ma vie puisse enfin comprendre encore une vue des rivages d'Angleterre. Si le ciel me favorise ainsi, l'histoire de Miles Selwyn pourra peut-être voir le jour.

CHAPITRE XIII.

___

ÉPILOGUE.

Vers la fin du siècle dernier, un étranger, âgé, accablé d'infirmités, et dont tout l'aspect offrait quelque chose de remarquable, longeait la rue roide d'un obscur village de pêcheur, sur les côtes de l'Angleterre. Le visage de cet individu était maigre, abattu, et profondément sillonné de rides. Rien ne pourrait rendre l'expression de chagrin et de souffrance qui y était empreinte; l'orage avait passé sur cette tête vénérable. Pour l'aider à gravir la pente assez rudement inclinée dont nous avons déjà parlé, il s'appuyait tout à la fois et sur une béquille et sur un bâton. De plus, il faisait des haltes fréquentes, soit pour reprendre haleine et recruter des forces, soit pour satisfaire la curiosité de ses regards qui se tenaient invariablement fixés sur le chemin qu'il poursuivait.

Tout dans ses manières annonçait une agitation manifeste, une sorte d'angoisse chaque fois qu'il s'arrêtait, contemplant çà et là le village et le petit havre

29.

qui était à ses pieds, où deux chaloupes seulement étaient alors amarrées sur les sables. Il atteignit enfin le haut de la rue, où se trouvait une place ouverte de tous côtés. De là la vue se reposait plus agréablement sur une assez vaste étendue de terre et de mer. Un moment avant de franchir les deux ou trois dernières maisons qui formaient l'extrémité de la rue, on l'entendit murmurer d'une voix tremblante d'épuisement et d'émotion : — — — — —

— Maintenant, je saurai tout bientôt !... je saurai tout !... Ah ! que vont me dire dans un instant mes yeux affaiblis par l'âge ?

La curiosité, qui n'est nulle part plus vive et en même temps plus active que dans les contrées limitrophes de la mer, non plus que dans les petits endroits confinés loin des grandes villes ; la curiosité, dis-je, qui laisserait à peine un chien étranger passer sans l'assaillir de ses remarques et de son examen, se tenait déjà haute et impatiente, à une douzaine de portes, sous la figure d'enfants, de vieillards et de bonnes femmes, qui brûlaient de s'enquérir du nom et de l'objet de ce singulier visiteur. Ils épièrent l'étranger jusqu'à ce qu'il eût atteint l'endroit où il pouvait librement promener ses regards autour de lui. Là ils le virent chanceler sur sa béquille et son bâton, et observer alternativement de droite et de gauche avec une étrange expression d'étonnement. Tout à coup il demeura droit et fixe, dans l'attitude d'un homme frappé de stupeur.

Enfin le pauvre vieillard se dirigea en boitant vers une muraille contre laquelle il s'appuya, tenant toujours les yeux fixés et immobiles sur la scène qui s'ouvrait devant lui. Il paraissait tellement perdu de douleur, abîmé de désespoir, que les spectateurs se crurent suffisamment autorisés à l'aborder. Un cabaretier vint au-devant de lui et demanda si monsieur se trouvait mal?

— Oh! oui, je suis bien mal! oui, bien mal! j'ose le dire, murmura le vieux voyageur. Tout a disparu, je le vois, disparu! complétement disparu! mon Dieu! n'ai-je pas rêvé une fois cet anéantissement?

— Ne feriez-vous pas mieux d'entrer, monsieur? Nous avons un petit salon bien tranquille, un excellent médecin, et toutes les semaines une fois les papiers renfermant toutes les nouvelles maritimes.

— Dites-moi une chose, une chose seulement, répliqua l'étranger; vous souvenez-vous d'une grande et vieille maison qui était là-bas?

— Où, là-bas, monsieur?

— A environ un quart de mille de cet endroit, justement en face de nous.

— Mon Dieu, monsieur, vous vous trompez sans doute; de la mer au bord du rocher il n'y a pas cinquante mètres; avancez, et vous en serez convaincu.

Mais le vieux monsieur se tenait toujours appuyé contre la muraille, acceptant son aide par faiblesse, et paraissait peu disposé à avancer dans la direction indiquée. Les autres habitants s'approchèrent.

— L'étranger, dit le cabaretier, entrant en explication avec eux, demande des renseignements sur une grande maison qu'il prétend avoir existé autrefois par delà le rocher, dans un endroit de la mer où, en pleine marée, flotterait une frégate !

Les voisins secouèrent la tête en signe de dénégation, d'un air qui annonçait que toute autre réponse serait inutile, tant la chose était physiquement impossible ; et leurs visages, qui tout à l'heure étaient animés par la curiosité, redevinrent froids sous l'impression que cet étranger était quelque personne surannée, à qui le sens et la mémoire faisaient défaut. Un moment cependant avant que ces curieux se dispersassent, un vieillard qui vint à passer par hasard apprit ce dont il s'agissait.

— Oui, oui, dit-il, ce monsieur a raison ; il y avait là une maison, et nous l'appelions BOYS'-HALL (château des Garçons).

— Non, répliqua l'étranger, ce n'était pas là le nom qu'elle portait dans ma jeunesse.

— C'est encore vrai, répondit le vieillard ; on la désignait par quelque autre nom ; mais qu'éprouve donc ma tête caduque, que le souvenir ainsi m'échappe, et que je ne puis pas me le rappeler ?

Les lèvres du vieux monsieur remuèrent ; mais c'est à peine si à travers l'espèce de sifflement qui en sortit, on saisit ce mot : « Château-Sea-Sea-Sea-ward ! »

— Oui, c'est bien là le nom ; mais tout a disparu il y a une quarantaine d'années. C'est tombé par un vent frais du mois de mars ; et dans l'espace de douze mois la mer l'engloutit avec le terrain qu'il occupait. Nous avions coutume d'aller chercher des crabes dans les trous à la marée basse ; mais à présent je crois bien qu'on n'y découvrirait pas une brique.

— Et qui était dedans quand il s'écroula ?

— Personne : on l'avait fermé aussitôt après la disparition de l'école. Mais toute l'histoire est là dans l'église, ainsi que le monument du pauvre vieux docteur Poynders ; on faisait autrefois bien des milles pour aller le voir.

Rien de tout cela naturellement n'était nouveau pour les habitants du village, bien qu'ils ne connussent pas très-exactement la véritable position du château disparu, ainsi que l'indiquait le voyageur. Ils s'en retournèrent donc lentement à leurs demeures, emportant à peine une bouchée de causerie pour leurs locataires ou amis.

L'étranger ayant appris qu'il n'y avait que quelques pas à la maison de M. Cannaby, le digne cabaretier demanda à ce complaisant personnage de l'y conduire. On pense bien que maître Cannaby ne laissa pas son compagnon fatigué en repos pendant tout le temps que dura la route. Nous donnerons un échantillon de ses phrases décousues ; le digne homme serait furieux si nous ne consignions pas ici sa démangeaison de jaser.

— Oui, c'est bien vrai, monsieur, bien que ce soit moi qui le dise, bien que je ne devrais pas le dire, puisque c'est ma propre maison. Le *Rendez-vous des mariniers* est un des plus confortables logis que vous puissiez trouver dans le village, surtout puisque vous paraissez quelque peu affligé : c'est aussi tranquille, voyez-vous, qu'une église à minuit. Nous ne sommes pas de ces bruyants marins de bâtiments *charbonniers*, mais seulement deux ou trois bons Hollandais, dont le métier est *paisible*; ce n'est pas leur affaire que de faire du bruit : nous y sommes tous aussi sobres que des barils sous l'eau.

Les quelques pas au *Rendez-vous des mariniers* ne se terminaient en réalité qu'à l'extrémité du village, au-delà même ; en sorte que son hôte eut tout le temps de varier le thème de son monologue, auquel n'était faite aucune réponse. Il crut devoir donner maintenant une autre direction à ses observations.

— Vous avez servi, monsieur? je n'en doute pas, dit-il en regardant le visage abattu et profondément empreint de souffrance de l'étranger; sur un navire du roi, j'espère? car la marine marchande assure un bien pauvre avenir à la vieillesse. Ah ! oui, ce fût un bien étrange événement que la fuite de ces jeunes garçons, et penser que la vieille maison était sur le point de crouler, et qu'ils auraient tous été engloutis avec elle, sans le moindre doute. C'est vraiment prodigieux! Le père de ce vieillard était un de ceux qui allèrent à la recherche du vaisseau côtier qui était parti; mais, hélas! il y a quelque part un livre qui contient le récit de tout cela. Cependant il y eut un certain nombre d'individus qui montèrent sur un bâtiment léger pour s'assurer si le vaisseau côtier était perdu; après une absence de quelques jours, ils rapportèrent la nouvelle qu'ils l'avaient trouvé la quille en haut, et tout en pièces sur les sables de Goodwin, et que tout l'équipage avait péri. La mer avait fait table rase de la cargaison.

A ce moment M. Cannaby se trouva avec son convié devant la porte de son cabaret borgne, dont il avait fait un si pompeux éloge. Ce mauvais réduit dominait la vue du côté du petit havre, qui était si peu considérable qu'avec l'aide de son grossier pont de bois, c'est à peine s'il pouvait abriter cinq ou six vaisseaux côtiers à la fois.

L'étranger, en qui le lecteur n'a pas dû hésiter à reconnaître M. Miles Selwyn, suivit son hôte et descendit dans la salle à boire de la maison. De là il fut conduit par un étroit passage au petit salon situé à droite de l'auberge dite le *Rendez-vous des mariniers*. Il était complètement meublé selon la mode marine. C'étaient des boiseries en chêne, des armoires provenant de quelques cabines de navires brisés ou naufragés. Le plancher était dûment saupoudré de sable blanc. Ces meubles consistaient en cinq ou six chaises en merisier poli, à fond de

cuir, dont l'une, appelée le trône de Bacchus, grande
et élevée, brillait de tout l'éclat d'un fer rouge. La
table boiteuse était couverte de taches de liqueur.
Sur l'invitation bienveillante de son hôte, M. Selwyn
s'installa sur le principal siége ; le cabaretier, ayant
ensuite arrangé le feu dans l'âtre, plaça une petite
sonnette sur la table, et se retira pour attendre les
ordres de l'étranger.

Les émotions de M. Selwyn avaient été si fortes
qu'il avait réellement besoin de quelques moments
de tranquillité. Il se couvrit le visage de ses mains,
et, se penchant sur la table, il resta ainsi absorbé
dans ses pensées, rappelant à lui ses souvenirs et
son sang-froid. Le passé se retraçait à son esprit en
des images confuses ; long-temps il chercha à leur
donner un ordre de date et de lieu. Bien que profi-
tables à lui peut-être, ses méditations auraient fort
bien pu ne pas l'être pour le maître du cabaret, si
l'hôtesse, entre-bâillant la porte vitrée de la chambre,
n'eût pas montré sa tête, en adressant l'interrogation
polie :

— Avez-vous sonné, monsieur ?

— Sonné ? — non — oui — très-bien — madame
Foyboat — c'est votre nom, je crois ! — Que l'on
m'apporte à dîner.

La fraîche dame reçut cet ordre, et se retira pour
l'exécuter avec sa servante, qui répondit à quelques
observations de sa maîtresse avec un rire perçant,
par ces paroles :

— Tiens, c'est drôle! pas mal comme ça, madame Foyboat; c'est un joli nom!

Le visage de la joyeuse hôtesse montrait encore les restes d'une franche hilarité, quand elle revint pour ranimer le feu de M. Selwyn, pour mettre la nappe sur la table et servir les mets préparés. Madame Cannaby avait évidemment dans la tête autre chose que le poisson et les bifteaks du dîner du vieux monsieur. Elle tourna et retourna jusqu'à ce qu'elle eût entamé le chapitre de la conversation désirée.

— En parlant de cette école, monsieur, il y a une vieille femme qui demeure au bas du rocher, et qui sait toute l'histoire, que, du reste, elle aime à raconter. Pour de l'argent elle en dira aussi long que l'on voudra.

— Comment s'appelle-t-elle, madame Cannabeer (pot à bière)?

— J'aime mieux Cannaby, monsieur. — Mais n'importe! on l'appelle toujours, monsieur, *mère Wixen* (*hargneuse*), mais son véritable nom est Whiskin. Elle a soin d'un pauvre fou qui habite quelque part dans les rochers comme un véritable animal. — Sally, tournez le poisson, et ne restez pas là, la bouche béante comme une carpe frite. — Oui, monsieur, ce fou-là a l'air d'une bête sauvage, et la vieille n'est pas meilleure. Cependant *mère Wixen* dit toujours qu'un de ces matins arrivera quelqu'un qui en dira plus que n'en a jamais su le curé qui a trouvé l'argent dans l'église, et je me trompe fort si vous n'êtes pas ce même monsieur qui lui a trotté pendant bien des années dans la tête.

— J'ignore tout cela, dit M. Selwyn, bien que je sache fort bien ce que c'est qu'un mauvais gîte.

Ce que le voyageur voulait, c'était dissiper ses soupçons; haussant les épaules, il fit observer qu'il venait un grand vent tandis que la porte était ouverte, et qu'il était prêt à dîner.

L'hôtesse se retira, et envoya bientôt les rafraîchissements demandés; la servante, ayant déployé un vaste paravent dont les côtés étaient couverts de peintures, et qui entourait presque le vieux monsieur, se retira pareillement.

Quand M. Selwyn eut dîné, il s'amusa à examiner le comique et pittoresque musée qui l'environnait. C'étaient des navires et des légendes, des chansons, des naufrages, des agrès en abondance, des combats sur mer, où, autant qu'il en pouvait juger, ne se faisaient guère remarquer que la fumée et l'eau. Il y avait une scène de patineurs, en hollande, au bas de laquelle gravure était griffonné, en hollandais, le compte-courant de quelque compagnie de contrebandi'rs, selon toute apparence.

Mais quel est le sujet de cette vieille gravure, au haut de ce carreau du paravent? C'est une gravure sur bois, imprimée au goût du jour, avec cet heureux mélange de tons, d'ombre et de lumière, de formes et de contours, qui prêtent tant à l'imagination et si peu à l'intelligence du spectateur.

M. Selwyn ajusta sa lunette en vain, pour en avoir
une vue claire et distincte; déjà, en désespoir de
cause, il avait levé la main pour ôter ses besicles,
quand un mot, une date, fixèrent tout à coup son
attention : c'était « LE RAPIDE, 1754. »

L'indifférence du voyageur a fait place à une ardeur extraordinaire; il redouble d'efforts pour discerner et pour lire. Enfin, avec l'aide d'une chandelle, il put apercevoir l'image d'une sorte de gouffre,
dont le fond était occupé par une foule de jeunes innocents à genoux sur les vagues! Leurs mains étaient
jointes et leurs visages tournés vers un escadron
de chérubins bien joufflus qui voltigeaient au-dessus, prêts à les recevoir. Au milieu du tourbillon,
placé au centre de la gravure, quelques lignes qui se
croisaient, semblaient indiquer les mâts et les ver-
gues d'un navire coulé à fond. La légende contenait
presque tous les mensonges qui avaient pu être ima-
ginés et débités relativement à cette catastrophe,
dans l'intention évidente de disculper quelques personnes soupçonnées ou condamnées par leur conscience. Il était dit que l'école, se promenant sur les
sables et surprise par la marée, grimpa sur un vaisseau et le détacha par manière de divertissement ou
par ignorance, que l'équipage du *Rapide* équipa
trois chaloupes et s'en alla à sa recherche; qu'il fut
parti toute la nuit et que le matin on trouva le navire échoué sur un banc de sable, sur la côte de
Hollande, sans âme qui vive à bord; qu'on suppo-

sait enfin que les écoliers, étant descendus sur les
bas-fonds à la marée basse, et ayant été de nouveau
surpris par la marée, y avaient tous péri.

Suivait alors une des plus lamentables complaintes,
commençant ainsi :

> Qu'ils pleurent maintenant, ceux dont les yeux jamais
> N'ont pleuré ! Vous aussi pleurez, âmes sensibles !

Le style, comme on voit, était digne du reste. Les
noms pour la plupart étaient très-inexactement donnés; mais M. Selwyn eut la satisfaction de voir le
sien, dans toute sa longueur, sur la liste des noyés.

Le voyageur n'ayant nullement l'intention de mettre le village en rumeur, en proclamant qu'il connaissait les événements qui avaient eu lieu il y a
un demi-siècle, et réservant ce qu'il voulait dire pour
son manuscrit, résolut d'aller visiter madame Whiskin
et le fou dont elle prenait soin, sans déclarer qui il
était. Rafraîchi par le repos de la nuit, il se mit donc
seul en route, le lendemain matin.

La vieille qui recevait, pour elle et son locataire,
des secours de la paroisse, occupait une misérable
hutte sous les rochers à craie adossés au village;
et leurs cavernes formaient, certes, une grande partie
de son habitation solitaire. Son occupation était de
ramasser, le long des rochers, des coquillages, des
crêtes-marines, etc., bien qu'elle fût presque arrivée à
la décrépitude. Comme il y avait un sentier en face de
sa porte qui conduisait du havre, au plus prochain

chemin coupé dans le roc, elle obtenait quelques pratiques des piétons. Sa marchandise était étalée devant sa fenêtre, sur une table ornée de trois pieds.

Avant que M. Selwyn atteignît cette cabane, il put entendre des voix à l'intérieur; car il marchait fort lentement.

— Aie! aie! Crabe, je le sais! je le sais! vous me le répétez cent fois par jour... *École! école!*... je voudrais n'avoir jamais entendu parler d'une école!...

Un sourd murmure, trop mal articulé pour être compris, fut la seule réponse. Un rire perçant et qui ne ressemblait en rien à celui d'un homme, d'une femme ou d'un enfant, succéda. Puis, ce furent des coups de poing, de faibles cris, couverts par des éclats de voix aussi forts et aussi passionnés que des poumons âgés pouvaient le permettre.

— Répétez, répétez, répétez donc cela encore, vous! Regardez donc ceci!

Ces paroles terribles retentissaient à travers la cabane, quand M. Selwyn se présenta à la porte. La vieille mégère tenait dans ses mains une corde, dont un bout servait évidemment pour la flagellation; l'autre bout formant un nœud coulant était, sans aucun doute, destiné à imprimer la terreur à ce misérable récalcitrant. La sorcière recula quelque peu alarmée quand l'ombre de l'étranger se projeta sur sa porte; mais revenant bientôt à soi, elle lui demanda s'il désirait quelque chose.

M. Selwyn lui présenta un shilling (environ vingt-cinq sous) et lui demanda la permission de s'asseoir, car il était extrêmement fatigué.

Le siége qu'on lui offrit était le reste d'une ancienne chaise à dos élevé qu'il crut se rappeler de vieille date.

— Voilà un morceau de travail vraiment curieux, dit-il en se plaçant entre les vastes bras du fauteuil brisé.

— Certes, oui certes, dit la vieille en faisant entendre une toux sèche; et elle se hâta de passer à un autre sujet. — Il y a eu dernièrement, monsieur, des marées étonnantes par leur hauteur; j'ai cru qu'elles allaient m'emporter. — Allons, voulez-vous vous taire encore une fois! (elle s'adressait au commensal de la cabane); ne pourrai-je donc pas entendre parler monsieur?

M. Selwin dirigea alors ses yeux vers l'intérieur sombre de la chambre, ou plutôt de la cave, creusée dans la muraille de craie. Il crut voir une tête blanchâtre remuer au fond, se balançant en avant et en arrière.

— C'est une pauvre créature affligée, monsieur, dont la paroisse m'a imposé la garde; ah! ce sont de bien mauvais moments que je passe avec lui, allez!

Cet être décharné et qui ressemblait à une ombre fit alors un effort pour se lever; quand il approcha au jour, M. Selwyn put observer la forme horrible et le visage affreux de ce maniaque qui, sans l'éclat que lançaient ses yeux, eût paru quelque habitant de l'enfer, exhumé de la tombe.

— A bas! à bas! veux-tu t'en aller! dit la vieille en montrant encore la corde; et le spectre s'évanouit en grommelant; le bruit de la paille agitée annonça bientôt qu'il avait regagné son lit.

Le fou resta invisible, et M. Selwyn, qui doutait fort de la bonne volonté de la vieille à lui laisser faire une inspection plus minutieuse, se décida à partir. Il en avait assez vu et entendu pour être certain que les deux habitants de cette cave étaient l'ancienne femme de ménage de l'école publique et le misérable Jacob Crawley, sur le crime duquel la vieille en savait évidemment plus long qu'elle ne le voulait avouer.

La vérité est qu'elle était stupide ou sourde, ou qu'il lui prenait une quinte de toux toutes les fois qu'on entamait le sujet de l'école; aussi M. Selwyn, voyant qu'il était impossible de lui arracher une syllabe à cet égard, quitta-t-il la cabane avec un frissonnement de terreur et effrayé de la méchanceté qu'elle renfermait. Il s'en alla par le chemin qu'il était venu, circonstance qui se produisait rarement avec les voyageurs qui passaient par là, et qui ne manqua pas de surprendre et alarmer la vieille ménagère. Elle sortit clopin-clopant de sa cabane et le considéra long-temps, tandis qu'il foulait de son bâton faiblement les sables; elle ne cessa de le regarder jusqu'à ce qu'il eût tourné l'angle du rocher et fût complétement hors de vue.

Alors M. Selwyn chercha un logement convenable dans le village, et se l'étant procuré, il fit transporter ses bagages, qui contenaient une assez grande quantité d'or, trouvée dans la caverne de l'île, à sa nouvelle demeure.

Une fois installé, il déposa dans une cassette son manuscrit, réservant une page pour y transcrire les inscriptions qui se trouvaient dans l'église, et dont il entendait continuellement parler.

Toutefois il redoutait terriblement cette visite à l'église; il craignait que ces archives de marbre ne tombassent sur lui, par une vengeance du ciel, pour l'écraser. Sa santé n'était pas encore bien remise, son esprit n'était pas encore rentré complétement dans son assiette naturelle quand il entreprit ce pèlerinage. Il partit d'un pas chancelant.

L'église de Saint-Runwald était petite, sans cesse battue par les vents de la tempête; une tour basse et carrée décorait l'édifice qui occupait le sommet d'une hauteur dominant le village et la mer. Le sacristain n'étant pas chez lui, sa petite fille accompagna le voyageur, et franchit la montée comme Miles Selwyn l'avait fait jadis, mais comme il ne le pouvait plus faire; il atteignit avec difficulté la porte de l'église et fut obligé de se reposer sur un siége, sous le portail, avant d'entrer. Comme dansaient autour de lui, à ce moment, les scènes de sa mé-

C'était un morceau de sculpture d'une beauté remarquable, représentant un navire sombrant sous les vagues,
et rempli d'enfants dans l'attitude de la prière.

moire! Voilà donc le portail vénérable que, cinquante
ans auparavant, il avait tant de fois franchi avec la
bruyante foule! Où sont-ils à présent, ses amis d'enfance? où est-il lui-même? où a-t-il été? sa condition, sa situation présentes, ne sont-elles qu'un
rêve?

La main de l'enfant n'était pas assez forte pour
tourner la clef; M. Selwyn l'aida : le verrou massif
recula en rendant un son creux, et la sombre porte
s'écarta de la muraille. En face de lui, maintenant
était la chaise en chêne qu'occupait le vénérable
maître de Château-Seaward! Il s'avance en se dirigeant le long de la voûte centrale; il cherche un
monument, le plus apparent de l'édifice. C'était un
morceau de sculpture artistement travaillé, et d'une
beauté remarquable, représentant un navire, sombrant sous les vagues, et rempli d'enfants dans l'attitude de la prière. Sur les quatre côtés de la plinthe
étaient inscrits leurs noms et leur âge. Là, M. Selwyn eut encore la chance singulière de lire son nom
gravé sur ces sombres archives de la mort!

Au bas du monument était cette inscription :

CI-GISENT

LES DÉPOUILLES MORTELLES

DU

RÉVÉREND EMMANUEL POYNDERS D. D.

FEU PRÊTRE DE CETTE PAROISSE

ET DIRECTEUR DE L'ÉCOLE PUBLIQUE,

A CHATEAU-SEAWARD.

SA PIÉTÉ EXEMPLAIRE, SES TALENTS ET SON SAVOIR,

SA BONTÉ QUI NE SE TRAHIT JAMAIS,

FORMENT UN ÉLOGE QUI AURAIT ORNÉ LE MARBRE,

MAIS MÊLÉ QU'IL EST DE DOULEUR,

PAR SUITE DE LA CALAMITÉ SANS ÉGALE

QUI L'A CONDUIT VERS LA TOMBE,

CET ÉLOGE EST MIEUX ÉCRIT

DANS LES CŒURS DE CEUX QUI LE CONNAISSENT.

LA FUNESTE NOUVELLE

DE LA PERTE DE TOUTE L'ÉCOLE EN MER,

LE RENDIT MUET,

IL EST RESTÉ DANS CET ÉTAT JUSQU'A SA MORT

QUI EUT LIEU LE 2 JANVIER 1755,

DANS LA SOIXANTE-TROISIÈME ANNÉE DE SON AGE.

AUSSI

A LA MÉMOIRE RESPECTÉE

DE

M. DANIEL BALDREY,

PRINCIPAL SOUS-MAITRE DE LA MÊME ÉCOLE.

SON ESPRIT NATURELLEMENT FORT,

MAIS ABATTU PAR LES SOUFFRANCES,

SUCCOMBA ENFIN SOUS LE COUP

OCCASIONNÉ PAR L'ÉVÉNEMENT

CI-DESSUS MENTIONNÉ.

IL MOURUT

LE 8 AVRIL 1755,

AGÉ DE TRENTE-QUATRE ANS.

Sur le côté qui faisait face à la nef se trouvait ce qui suit :

A LA MÉMOIRE CHÉRIE
DE
CINQUANTE-DEUX JEUNES GARÇONS INFORTUNÉS,
ÉCOLIERS A CHATEAU-SEAWARD, DANS CETTE PAROISSE,
QUI DANS UNE HEURE DE FUNESTE INADVERTANCE
S'ÉGARÈRENT A BORD D'UN PETIT BATEAU MARCHAND,
AMARRÉ DANS LE PORT,
EN L'ABSENCE LE L'ÉQUIPAGE,
LE 5 NOVEMBRE 1754 :
PAR QUELQUES MOYENS TOUT A FAIT INCONNUS,
LE NAVIRE DÉRIVA AU LARGE,
ET L'ON N'EN A JAMAIS ENTENDU PARLER DEPUIS.

«Dans Rama l'on entendit une voix, des lamentations, des pleurs et un grand deuil ; c'était Rachel pleurant ses enfants, et qui ne voulait pas être consolée, parce qu'ils n'étaient plus. »

Pauvre M. Selwyn! ce n'était qu'avec une extrême difficulté qu'il pouvait déchiffrer ces épitaphes, mais il eut bientôt le secours d'autres yeux pour l'aider à copier exactement cette légende ciselée devant lui — des yeux qui n'étaient plus jeunes que les siens que de quelques années, mais qui étaient bien plus familiers avec ce célèbre monument.

Il était reto. mé sur ses pas le long de la voûte, et il avait presque regagné le portail, quand parut à la porte la figure d'une dame en grand deuil. Elle tenait une lettre ouverte dans sa main ; elle entra d'un pas précipité et haletant dans l'église, et passant devant le voyageur sans y faire attention, elle demanda le vieux monsieur qui venait d'arriver.

L'enfant indiqua du doigt M. Selwyn; mais la
dame, le regardant à peine, secoua la tête avec impatience et parcourut l'église avec agitation. Elle
aborda de nouveau la petite fille, et l'interrogea d'un
ton si passionné, que l'enfant se prit à pleurer.

Pendant ce temps, M. Selwyn avait repris sa place
sous le portail, attendant que la dame s'en allât, pour
faire jouer la clef dans la serrure. La dame ne tarda
pas à sortir, et en désespoir de cause s'adressa à lui,
le priant de lui dire s'il n'avait pas vu quelqu'un
dans la matinée examiner ce monument? « parce
que.... parce que, dit-elle d'une voix tremblante
d'émotion, j'ai reçu une lettre. »

— Votre nom! votre nom! demanda le voyageur
avec véhémence. Il n'attendit pas la réponse, mais
sautant sur ses pieds, comme si la vigueur et l'é-
nergie de la jeunesse lui étaient revenues, il vola
dans les bras de cette dame. Il pressait sur son cœur
sa sœur Lucy.

Il reste peu à ajouter. Le désir continuel, le vœu
et la prière de chaque jour de ces deux personnages,
pendant près de cinquante ans, étaient enfin exau-
cés! M. Selwyn quitta immédiatement son logement
et alla demeurer dans la maison de sa sœur, qui
était fort riche, et il eut l'inconcevable bonheur de
lui raconter et de lui lire les aventures telles qu'elles
sont aujourd'hui publiées, des JEUNES INSULAIRES.

FIN.

www.ingramcontent.com/pod-product-compliance
Lightning Source LLC
Chambersburg PA
CBHW050314030726
47505CB00003B/703